キリク
ト・シーの村で
育った少年
シャム
キリクの
幼馴染の
ケット・シー
卵寮の探索

「クレイはあっちを、僕は反対側を警戒するから」
ジェスタ大森林

クレイ
ノスフィリア王国・
農村出身の
同級生
パトラ
ポータス王国・
王都出身の
同級生

北西の塔
「……ん、ここはね、このウィルダージェスト魔法学校が在る異界を支えてる場所の一つだよ」
シールロット
高等部・水銀科の一年生

僕とケット・シーの魔法学校物語 2

The story of wizardry school with Cait Sith

著 らる鳥

ill. キャナリーヌ

CONTENTS

The story of wizardry school
with Cait Sith

一章 ✦ 平穏ではない冬休み

冬の朝はベッドから出るのが困難だ。

世界が違っても、寒ければ朝が辛《つら》いのは変わらない。

今はウィルダージェスト魔法学校も冬休みで授業がないから、朝は余計にだらついてしまう。

また僕の場合は、ベッドの中に温かい塊、毛皮のあるシャムが潜《もぐ》り込んでる。

もちろん、それに関しては非常にありがたいんだけれど、ベッドの真ん中、最も良い場所を堂々と占領するのはどうかと思う。

お陰で最近は寝る姿勢が変になって、少しばかり背中が痛かった。

回復の魔法薬を飲めばすぐに治りはするけれど、それも少し、いや、実際にはかなりの贅沢《ぜいたく》だ。

しかし冬の朝がいくら辛くとも、ずっとベッドの中って訳にもいかない。

もぞもぞと布団《ふとん》から手を伸ばし、ベッドの横のサイドテーブルに置いた杖《つえ》に手を伸ばす。

結界によって周囲を遮《さえぎ》り、環境が安定してるウィルダージェスト魔法学校の寒さはそれ程でもないが、やっぱり朝は少しダラダラしてしまう。

「風よ、暖かく、長く、柔らかく、……吹け」

片手に持った杖を軽く振るって、その魔法を発動させる。

冬の朝には定番の、暖かい風を吹かせる魔法だ。

暖かな風が部屋の中を巡って、中の温度を高めていく。

数分もすれば、ベッドを出ても寒さを感じる事はなくなるだろう。

ちなみに、柔らかな風を吹かせる為《ため》に追加する詠唱は、本来なら息吹のように、なんだけれど……、自分の部屋が息吹で暖まるのってなんだか嫌だから、そこはちょっとだけ変えている。

僕も魔法を使い始めて一年近くが経《た》てば、そんな事もできるようになっていた。

「おはよう、キリク。今日も寒いね。いや、村に比べたら全然マシだけど。正直、キリクがこの魔法を覚えてくれただけでも、ここに来た甲斐《かい》はあったと思うね！」

部屋が暖まってすぐに顔を出した、シャムの朝一番の物言いに、僕は苦笑いを浮かべる。

確かに、夏は冷風、冬は温風を使うだけで、生活の質は格段に向上するけれど。

他にも便利な魔法は一杯あるのに。

例えば、部屋に落ちたシャムの毛を集める魔法とか。

あぁ、でも、冷風と温風の魔法を道具に籠《こ》めれば、空調ができるなぁ。

誰《だれ》でも思い付きそうなのに、どうしてウィルダージェスト魔法学校にはそれらしきものがないんだろう？

少なくとも先代校長の、僕と同じ星の記憶を持っていたハーダス先生なら、間違いなく作れた筈なのだが……。

まぁ、いいか。

朝から頭を悩ませる程の事じゃない。

何か理由があったのか、それとも自分で魔法を使った方が手っ取り早いと思ったのか、単に気が向かなかったのか、もう確かめるのは不可能だし。

シャムと一緒に、食堂に向かう。

冬期の休暇は、夏に比べると学校に残る生徒が多い。

というのも、夏も冬も変わらず、各国の首都までは先生が運んでくれるのだけれども、そこから先の移動が冬は厳しい為である。

特にポータス王国よりも北側にあるノスフィリア王国や、クルーケット王国は、完全に街道が雪で閉ざされてしまうらしい。

ポータス王国やルーゲント公国だって、冬の移動は夏よりもずっと厳しく、危険も多いという。

冬の寒さが移動に影響しないのは、サウスバッチ共和国くらいなんだとか。

ただ、食堂の利用者は、今はあんまりいなかった。

初等部の二年生、休み明けからは高等部になる彼らが、既に卵寮を出て、各科の寮に移っているからだ。

休みが明けて、新しい一年生が入って来れば、雰囲気も元通りになるだろうけれど、今はどうしても閑散としてる。

高等部の科の選択は、そろそろ僕らにとっても他人事じゃない。

二年生になれば、基礎呪文《じゅもん》学からは基礎の文字が取れて、錬金術は魔法薬のみならずアイテムの作り方に内容が進み、また魔法陣や古代魔術に関しても初歩を教わるようになる。

そうやって、自分の適性、或《ある》いは性に合った、興味のある魔法を見付け、高等部でどの科に進むのかを、決める事になるだろう。

優秀な生徒には、科の方からの勧誘もあるらしい。

尤《もっと》も適性を踏まえた上での学校側の意図もあるから、必ずしも本人が希望する科に進める訳ではないそうだけれども。

科の選択はさておいて、一年生とは大きく内容の変わる二年生の授業は、割と楽しみだった。

「おはよう、キリク。朝食、ご一緒してもいいかしら？」

僕とシャムが朝食を摂ってると、そう断りを入れてからシズゥが前の席に座る。

彼女も、夏はルーゲント公国の実家に帰っていたが、この冬期休暇は学校に残った一人だ。

他には、クレイはやっぱり学校に残ってる。

帰ってしまった友人は、パトラ、ガナムラ、ジャックスの三人。

いや、ジャックスは正確には実家じゃなくて、王都にあるフィルトリアータ伯爵家の別宅に帰ってる。

パトラは王都に家があって、ガナムラは出身国がサウスバッチ共和国だから帰るのに支障はないので、この二人は本当に実家に戻ってた。

「もし、時間があるなら、キリク、今日も練習に付き合ってくれない？」

僕とシャムの朝食の皿が、殆《ほとん》ど綺麗《きれい》になった頃、シズゥがそう言い出す。

彼女の言葉からわかる通り、この申し出も、もう何度目かだ。

以前もシズゥに頼まれて魔法の練習に付き合ったが、あの時は故郷を同じくするガリアと距離を取るための方便だった。

でも今回は、本当にシズゥは自分の実力を上げたくて、この冬期休暇の間、日々魔法の練習を重ねてる。

尤も、事情は前回と、そう変わりはしないのだけれど。

一年生の後期の試験は、あの上級生との模擬戦に出た生徒が、軒並みとは言わないまでも、殆どが成績を上げたという。

例外は元より上がりようのなかった僕くらい。

すると当然、他の生徒の幾らかは彼らに成績を抜かされている。

シズゥも、その影響で少し成績が下がってしまった一人だ。

そして彼女の成績を抜いたのが、他ならぬ同郷のガリアだった。

学校での成績が一度や二度抜かされたからって、大きな影響はないと思うのだけれど、シズゥにとってはそうじゃないらしい。

貴族の世界は、彼女の弁によると見栄の世界だ。

魔法学校に送り出した娘が、自家よりも格下で、尚且つ自家との繋《つな》がりを求めるヴィロンダ騎士爵の息子に成績で負ける。

これはシズゥの生家、ウィルパ男爵家にとって、あまり面白《おもしろ》い話ではないのは当然だろう。

すぐさま影響する話ではないかもしれないが、これが続くのはよろしくない事態を招きかねない。場合によっては優秀なヴィロンダ騎士爵の息子、ガリアを婿に迎える方向に、ウィルパ男爵家が傾きかねないから。

故に今、シズゥは割と必死に、冬期休暇の間に自分を磨こうと、魔法の練習に精を出してた。冬の休みに時間の余裕がある、僕を誘って。

もちろん僕も、友人であるシズゥが望むなら、練習に付き合うのを厭《いと》いはしない。

ただ、一つだけ気になるのは、彼女が見てるのはヴィロンダ騎士爵の家であって、ガリア自身じゃないって事だ。

或いは、ヴィロンダ騎士爵の家すら見てなくて、自身の生家であるウィルパ男爵家しか見えていないのかもしれなかった。

シズゥは、貴族らしい婚姻、自分の意思を越えたところで運命が決まる事を嫌がっている。恐らく、彼女は魔法使いとして、自分の運命は自分で切り開きたいのだろう。

折角、そうやって生きられる、魔法使いとしての才能を持って生まれたとわかったのだから。けれども同時に、シズゥはウィルパ男爵家の令嬢である自分を、父母への情や、領民から集めた税収でここまで育てられたという、多くのしがらみを捨てる事もできず、今は悩みと迷いの最中にあるのだ。

故に彼女には、ガリアという個を見る余裕がなく、その肩書であるヴィロンダ騎士爵の名前ばかりに反応していた。

僕は決して、ガリアに対して好意的ではないけれど、それは少し哀れにも思う。

シズゥの悩みに、無責任に口を挟める訳じゃないし、ガリア個人を見てやれなんて、言ったりは決してしないけれども……。

なんというか、貴族って難しい。

「何、どうしたの？　ジッと見て」

物思いに耽《ふけ》りながらシズゥを見ていると、自分の朝食をせっせと口に運んでいた彼女が、少し顔を赤らめて、そう問う。

ちょっと、ジッと見過ぎてしまったか。

やっぱり、貴族が難しいんじゃなくて、単に女の子が難しいだけかもしれない。

だって、……同じ貴族でもジャックスあたりは、もっと単純な気がするしね。

◇◇◇

冬期休暇で幾らかの生徒は実家に戻り、更に元二年生が既に高等部の科の寮に移った今、卵寮で暮らす人の数は、僕がこのウィルダージェスト魔法学校に来てから最も少ない。

だからこそ、今、この時こそが、卵寮にも隠されている筈の、ハーダス先生が遺した仕掛けを探す絶好の機会だ。

そもそもこの卵寮は、ハーダス先生が校長として行った改革、魔法学校で過ごす五年間を、初等部と高等部に分けた結果、初等部の学生を住まわせる為に造られた。

簡単に言えば、ハーダス・クロスターの改革を象徴する建物である。

故に彼がここに自らの痕跡、仕掛けを遺してる可能性は非常に高いだろう。

ただこれまでは卵寮で生活してる生徒が多く、そもそも一年生の後期にあった上級生との模擬戦までは、ハーダス先生の指輪を隠さなきゃならなかったから、ずっと生活してる場でありながら、卵寮の探索は先送りにせざる得なかったし。

でも、今、このタイミングなら、比較的だが目立たずに、卵寮を探索できる。

尤も、幾ら人が少なくても、個人の部屋には入れない。

また女子の生活エリアには、勝手に立ち入ると、僕の学校生活が最悪の形で終わってしまう。

なので、全《すべ》てを調べ尽くすって訳にはいかないけれど、……まぁ、ハーダス先生も流石《さすが》にそんな意地悪な場所に仕掛けを遺したりは、多分しない筈。

もう少し具体的に説明すると、卵寮は六階建ての建物だ。

一階には、卵寮で暮らす生徒が使う食堂や、調理場、それに寮監の部屋がある。

二階と三階には男子が暮らす部屋があって、少し前までは二階を一年生、三階を二年生が使ってた。

尤も元二年生が高等部の寮に移ってからも、僕らが三階に部屋を移動するって事はなかったので、来年は二階を二年生、三階を一年生が使うのだろう。

四階と五階は、女子の生活スペースになってて、僕は入れないから詳しくはわからないけれど、恐らく二階、三階と大差はない筈である。

そして六階には、ランドリーや魔法人形の待機部屋、それから実は大浴場があった。

但し大浴場に関しては、個々の部屋にも浴室があるから、余程の物好き以外は使わない。

……だったら、何でそんなの作ったんだろうって思うけれども、それは恐らく、ハーダス先生の趣味だったんじゃないだろうか。

それから、屋上にも出られるようになっていて、折り畳み式のベンチを広げれば、夜には座って星空を眺める事もできた。

周囲を結界に覆《おお》われ、異界に存在してるというウィルダージェスト魔法学校でも、見上げる星空は変わらない。

あのどこかに、以前の僕が、或いはハーダス先生も暮らした世界は、本当に存在してるんだろうか。

まぁ、それはさておき、卵寮の構造はこんな感じだ。

このうち、ハーダス先生の仕掛けが遺されてる可能性が高い場所は、僕は屋上だと考えている。

もちろん、ハッキリとした根拠がある訳じゃないけれど……。

ハーダス先生が星の知識を持っていて、星の世界を懐かしんでいたなら、それを眺められる場所には何らかの思い入れがあるんじゃないかと思うから。

大浴場に関しても、ハーダス先生の趣味で作られた設備ではあるのだろうけれど、やはり性別の壁があるし。

例えば、僕は女生徒用の浴場は調べられず、逆に星の知識を持って生まれた生徒が女子だった場合、男子生徒用の浴場を調べるのは、大いに抵抗がある筈だ。

なので大浴場に仕掛けがある場合は、男女両方の浴場に、同じ仕掛けがあると思う。

というか、そうであって欲しい。

以前に僕と同じか、それと近い世界を生きたハーダス先生なら、そういった気遣いはしてくれると信じたい。

尤も、僕がどこを怪しいと睨《にら》んでようと、探索は一階からするんだけれども。

どうせ、今日一日で見つかるとも思っていなかった。

仮に屋上が怪しいとの僕の勘が正しかったとしても、あの中庭の仕掛けのように天候や、或いは時間帯の影響を受けて現れたり隠れたりする可能性だって高いのだし。

自分の魔法への感覚や、隠された魔法も見られるシャムの目を頼りに仕掛けの位置をおおよそ特定できれば、初日としては上出来だろう。

折角、シャムと一緒に探索するんだから、あっさり見つかっては勿体《もったい》ない。


一階の、食堂に関しては毎日行ってる場所だから、今更新しい発見なんてないけれど、それでも念の為に一度は赴《おもむ》く。

調理場を覗《のぞ》けば、大きな鍋がクツクツと中身を煮込んでて、とても良い匂《にお》いがする。

今日の夕食はシチューにしようか。

寮監の部屋には入れないが、一応は扉をノックして、出てきた寮監に空き部屋や、六階のランドリー室、大浴場へと立ち入る許可を取る。

当然ながら、何の為に？って問われたけれど、

「今更だけど、人も少ないこの時期に、探検しておきたいんです。去年は、僕はここに来るのが皆より少し遅かったし、時期を逃してしまいましたから」

なんて風に、当たり障りのない事を言っておいた。

実際、何一つとして嘘《うそ》はない。

すると寮監は柔らかな笑みを浮かべて、魔法人形を伴う事を条件に、卵寮の探検を許可してくれる。

入っちゃいけない場所は、魔法人形が判断して止めてくれるし、そもそもランドリー室の扉は魔法人形でなければ開けられない。

そして、まるで計ったかのようなタイミングで、一体の魔法人形、毎朝、僕の洗濯物回収に来てくれているジェシーさんが姿を現す。

いや、もちろん本当に計ってた訳ではないだろうけれど、それくらいにタイミングが良かったって話だ。

同行をお願いすると、ジェシーさんは手を伸ばして僕の頭を撫《な》で、こっくりと一つ頷《うなず》いた。

こうして頭を撫でられる感覚も、以前とは少し違う。

魔法人形であるジェシーさんは変わらないけれど、撫でられる側の僕の身長が、去年よりも幾ら

か大きくなってるから。

こんな時、凄く些細《ささい》な瞬間に、自分の成長が実感できる。

まぁ、でもそれはとりあえず、さておいて、ここから先の探索は、この一人と一匹と一体の、三……人？組のパーティで行くとしよう。

◇◇◇

二階は、ざっくりと歩き回るだけで次へ行く。

何しろずっと生活してる場だし、冬期休暇であっても少しは人目がある。

僕とシャムだけならともかく、魔法人形のジェシーさんも引き連れての探索となると、どうしても目立ってしまう。

尤も、一年間を共に過ごしたクラスメイト達は、僕が多少の奇行をしてたところで、もうあまり気にはしないだろうけれども。

そして三階に上がれば、人の気配は一気になくなった。

魔法人形が綺麗に掃除はしてくれてるから、埃《ほこり》が落ちてる訳じゃないんだけれど、……人の気配がないってだけで、不思議と廃墟《はいきょ》に迷い込んだような気分になる。

「入っていい？」

手近な空き部屋を指差して問うと、ジェシーさんは少し悩んだ後に、こっくりと一つ頷く。

改めて、魔法人形は凄いなぁって思う。

何が凄《すご》いって、悩み、判断を下せる辺りだ。

ただ条件に従ってイエス、ノーを判別するだけじゃなくて、自己で判断を行う人工物《アーティファクト》。

僕と同じか、近い世界に生きたハーダス先生は、魔法人形を見た時、どんな風に感じたのだろう。

聞いた話によると、ハーダス先生はプログラミングの知識があったそうだから、僕よりもずっと、魔法人形の凄さが深く理解できた筈だ。

詳しい理屈は僕にはまだわからないけれど、魔法人形は錬金術で作られるらしい。

ハーダス先生の得意とした魔法陣とは、別分野の人工物だった。

しかし彼は、自分が造った卵寮で、多くの魔法人形を採用してる。

それは、ハーダス先生も、魔法人形の存在を凄いって思ったからじゃないだろうか。

「んー、三階の部屋も、二階と構造は変わらないんだね。シャム、何か変なところ、ある？」

部屋に入ってぐるりと見回しても、私物の類がなくてガランとしてる以外は、基本的には僕とシャムが暮らしてる部屋と変わらない。

ベッドが二つあって、机があって、棚があって、窓があり、トイレと風呂《ふろ》がある。

いや、この世界で個室にトイレと風呂がある事自体、とても異常な話なんだろうけれど、そこは一先ずさておこう。

一般的には異常でも、魔法学校では当たり前だ。

「いや、ボクらの部屋と同じだね。変わったものは何もないよ」

ぐるりと部屋を見回して、シャムはそう、人の言葉を話す。

今は他に、人目がないから、喋《しゃべ》っても大丈夫だと判断したのだろう。

ジェシーさんはいるけれど、魔法人形だから、他の誰かにこの事を話したりしないだろうし、そもそも学校側はシャムがケット・シーであると把握してる。

つまり、殆ど問題はなかった。

もちろん一部屋を見ただけで三階の全てがわかるわけじゃないから、一応は全ての部屋を見て回る。

でも徒労になるんだろうなぁって思ったし、実際、想像通りに徒労だった。

四階、五階は立ち入らない。

五階に関しては、三階と同じく無人にはなっているけれど、それでも女子生徒の為の生活スペースに入るのは、あまりに外聞が悪過ぎる。

他の場所で何も見つからなければ、四階、五階を探索する手段も考えなきゃならないけれども……。

そして六階に上がれば、いよいよここからが本番だ。

大きな設備がある六階は、ただの生活スペースである下の階に比べると、魔法の気配も格段に多かった。

その数多い気配の中にハーダス先生の仕掛けが紛れ込んでる可能性は十分にあるから、ここからの探索は慎重にならざるを得ない。

最初に調べる事にしたのは、僕も中がどうなってるのか全く知らない、ランドリー室。

時間は既に午後だから、生徒の洗濯物も既に洗い終わって各部屋に返却されている。

入って中を調べても、……まあ、恐らく大丈夫だ。

ジェシーさんが前に出て、ランドリー室の扉を押す。

ランドリー室の扉は魔法人形自身が鍵《かぎ》となってて、その手で扉を押さなきゃ開かない。

寮監や学校側は、当然ながら別に予備のマスターキーを持っているのだろうけれど、普段は魔法人形以外が立ち入る事のない場所だった。

音を立てて開いたランドリー室の扉を、ジェシーさんが支えてくれていて、僕らはその間に、中へするりと入り込む
ランドリー室の中は、飾り気のない広い部屋の中に、大小、沢山の箱が置かれてる。

多分、あの箱が、洗濯に使われる魔法の道具なんだろうけれど、この部屋からは水の気配がしない。

たとえ今は動いてなくても、あれが洗濯機のような道具なら、給水したり排水したりする管があったり、水に関係した匂いが残ってそうなものだけれど、それらは全く見当たらなかった。

つまりあの洗濯に使われる魔法の道具は、水を使わずに衣類を綺麗にしているのだろう。

……どんな仕組みなのか、ちょっと調べたくなるけれど、今はそれが本題じゃない。

ジェシーさんが身振り手振りで、この箱に集めた洗濯物を入れるのだって教えてくれてて、うん、それはまぁ、見れば分かるんだけれど、何だかその説明の仕方がとても一生懸命に見えて、気持ち

は和む。

ここで綺麗にした衣類は、部屋の隅にあるスペースで、ジェシーさん達、魔法人形が綺麗に畳んでくれて、また部屋に返すらしい。

他には、ボタンを付け直したり、ほつれを直したりもするそうだ。

それらは実にありがたい話なのだけれど、……うん、このランドリー室には探してる仕掛けは、なさそうだった。

一応、シャムをちらっと見るけれど、彼も首を横に振る。

やっぱり、空振りか。

だけどこのランドリー室を見られたのは、色んな意味で良かった。

今の僕にはここに置かれてる魔法の道具が、どのくらいに凄いのか、ハッキリとはわからないのだけれど、それでもこれが魔法陣で動いてる事くらいは、何となくわかる。

魔法陣で動く道具を、錬金術で作られた魔法人形が動かしてるってのが、何とも実に面白い。

異なる魔法の技術である二つ、魔法陣と錬金術の、それぞれの特徴が少し摑《つか》めた気もした。

少なくともこの部屋を見て、それからこの一年で見聞きして得た知識から判断すると、魔法陣で生み出す道具の優れた点は安定で、錬金術で生み出す道具の優れた点は融通だろう。

どちらも魔法の道具を生み出す技術ではあるのだけれど、僕の勝手な印象では、魔法陣の方が機械的で、錬金術の方がより魔法的に感じられる。

定められた条件に従い、機械的に安定して動くのが、魔法陣を刻み込まれた道具。

逆にある程度の融通を利《き》かせられるが、その融通は言い換えれば不安定でもあるのが錬金術で生み出される道具だ。

例えば魔法人形は、ジェシーさんを見ればわかる通り、ある程度の自己判断能力があり、行動に融通を利かせられる。

但し以前にも述べた事があるかもしれないけれど、魔法人形にうっかりと名前を付けると、執着されて監禁されるって話があって、それこそが融通が悪い方向に発揮される不安定さだった。

後は、魔法人形に嫌われたら、世話をして貰《もら》えなくなるってのもあったっけ。

もちろん、錬金術で作った道具の全てが、魔法人形程に融通が利くって訳じゃないから、これは大袈裟な例でもあるんだろうけれど。

それと、自分の普段の生活がどんな風に支えられてるのか、それを知れたのも良かった。

僕はジェシーさんに、普段の世話と、ここを見せてくれた事に対して、お礼の言葉を伝えてから、ランドリー室を後にする。

◇◇◇

次に向かったのは、魔法人形の待機部屋。

ここの扉もランドリー室と同じで、魔法人形の手でなければ開かない。

ジェシーさんに開けて貰って中に入ると、少し広めの部屋の中に、待機状態の魔法人形が並んでる。

その数は十二体。

この卵寮では、ジェシーさんも含めて二十体近くの魔法人形が動いてるから、今はその半数以上が待機中になってるのだろう。

今は冬期休暇中で、卵寮で過ごす生徒の数は少ないし、更に洗濯も終わった午後なので、多くの魔法人形が動き回る必要はない。

ただ……、うぅん、これだけの数の魔法人形が動きを止めてると、正直、少し不気味に感じる。

魔法人形の作りは精巧で、動いてる時はまるで生きてるかのように感じる事すらあるだけに、動かぬ魔法人形はまるで死体を思わせた。

この部屋にはあまり長居しない方がいい。

そう思ってしまう何かが、この部屋にはある。

もちろん、それはハーダス先生が遺した仕掛けとは、全く別に。

「シャム?」

それでも一応は部屋を見て回り、シャムにも問う。

でもシャムは無言で首を横に振る。

この部屋にも、ハーダス先生が遺した仕掛けはないらしい。

よし、ならさっさと出るとしようか。

あまり長居して、僕が停止中の魔法人形を怖がったり、不気味に思ってる様子を、ジェシーさんに見せたくはない。

当然ながら、露骨に態度に出す訳じゃないが、何かの拍子に驚きの声を上げたりとか、したくはなかった。

ジェシーさんが僕の態度に傷付くと思うのは傲慢《ごうまん》かもしれないし、そもそも魔法人形に傷付く心があるのかどうかもわからないけれども。

僕にはジェシーさんが、ただの動く人形だなんて風には思えないから。

なるべく平然とした態度で、次は大浴場へと向かう。

卵寮には個室にも風呂が付いているけれど、大浴場はそれを大規模にしたものだ。

いや、何を当たり前の事をって思われるかもしれないが、ここで僕が言ってるのは、シャワーを使ったり、湯船に湯を張る仕組みの話である。

この卵寮の風呂に張る湯は、貯水槽から水を引っ張って来て、それを温めた物じゃない。

もっと言えば、そもそもこの卵寮には貯水槽もなくて、水道の水すら魔法で生み出されていた。

ただ、その魔法は生徒がわざわざ呪文を唱えて生み出してる訳じゃなく、卵寮が備える魔法の力で生み出されてる。

具体的には、卵寮にはそこで暮らす生徒の魂の力を、全員からほんの少しずつ徴収し、寮の機能を維持する魔法が掛かってた。

水を生み出すのも、それを湯にするのも、その寮が備えた機能の一つだ。

つまりここで暮らす生徒の一人一人が、卵寮を動かす電池の役割を果たすといえばわかり易いだろうか。

ちょっと怖い話に思えるかもしれないが、一般人ならともかく、魔法使いとしての才を持つ僕らが気にする程の負荷じゃない。

この寮での生活は本当に便利だから、その対価としてはむしろ安すぎるくらいだと思う。

まぁさておき、卵寮の風呂はそうやって魔法で湯を出しているので、大浴場にもボイラー室の類は存在していなかった。

時刻はもう既に夕方だが、この時間はまだ大浴場の湯船は空っぽだ。

大体、生徒達が食堂で夕食を食べる時間帯に、大浴場は人を迎える準備を始める。

尤も、毎日そうやって準備をしても、実際に使いに来る生徒はごく僅《わず》かしかいないのだけれど……。

逆に言えば、その僅かな生徒は、この大浴場を思う存分に使えるという贅沢ができる訳だ。

僕もお風呂は好きなんだけれど……、シャムが広い湯船は嫌がるからなぁ。

普通の猫じゃない、ケット・シーであるシャムは、必要だといえば一応お風呂には入ってくれるが、やっぱり濡《ぬ》れる事がそんなに好きじゃないらしい。

僕らは脱衣所、それから浴場を、もちろん服を着たままで、見て回る。

今日、この探索を始めて、一体何時間が経過しただろうか。

正直に言って、ちょっと疲れ始めてたし、あまり見付かる気もしなくなってたのだけれど、僕らはそこで、漸《よう》く一つ、周囲とは異なる、違和感を覚えるものを発見した。

それは、浴場に湯を満たす為の、魔法の注《そそ》ぎ口、ライオンの口を模したそれなのだが、……何故《なぜ》か複数ある注ぎ口の一つだけ、そのライオンの口が閉じていたのだ。

他の注ぎ口も魔法の気配はするのだけれど……、良く感覚を澄ませれば、そこに込められた魔法は、何か違うような気が、しなくもない？

もしもライオンの口が開いてたら、恐らくは見過ごしてたであろうくらいの、微《かす》かな違和感。

だけど魔法を見る事のできるシャムには、それは一目でわかる違いらしく、

「キリクも気付いたんだ。そこだね。間違いない。魔法の色が、中庭にあったのとそっくりだ」

なんて言葉を口にする。

魔法の色。

また僕には理解のできない言葉が飛び出してきたけれど、言いたい事は何となくわかる。

多分、ハーダス先生が遺した仕掛けの魔法には、何らかの特徴があって、それがシャムには見えてるのだろう。

右手を、例の指輪を塡《は》めた手を伸ばしてライオンの頭に触れると、その口がガコッと音を立てて開く。

するとそこからこぼれるように落ちた小さな鍵が、広い浴場の中に転がった。

……鍵、か。

それを摘まみ上げて観察するが、もちろん使いどころはわからない。

シャムも首を傾げてるから、心当たりはないのだろう。

けれども、ここには僕らよりもずっと昔からこの卵寮にいて、僕らよりもずっと詳しく知ってい

る……、人ではないが、魔法人形がいる。

それを手にして見せると、ジェシーさんは暫《しばら》く、それをジッと見ながら考えて、やがて手を真《ま》っ直《す》ぐ上にあげ、天井《てんじょう》を指し示す。

つまり、この鍵を使える場所の心当たりが、屋上にあるって事だろう。

そして浮き立つ心に急ぎ足で屋上へと上がった僕らを待っていたのは、大きな夕焼けの太陽と、綺麗な赤に染まった空、それから、そんな夕陽《ゆうひ》に照らされた屋上で、何かを探す一人の上級生だった。

◇◇◇

「……一年生、いや、もうすぐ二年生だな。どうした？　こんな時間に屋上に来て」

屋上に来た僕らに気付き、その上級生はこちらを振り向き、言葉を発する。

髪は銀色の癖《くせ》っ毛で、何というか独特な雰囲気のある、男子学生だ。

身体は、随分と大きい。

少なくとも、少し前までこの卵寮にいた二年生、冬期休暇が終われば高等部に上がる彼らではなかった。

すると必然的に高等部になる訳だけれど、高等部の三年生は既に卒業してるから、一年生か二年生になるんだろうか。

でも、後期の終わりに行われたパーティで、こんな先輩を見た覚えはなかった。

目立つ風貌に纏《まと》う雰囲気、こんな人を見てれば、忘れないと思うのだが、……でもあの時は仮装してる上級生が多かったからなぁ。

「あっ、いえ、ちょっと探検をしてて。僕、この学校に来るのは皆よりも遅かったんで、タイミングを逃してて、人が少ない今がチャンスかなって」

彼からの質問に対しては、元々用意していた、寮監にも使った言い訳を口にする。

まさか、ハーダス先生の遺した何かを探してるなんて、言える筈もないし。

「お前、当たり枠か」

だが僕の言葉に、彼の顔色が変わった。

何だか妙な雰囲気だ。

僕は後期の模擬戦で、上級生に勝ってるから、実は少しばかり顔は知られてる。

当たり枠の存在を知ってる生徒なら、僕がそうだと推測するのは難しくないし、今更そんな事を言いはしない。

……何だ？

この先輩、僕の自意識過剰かもしれないけれど、色々と腑《ふ》に落ちない。

見覚えがない事も、僕を知らないのも、一つ一つは些細《ささい》な話なんだけれど、重なると妙に違和感があった。

そもそも、高等部の生徒が、この卵寮で何をしてるんだろう？

疑問を抱き、警戒した僕の表情を見て、その上級生は舌打ちを一つした。

凄く、忌々《いまいま》しげな顔をして、

「……折角の当たり枠だ。攫《さら》っておきたかったが、その時間もないしな。放置して成長されても厄介だ。まぁ、会った以上は、殺しておくのが無難だな」

なんて言葉を口にする。

は？

一瞬、僕は耳を疑う。

確かに、その上級生は怪しい相手だ。

でも、だからって、まさか、唐突に攫うだとか、殺すだとか、そんな物騒な言葉をこの魔法学校で耳にするなんて、思いもしなかったから。

しかし彼の言葉には、口だけとは思えない、本気の凄味が、籠《こも》ってた。

そしてその上級生が懐《ふところ》から抜いてこちらに向けたのは、杖ではなく、筒状の何か。

見た覚えがある訳じゃないのに、記憶にはあるそれに似た何かを見た瞬間、僕は咄嗟《とっさ》に盾の魔法を展開する。

なのに、次の瞬間、僕の腹部から背中を、これまでに感じた事のない灼熱感が走って、膝《ひざ》から力が失われてしまう。

痛みは、まだ感じない。

けれど、頭の中は混乱で一杯だ。

撃たれた事は、わかる。

だけど、何故それがそこに在って、どうして盾の魔法が、展開した障壁がこんなにも容易に貫通されてしまったのか。

シャーッと強く一声鳴いたシャムが、僕の肩を蹴《け》って跳ぶ。

だが既に、その上級生、もとい不審者はその筒をもう一度僕に向けていて……、そこにジェシーさんが、僕に覆い被《かぶ》さるように割って入る。

発砲音は、聞こえなかった。

ただ、僕を庇《かば》ったジェシーさんが、びくりと震えて、動きを止めて、シャムの爪《つめ》が、ケット・シーである彼の本気の一撃が、筒を握った不審者の右腕を、ズバッと切り落とす。

恐らく、不審者にとっても、単なる猫に見えていたシャムの爪が、自分の腕を切り落とした事は、……当たり前だけれど予想外だったんだろう。

か細い悲鳴を上げながら、よろよろと後ずさる。

状況は相変わらず、何もわからなかった。

でも、もうそんなの関係ない。

僕を庇ってジェシーさんが撃たれた。

それだけで、僕が殺意を抱くには十分過ぎる。

「死ね！」

僕は生まれて初めて、いや、前世の記憶の中を探っても、やっぱり初めて、心の底から本気で、その言葉を口にして魔法を放つ。

翳《かざ》した右手、指輪を填めたその手から、炎の塊は飛び出した。

詠唱は、省略。

灯し、広がり、放つ、三つの繋がりを持った魔法は、人を葬り去るに十分過ぎる火力を持つ。

彼が本当に上級生なら、それを防ぐ防御の魔法は当然ながら使えるだろうけれど、シャムに腕を切り落とされればかりの今、まともに魔法が使えるとは思えない。

つまり僕は、そこまで理解した上で、やっぱり相手を殺す為に、加減なしで魔法を放った。

そして炎は、狙《ねら》い違わず、その謎《なぞ》の不審者を飲み込んで、……だが傷を負いながらも魔法を使ったせいか、或いは強く興奮し過ぎて血が激しく流れたからか、僕の視界はぐるりと回って、スッと暗闇《くらやみ》に染まる。

シャムの声が、聞こえた気がした。

けれども僕は、もう自分の意識を保てなくて、……そこから先を、覚えていない。

◇◇◇

ふと気付けば、どこかのベッドに寝かされていた。

身を起こし、ぐるりと辺りを見回せば……、ベッドの横に置かれた椅子《いす》の上に、シャムが丸くなって寝ている。

あぁ、ここは医務室か。

何時《いつ》の間にか着替えさせられていた、患者衣のような薄手の服の前を開け、お腹《なか》を確認するけれど……、穴はどこにも開いていない。

自分じゃ確認できないけれど、きっと背中も同じだろう。

あの、撃たれた時の感覚的に、弾が貫通したとは思うんだけど、治療で痕まで消えたらしい。

身をよじっても痛くはないが、ほんの少しだけ、身体の中の方で引き攣《つ》るような違和感はあった。

……あの時、僕を撃った物は、間違いなく銃である。

ただ、発砲音はしなかったし、威力や、僕が負った怪我《けが》もおかしい。

僕が知ってる銃、少なくとも手に持つタイプの拳銃だったら、あんなにも簡単に盾の魔法を貫通はしない筈だ。

いや、しないと思う。

実際の拳銃がどれ程の威力なのか、触った事もない僕は詳しくわからないんだけれど、銃の威力は口径が大きい程に上がるってくらいは知ってる。

もしも僕を撃った銃が、盾の魔法を貫通するくらいの威力だったら、僕のお腹が消し飛ぶような大きな傷を負った筈だし、そもそも即死してたかもしれない。

弾丸を受けた衝撃で、吹き飛びもしただろう。

しかし実際には、僕のお腹に穴は開いたが、即死もせず、吹き飛びもしなかった。

ならあれは、僕の知ってる銃じゃない。

ジェシーさんはどうなったんだろうか。

僕が生きてるくらいだから、魔法人形であるジェシーさんなら、あの銃の弾を一発や二発受けても平気だとは思うが、あまり沢山撃たれればどうなるかはわからない。

あぁ、でも、あの不審者の腕は、シャムが切り落としたんだっけ？

……それから、僕の魔法が、燃やし尽くしたような、気もする。

殺して、しまっただろうか。

いいや、間違いなくあの魔法を、僕は殺す気で放ったのだけれども。

命を奪った事は、これまでにもある。

ケット・シーの村にいた時は、鹿を仕留めたり、罠《わな》で捕らえた鳥を絞めたりしてた。

ただ、それは食べる為の行為だったから、ただ殺意のままに、他者を殺したのは初めてだ。

食べるのは命を繋ぐ為、殺されそうになって、相手を殺すのも、命を繋ぐ為、そう考えれば、行為に矛盾はないいんだけれど……。

落ち着いた状況で考えてみると、少しだけ、割り切れない。

「シャム」

小声で、呼んでみた。

するとシャムは、すぐにパチリと目を開けて、大きな欠伸《あくび》を一つした後、椅子を蹴ってベッドの方に飛び移る。

「寝坊助。馬鹿《ばか》。鈍間《のろま》」

それから、僕を見上げて口にしたのは、幾つもの罵倒の言葉。

これは、うん、結構本気で怒ってる。

心配を掛けたってのは、もちろんあるけれど、それ以上にこれは、

「キリクがどうしてあれを見て、危険を察したかはわからないけれど、察したなら避けられたよね。なんで守りに入って、しかも守り切れてないのさ」

無様に傷を負った僕と、それから一緒にいたにも拘《かかわ》らず、僕の怪我を防げなかったシャム自身への、不甲斐《ふがい》なさへの怒りだった。

そう、実際、そうだ。

僕は、あの不審者が出した銃を見て、星の知識で知る銃と同じ物だと思い込み、それなら盾の魔法で防げると考えた。

異なる世界に、全く同じ物がある筈がないのに。

例えば包丁だって、こちらの世界の包丁は鉄が多いけれど、以前に生きた世界ではステンレス製の物が多かったように思う。

いや、そもそも僕が鉄と認識する物だって、こちらと以前に生きた世界では、実は別物かもしれない。

つまり僕が怪我を負ったのは、完全な思い込みによる、油断だった。

障壁を展開しながらでも動ける、回避行動を取れるのが、盾の魔法のメリットなのに。

もしもシャムが言うようにちゃんと避けようともしてれば、完全に回避できたかは、ちょっと自

信はないけれど、腹ではなく腕とか足とか、もう少し別の場所に怪我をずらす事は、可能だったかもしれない。

「……そうだね、ごめん。シャム、あれから何があったか、教えてくれる?」

まずは自分の間違いを認めよう。

それから、状況の確認だ。

僕が素直に謝罪して、問いの言葉を発すると、シャムは一つ溜息《ためいき》を吐いてから、口を開く。

「いえ、それは私から話しましょうか」

しかしその時、スッと現れてそう言ったのは、マダム・グローゼルだった。

まるで僕らの話に聞き耳を立てていたかのようなタイミングに、思わず僕は眉根《まゆね》を寄せる。

「えぇ、申し訳ありません。二人の話は聞かせて貰っていました。キリクさんの具合も気になりましたし、何よりこれは魔法学校の安全に大きく関《かか》わる事でしたので」

だが、マダム・グローゼルがあっさりとそう認めてしまうと、僕が口にする文句の言葉はなくなってしまう。

まぁ、確かにそうだ。

怪我人が起きたかどうかの確認は、できるならそうするだろうし、あの不審者は、間違いなくこの魔法学校の安全を脅《おびや》かす何かだった。

単にあの後起きた事の確認ならともかく、どうしてあんな人が卵寮に、魔法学校の敷地内にいたのかも含めて話して貰うなら、マダム・グローゼル以上にそれを説明できる人はいない。

僕が納得し、頷いたのを確認してから、マダム・グローゼルは言葉を続ける。

「まずキリクさんを襲った彼が誰なのかを説明しましょう。シャムさんに聞いた特徴から判断して、彼の名前はベーゼル。本来なら高等部の二年生で、キリクさんの知り合いのシールロットさんの一学年上の、当たり枠だった生徒でした」

それからマダム・グローゼルが語った話は、僕にとって全てが驚きで、そして酷《ひど》く物騒だった。

◇◇◇

僕を撃った不審者、ベーゼルは、高等部の二年生、順当に行けば冬休みが開ける頃には高等部の三年生になる学年の、当たり枠にあたる生徒だった。

つまりあの、後期の終わりに行われたパーティで出会った、クレイがアルバイトに行ってる先の、アレイシアという先輩と同学年だ。

そしてそのパーティの時、シールロット先輩が『二年の当たり枠は、もう居ない』なんて言葉を口にしていた事を、僕は覚えてる。

ベーゼルの出身はルーゲント公国で、とある村の狩人の家に生まれたらしい。

ルーゲント公国は、何度か述べたかもしれないけれど、敵対勢力であるボンヴィッジ連邦と領土を接している為、戦いに対しての意識が強い国である。

実際、ルーゲント公国とボンヴィッジ連邦の国境付近には、ウィルダージェスト同盟の各国から派遣された兵が駐留し、ボンヴィッジ連邦の軍との間には頻繁に小競り合いが起きているという。

また国境に近い村では、浸透してきたボンヴィッジ連邦の部隊に略奪を受けて焼かれたなんて話も、何年かに一度は耳にするそうだ。

もちろん、ウィルダージェスト同盟に属する各国の軍だって、ボンヴィッジ連邦の領土に踏み込めば同じような事をしてるんだろうけれども。

まぁ要するに、ルーゲント公国は最前線の国だった。

そんな国に生まれたベーゼルは、意欲的に強さを求める生徒だったらしい。

高等部に上がる際、彼が選んだ科は、黒鉄科だ。

黒鉄科を選ぶ生徒には二種類いて、一つは魔法陣の研究を目的としてる生徒だが、もう一つは研究ではなく、戦う為の力を求める生徒である。

古代魔法や錬金術の研究をするよりも、自分の強さを磨きたいと、より直接的な力を求める生徒は、決して少なくないという。

例えば故郷を守る力を求めて、或いは魔法使いが地位と名誉を得るには、魔法の力を戦いに活かすのが最も手っ取り早いと考えて。

尤も、そんな生徒でも黒鉄科に進めば、多少は魔法陣を齧《かじ》るそうだが。

つまりベーゼルは、当たり枠として学校に招かれる程に強い魂の力を持ち、その才を戦闘に傾けた。

高等部に上がってすぐ、一年生の頃から、黒鉄科のエースだなんて呼ばれる程に、彼の実力には誰もが一目を置いたそうだ。

しかしその黒鉄科のエースは、シールロット先輩が言ったように居なくなってしまう。

魔法使いの力は、戦いの場でも非常に有用である。

故に大きな争いが予想される時は、ウィルダージェスト同盟に属する各国から、魔法学校にも知らせが届く。

そして高等部以上の生徒は、あくまで自らが望むのならだが、その争いに志願する事が許されていた。

この志願は高等部以上の生徒であれば、黄金科、水銀科、黒鉄科、全ての科の生徒が行えるのだけれど、基本的に志願者が最も多いのは、当然ながら研究よりも戦闘の力を求める生徒も集まる黒鉄科だ。

だからこの戦いへの志願は、黒鉄科の課外授業だなんて風にも呼ばれる事があるらしい。

戦いへの意欲が強く、実力も高かったベーゼルは、当たり前のようにこの課外授業に参加した。

ちょうど今から一年程前、僕がこの魔法学校にやって来る前に、ボンヴィッジ連邦に動きがあって、その戦いに志願して戦場に赴いたそうだ。

そう、その戦場で、彼は帰らぬ人となったという。

「けれども、彼は再びこの魔法学校に姿を現しました。……この魔法学校の敵として。ここの防御設備は、生徒として登録された者には反応しませんから、単独で侵入してきたのだと思います」

ベーゼルは状況的に死んだと思われたが、骸《むくろ》が回収された訳ではなかったらしい。

魔法使いにも被害が及ぶ程の激しい戦いなら、死者の遺体を回収する余裕がないなんて事は、ごく普通にある話なんだとか。

ただここまでの事情は、戦争への志願なんてものも含めて、驚きではあったが僕には直接関係のない話だ。

僕が知りたいのはその先、べーゼルがあの時に何の目的であそこにいて、その結果がどうなったかだ。

特にあの銃のような代物が何なのか、僕を庇ったジェシーさんは大丈夫なのか、僕の魔法でべーゼルがどうなったのかを、知りたい。

しかしマダム・グローゼルが順序だてて、わかり易いように説明してくれている事くらいは、僕にだって察せるから、こちらから質問攻めにするような真似は、今はせずに我慢する。

「彼が使った武器は、魔法殺しと呼ばれる暗器です。星の灯《ともしび》は知っていますか？　魔法使いを敵視する彼《か》の宗教が、執行者に持たせる武器なのですが、……あの筒から吐き出される礫《つぶて》の先端には、魔法を壊す特殊な金属が用いられています」

そこから続いたマダム・グローゼルの説明は、ちょっとややこしかったので纏《まと》めると、魔法使いや魔法生物が、魂の力で世界の理《ことわり》を揺るがせ、書き換えるのと真逆に、世界の理を強め、確固たるものとする物質が存在するらしい。

中でも特に知られているのが、魔を払う真の銀とも呼ばれる、ミスリルという金属なんだとか。

例えばミスリルで剣を作れば、魔法の障壁や、魔法の火球を切り裂いたり、或いはゴーストなんかも消滅させられるという。

その金属が、あの銃で撃ち出された弾丸の先端に被せられていたというのだ。

だからあんなにもあっさり、盾の魔法に穴が開いてしまったのだろう。

僕が銃で撃たれた時、まだ成長し切らない、薄い子供の身体だったからか、幸いにも弾が貫通してくれたけれど、もしも体内で留まっていたなら、或いはその後に放とうとした魔法は失敗していたかもしれない。

いや、でも、魔法を壊す弾丸なんて、そんな物で撃たれたら、僕は怪我で済んだけれど、魔法で動く、魔法人形のジェシーさんはどうなる?

流石に、僕の表情に焦《あせ》りが浮かんだ事に気付いたのか、マダム・グローゼルは一つ頷く。

「キリクさんを守った魔法人形は、……残念ながら破壊されました。幸い、大きく身体が傷付いた訳ではありませんから、撃たれた礫を取り除き、再び錬金術で魔法人形とする事は可能です。……しかしそれで生まれるのは、古い身体を持つ新しい魔法人形であって、貴方《あなた》を守った魔法人形ではないでしょう」

その言葉は、僕には最大限に配慮されていたけれど、それでも告げられたのは、とても重い事実だった。

魔法人形に対して、この言葉を使うのは正しくないかもしれないが……、ジェシーさんは、僕を庇って死んだのだ。

ジェシーさんが、状況を理解していたのかは、わからない。

もしかすると、生徒を守るという魔法人形の役割に従っただけかもしれないし、そもそも魔法を破壊する弾丸だなんて思いもしなくて、多少の攻撃には耐える自信があったのかもしれない。

……でも僕は、ジェシーさんは、全てを理解していても、やっぱり僕を庇ってくれたんじゃないかと、そう思う。

「破壊された魔法の修復手段はあります。しかしそれは、新しい魔法人形を作るよりも、非常に多くの素材や労力を必要とします。魔法学校には、その素材や労力を費やす理由は、ありません」

続くマダム・グローゼルの言葉も、声は優しいけれど、内容は残酷である。

僕にとっては、ジェシーさんという存在も、魔法学校にとっては多く有する魔法人形の一体に過ぎなかった。

低いコストで数を補える方法があるなら、わざわざ多くの素材や労力を費やし、修復する理由はない。

ただ、これは本来、僕に教える必要はない話だ。

単に修復はできないっていうだけで良かったのに、素材や労力の話なんかして、可能性がある事を示唆《しさ》するのは、そこには何らかの理由がある。

「但し、その魔法人形を直したいという生徒がいて、その生徒が在学中にそれを成せる可能性があるなら、新しい魔法人形として再利用せず、その生徒が魔法人形を直すまで待つくらいはするでしょう。もちろん、それを生徒自身が強く望めば、ですが」

例えば、そう、僕自身にジェシーさんを直させようとしているとか。

でもこれは、大きな決断だ。

もしも僕が、ジェシーさんを直そうと望むなら、高等部で進むべき科は必然的に水銀科だった。

魔法人形は錬金術の産物だから、その修復を志すなら、錬金術に深く習熟する事は必須だろう。

黒鉄科で魔法陣、黄金科で古代魔法を学ぶって道は、それらがどんなものかを詳しく知る前に閉ざされる。

……いや、でも、うん。

問題はない。

「わかりました。ジェシーさ……、壊された魔法人形は、僕が直します。何年掛かっても、在学中に、必ず」

僕は、マダム・グローゼルに、はっきりとそう宣言する。

選択肢がなくなっても、構わない。

黒鉄科に行かずとも、黄金科に行かずとも、魔法陣や古代魔法が必要なら、図書館に通って独力で習得しよう。

他の生徒にはできずとも、僕ならできる。

やってみせる。

ハーダス先生の逸話に比べれば、それくらいは大した事じゃない。

それよりも、今、ここでジェシーさんを直さない選択をしてしまえば、僕はそれをずっと後悔するだろう。

後悔は僕の未来を暗くする。

後悔が、僕の限界を決めてしまう。

そんなの、冗談じゃない。

これは幸いなのだ。

死者を蘇《よみがえ》らせる魔法はないそうだけれど、ジェシーさんを修復する魔法は存在してる。

つまり僕の努力で何とかなる範囲なのだ。

僕を助けてくれたジェシーさんは、僕の手で助けたい。

そう思う事は、ごく当たり前の話だった。

◇◇◇

マダム・グローゼルの話はその後も続いて、ベーゼルの狙いは、僕らと同じくハーダス先生の遺した何かなんじゃないかって言っていた。

何でも今は、魔法学校の防御機能には少なからずハーダス先生の手が加わっていて、それを無効化する為に侵入してたんじゃないかと、マダム・グローゼルは考えてるそうだ。

恐らく、その、星の灯の執行者、ベーゼルの今の仲間を、魔法学校に侵入させ易くする為に。

星の灯といえば、『星の世界』に名前が載っていた、グリースターが興した宗教である。

グリースターも、同じく星の知識の持ち主だから……、やはりあの銃、魔法殺しもその知識で作られた物なんだろうか。

ただ、マダム・グローゼル曰く、あの銃もまた、魔法の力で動く品だった。

あの銃で撃たれる弾丸が、先端だけミスリルを被せられているのも、ミスリルという金属が貴重である事ももちろん無関係ではないが、総ミスリル製とすると、銃に掛けられた発射機構の魔法を壊してしまうからなんだそうだ。

シャムがベーゼルの腕を切り落としたから、現場には彼の手と一緒に銃もまた残されていて、マダム・グローゼルが直々にそれを調べたから、まず間違いないという。

そして、これは僕にとって少し重要なんだけれど、現場には、その切り落とされた腕以外、ベーゼルの痕跡は残っていなかったらしい。

僕の魔法は人を殺せる威力はあったが、跡形もなくしてしまう程の代物ではなかった。

つまりベーゼルは、あの瞬間に移動の、それも長距離を転移する魔法で逃げたって事だ。

なので僕はベーゼルを、人をまだ、殺していない。

……殺さずに済んだと、言うべきか。

それとも殺せなかったというべきか。

だがベーゼルは、恐らく僕やシャムを、ハッキリと敵として認識しただろう。

もしも次に会う事があったなら……、改めて仲良くなんて訳には、行く筈もない。

マダム・グローゼルは、もう暫《しばら》くは医務室で休むようにと言い残して去ってしまった。

僕は、確かに話に疲れを感じてもいたので、再びベッドに横たわる。

でも、意識のなかった先程までとは違って、今度は何時もベッドでそうしてるように、シャムが入ってこれるスペースを作って。

「ねぇ、シャム、さっきの話、どう思う?」

僕は顔の横、枕元《まくらもと》で丸まったシャムに、そう問う。

マダム・グローゼルは、ベーゼルの目的は魔法学校の防御機能を弱め、星の灯の執行者を侵入させる事だと言ってたけれど、……いや、その事に間違いはないのだろうが、問題はその先だ。

魔法学校に侵入した星の灯の執行者は、一体何をする心算《つもり》なのか。

星の灯が魔法使いを敵視する宗教ならば、当然ながら魔法使いを養成するこの学校も、敵対する対象だろう。

その割に、あの銃は魔法の道具だっていうし、魔法使いであるベーゼルも執行者にしているし、ちょっとやる事に矛盾がある。

毒を以て毒を制すって心算なんだろうか。

いや、そもそも『星の世界』に載ってた記述が正しいなら、星の灯を創設したグリースターは、魔法使いだった筈なんだけれど……。

「何でもいいよ。次に会ったら、あの首を落とすだけ」

だけど僕の問い掛けに、シャムは素っ気なく、物騒に、そう返す。

あぁ、まだちょっと、ご機嫌斜めらしい。

僕がふと思ったのは、ベーゼルが星の灯の執行者を侵入させようとしたのは、魔法学校全体じゃなくて、卵寮なんじゃないかって事。

この魔法学校には、ハーダス先生の手が加わってない防御機能だって、そりゃあ存在するだろう。

何しろウィルダージェスト魔法学校の最大の強みは、長く積み重ねた魔法の力だ。

幾らハーダス先生が偉大だといっても、遺したものはその積み重ねの一部に過ぎない。

しかしハーダス先生の手が加わってない防御機能が、恐らく殆ど存在しない場所もある。

そう、それが卵寮だ。

ハーダス先生が校長をしてる時に建てられたのだから、積み重ねた歴史も、他に比べれば圧倒的に薄い。

では卵寮に侵入したとして、一体何を企《たくら》むのか。

それは……、卵寮で暮らす生徒を攫う事だと、僕は思う。

あの時、ベーゼルも、時間があれば僕を攫う心算だったみたいな言葉を、口にしていた。

ならばそれは、何の為に?

その答えは、他ならぬベーゼル自身だ。

彼がそうなってしまったように、星の灯の執行者とする為に、魔法学校が集めた、魔法の才のある子供を攫う。

それが、星の灯って宗教組織の狙いなんじゃないだろうか。

未熟な間に攫って執行者に仕立てられるなら良し、それができずに成長を許し、一人前の魔法使いが誕生するくらいなら殺してしまえ。

そんな心算で、ベーゼルは僕を殺そうとしたんだと思う。

実に嫌な想像だけれど。

……もし僕の予想が当たってたら、或いは僕の友人達にも、危険が及ぶ事があるのかもしれない。

そういえば、以前から少し気になっていたのだけれど、貴族の子弟が魔法使いの才を持っていれば、その子は当主への道を閉ざされる。

ジャックスはフィルトリアータ伯爵家の三男だから、元より当主は遠かっただろうけれど、以前に僕と模擬戦をした上級生のグランドリアは、ヴィーガスト侯爵家の嫡子だったという。

でもグランドリアは、当主への道を閉ざされて、魔法学校に来る事になったそうだ。

一体何故なのか。

それは恐らく、魔法使いは普通の貴族よりも、多くの危険に見舞われるからではなかろうか。

魔法使いとしての力を発揮する為に前線に赴いたり、星の灯なんて組織に狙われたりするから、魔法使いの才を持った子は、当主への道を閉ざされるんじゃないかと、僕はそんな風に想像する。

貴族家の当主の死は、どうしたって家を混乱させるだろうし。

そう考えると、この魔法学校が、戦いを苦手とする生徒にも、くどいくらいに戦い方を教えているのも、そしてその戦い方が魔法使いを想定したものである事も、……幾らかは納得がいく。

魔法使いは戦えなければ、自らの身は自分で守れなければ、危険だというのなら。

これまで、あまり興味を持たなかったけれど、魔法学校を卒業した後の、一人前になった魔法使い達は、一体どんな風に生きてるんだろう？

調べてみた方が、いいかもしれない。

貴族に仕えたり、軍に入ったりするとは聞いたんだけれど、全員が全員、そういう訳ではないだろうし。

進路か。

考えてみれば当たり前の話なのに、僕は目先の、興味のある事ばかりを追い掛け過ぎてて、その辺りを全く気にしてなかった。

いずれにしても……、力が欲しい。

もっと戦い方が上手《うま》くなりたいし、もっと多くの魔法が使えるようになりたいし、錬金術に習熟して、ジェシーさんを蘇らせたい。

「……頑張らないとなぁ」

ただ、今日のところは、もう少し休もう。

僕はそう呟いてから、ゆっくりと目を閉じる。

シャムは、僕の声に身じろぎしたけれど、結局は何も言わなくて、だけどずっと、枕元に居てくれた。

◇◇◇

先日はとんだ目に合ったが、冬期休暇の全てがそんなにもスリルに満ちてた訳じゃない。

僕が医務室に担《かつ》ぎ込まれたって知ってるクラスメイトはいないから、妙な心配もされなかった。

尤も、丸一日以上は医務室で寝てたから、その間、姿が見えない事を少しばかり気にされはしたけれど。

ただ、卵寮の屋上は、生徒の立ち入りは禁止になってしまった。

恐らくは、マダム・グローゼルが生徒にも、つまりはベーゼルに対しても反応する何らかの防御機能を、屋上に設置したのだろう。

単にベーゼルの学籍を取り消せばいいんじゃないかと思ったのだけれど、どうやらそう簡単な話でもないらしい。

お陰で僕とシャムは、結局は大浴場のライオンの口に入ってた鍵を、どこで使うのかはわからないままだ。

……でも、それで良かったと思う。

だって、どうせこの鍵を使うなら、修復したジェシーさんに改めて案内されたい。

他の、本校舎にハーダス先生が遺した仕掛けに関しては、そりゃあ遠慮なく探すけれど、今回のこれだけは、もう一度、一人と一匹と一体で、ちゃんと何がそこに在るのかを見付けたかった。

もちろんそれは単なる感傷だけれど、そもそも僕がジェシーさんを修復したいって思うのだって、同じく感傷なのだから。

まぁ、そんな感じではあるのだけれど、僕も他の生徒達も、卵寮の屋上に立ち入れない事以外は、行動の制限は受けなかった。

星の灯なんて宗教組織があると知った今、どうしてそんなに無防備に生徒を自由にさせるのか、ちょっと疑問には思ったけれど、よくよく考えてみれば、先日の件はあくまで例外なのだろう。

少なくともウィルダージェスト同盟に参加する国々では、星の灯が公に活動できる筈もない。

恐らく長距離を移動する魔法が使えて、尚且つ魔法学校の防御機能に引っ掛からないベーゼルは、星の灯にとっても重要な手駒で、彼の潜入は特別な一手だったと推測される。

そしてその目論見は、偶然ではあったけれども僕らとの遭遇《そうぐう》によって、未然に防がれる事となった。

その事で魔法学校が受けた被害は、生徒一人の怪我と、魔法人形一体の損失でしかない。

……僕にとっては決して軽くはないけれど、魔法学校側からしてみれば、最小限の被害だったと言えるだろう。

相手の手の内が割れた以上、同じ事が繰り返されないように手を打てば、必要以上に生徒の行動を縛る理由もないのか。

要するに、僕が一人であれこれ悩んで警戒しても、あまり意味はないって話である。

もちろん敵の存在を知った以上、備えは必要だ。

力を身に付け、不測の事態にも対応できる心構えをしておく。

常に警戒して神経をすり減らすよりも、事が起これば最善の結果を掴み取れるように準備に励むのが、きっと今の僕が成すべき事だった。

……さて、そういう訳で今日の僕とシャムは、シズゥと一緒に王都にあるパトラの家へと遊びに来てる。

女の子が二人で遊ぶのに、僕らがいても邪魔にしかならないだろうけれども、……ほら、シズゥは貴族のお嬢様だから、彼女が一人で遊びに行くと、パトラの家族が恐縮しかねない。

でもそこに、既に顔の知れてる僕らが交ざれば、パトラの家族もクラスメイトの集まりだと、認識し易くなるんじゃないだろうかと、シズゥに誘われたのだ。

うん、まぁ、シズゥの性格上、友人の家族を恐縮させてしまうのは、仕方ないと理解した上でも、心苦しくなるのだろう。

僕らが交ざって少しでもそれがマシになるのなら、否と口にする筈もない。

また、ポータス王国の王都で万一の事態なんてないとは思うけれども、それでも億に一つ、兆に一つ、何か事件があったとしても、僕とシャムがその場にいたら……、そう、たとえベーゼルであっても撃退は可能だから。

気にし過ぎなのはわかっていても、一度脅威を知れば警戒を解くのは、やっぱり簡単にはいかないのだ。

「シズゥちゃん、いらっしゃい！　キリク君と、シャムちゃんも、今日はありがとう！」

パトラはシズゥの手を取ってその来訪を喜んでから、僕らに対して歓迎の言葉を述べた。

うぅん、その姿を見せるだけで、パトラの家族には十分だった気もする。

これだけ仲の良い姿を見れば、一目でパトラとシズゥの関係はわかるだろう。

もしもわからなかったら、その目は顔に空いた単なる穴だ。

それでも僕を置いてけぼりにしないから、改めてパトラは優しいなって、改めて思う。

シャムだったら、あの二人の間にも交ざれるんだろうけれど、僕にはとてもじゃないが無理である。

今日のところは、パトラの家族が出してくれる焼き菓子を齧りながら、のんびりと二人を眺めてようか。

最初の頃は、パトラとシズゥは僕を通して、正確にはパトラの目当てはシャムだったのだけれど、一年間を共に過ごす事で、二人は本当に仲の良い友達になっていた。

実際、後期の終わりに行われたパーティも、二人で一緒に楽しんでたみたいだし。

パトラの家族は、僕の事をちゃんと覚えててくれたから、今回も手土産に持ってきた回復の魔法薬を渡す。

やっぱり大工の家は怪我が多いらしくて、この手土産は今回もとても喜ばれた。

「この焼き菓子、とても美味《おい》しいわ」

少しぼんやりしていると、横から手が伸びて来て、僕の焼き菓子が一つ攫われる。

学校では決してしないだろうシズゥの行動に、ちょっと驚く。

悪戯《いたずら》っぽく笑うシズゥに、急にどうしたんだろうと思ってたら、逆側から伸びた手も、やはり焼き菓子を攫って行った。

その手は、犯人は、パトラだ。

彼女もやっぱり、笑ってる。

あぁ、どうやら二人は、僕も遊びの輪の中に加えたい、もとい加えてくれる心算らしい。

なんだか今日はモテモテだ。

じゃあ、折角のお誘いだから、一緒に遊んで貰うとしようか。

僕一人じゃ、パトラとシズゥのコンビには、とても敵いっこないけれど、僕にはシャムがいるから、二対二だったら、なんとか対抗できるだろう。

◇◇◇

冬のある日に一年が終わり、そして新しい一年が始まる。

これは不思議な事に、以前に生きた世界と全く同じだ。

特に冬の真ん中に、新しい年を始める理由なんてないと思うのだけれど、……なんでだろう？

一年の長さも変わらないみたいだし、何か知られていない繋がりが、この世界と星の世界にはあるのかもしれない。

さて、この日は新しい年が始まる事以外にも、僕にとっては意味があった。

「キリク、誕生日、おめでとう」

食堂で、クレイがそう言って、果汁水の入ったコップを掲げる。

隣に並ぶシズゥも、同じように。

そう、この日は、僕の誕生日という事になってる日だ。

……尤も、僕が本当にこの日に生まれたのかはわからない、というか、実際には生まれた日は全く別だろう。

というのも、僕はケット・シー達が見付けてくれるまで、ジェスタ大森林に捨てられていたそうだから、本当に生まれた日なんて知りようがない。

あぁ、別にその事に関しては、物心も付いてない時の話だし、そのお陰でケット・シー達の村で暮らせたのだから、特に何とも思っていないけれど。

単に僕の本当に生まれた日はわからないってだけの話である。

では何故この日が僕の誕生日になっているのかと言えば、その理由はちょっとややこしくて、ケット・シー達の村では個別に生まれた日を祝うような風習はなく、年が変われば一歳分、年を経たって扱いになるからだった。

つまり正しくは別に誕生日でもなんでもないのだけれど、クラスメイト達に誕生日を問われれば、この日以外に相応《ふさわ》しい日がなかったたって訳である。

コップを軽くぶつけあって、その中身を口に運ぶ。

誕生日の祝いといっても、別に大仰《おおぎょう》なパーティをする訳じゃない。

僕らは所詮《しょせん》、学生の身分だ。

並ぶ食事は何時も食堂で出される物だけれど、そこに王都で買った菓子やドライフルーツを持ち

寄り、ささやかな贈り物を貰う。

それだけで十分に楽しいし、嬉《うれ》しい。

他の友人が誕生日の時は僕もそうしたし、今日は僕がそうして貰ってる。

まぁ、冬期休暇の只中《ただなか》だから、実家に帰ってしまってる友人が多いのは残念だけれど、そればかりは仕方のない話であった。

「私達の中で、キリクの誕生日が一番遅いなんて、なんだかとても不思議ね」

そう言って、シズゥが楽しそうに笑う。

娯楽《ごらく》の少ないこの世界では、祝い事というのは娯楽でもある。

魔法学校の生徒である僕らは、驚きや楽しさに満ちた生活を送れているけれど、この世界に生きる多くの人はそうじゃない。

だからこそ、苦しい生活の中でほんの少しの贅沢をする理由、楽しい気分になれる理由を、祝い事に求めるのだ。

しかし僕が、一つだけ残念に思うのは、シャムがこの娯楽に参加しにくい事だった。

いや、参加自体はしている。

僕が彼を置いてくるなんてあり得ないし、友人達もそれは十分にわかってるから、シャムの存在はちゃんと認知してくれているのだけれど……。

でも、本当は、僕がこの日を誕生日とするならば、シャムだってこの日が誕生日なのだ。

何故ならこれまで、ケット・シー達の村では、この日に、同じように彼と年を重ねて来たのだから。

ただ、それを祝ってくれてる友人達に言う訳にはいかないから、シャムは単なる猫として、この場では食事を楽しむのみ。

僕にはそれが、仕方ないとはわかっていても、どうしても残念に思えてしまう。

恐らくシャムは、モムモムとローストされた牛肉を食《は》んでいて、そんな事は全く気にしてないのだろうけれども。

一応、僕はシャムへの贈り物として、少しお高い布地で作った、尻尾《しっぽ》に付けられるリボンを用意したのだけれど、……喜んで貰えるかは、どうだろう?

ケット・シーであるシャムは、人に比べると物に対しての執着が薄いし。

でも今年送ったリボンを、来年は魔法が掛かった物に交換とか、できれば素敵だと思うのだ。

もちろん自前で、僕自身が錬金術や魔法陣の技術を習得して、魔法を掛けて。

……二年生の終わりまでにそれができるようになるかは、まだちょっとわからないが。

何時かは、僕の友人達にも、シャムがケット・シーである事は明かしたいし、一緒に誕生日を祝いたい。

彼らなら、秘密を知っても黙っててくれるとは思うのだけれど、つい先日、学校の中であんな事があったばかりだから、もう暫くは様子見だ。

シャムは単身で僕よりも強いから、いざって時は切り札にもなり得る。

家族にして相棒を、そんな風には言いたくないが、僕らはまだ、魔法学校の全てを知った訳じゃないのだし。

うん、まぁ、今日は難しい事は考えないでおこう。

友人が僕の誕生日を祝ってくれて、僕はシャムの誕生日を祝う。

今日は、そういう平穏で優しい一日で終わりたい。

さっきも述べたけれど、僕らは所詮、学生の身分だから。

難しく、物騒な事は、魔法使いである以上は避けられないにしても、なるべくは遠くに置いておきたいと、僕はそう思うのだ。

◇◇◇

冬期休暇も終わりに近づくと、実家に帰っていた生徒達が徐々に帰ってくる。

まず帰ってくるのは、夏と同じく先生の送り迎えを必要としないポータス王国に実家がある生徒達。

だが同時に、これまでに見なかった顔の生徒達もちらほらとだが見かけるようになってきた。

そう、新しい一年生となる、新入生である。

彼らはまだ正式にウィルダージェスト魔法学校の生徒になった訳ではないのだけれど、移動に難があるこの世界では、入学の日に合わせて集まるなんて事は不可能だろう。

なので早めにやって来て、前期が始まるよりも早くに寮での生活を始めるのだ。

ちなみに既に寮にやって来てる新しい一年生は、ポータス王国に実家がある子達らしい。

他の国、ノスフィリア、ルーゲント、サウスバッチ、クルーケットから来る新しい一年生は、他の実家に帰ってる上級生と一緒に、各国の首都から先生達の送り迎えでこの魔法学校に来るそうだ。

冬でも然程《さほど》に寒くならないサウスバッチ共和国はともかく、他の国、特に北よりのノスフィリア王国なんかは、首都までの移動も大変だと思うのだけれど、一年生に関してはその辺りも先生が助けてくれるという。

まぁ、農村の生まれの子供なんて、首都までの旅ができる筈もないし、当たり前と言えば当たり前の話だった。

既に寮での生活を始めた新しい一年生を見ていると、なんだかとても微笑ましい。

期待と不安に胸を膨らませながらやって来て、卵寮で働く魔法人形を見て驚いてる様を眺めるのが、ここ数日の楽しみだ。

中には同じ新しい一年生に対して偉そうな、横柄《おうへい》な態度を取ってる子もいるけれど、……あれは貴族の家の子弟だろうか。

流石に上級生、僕のクラスメイト達に対しては絡《から》みに行ってないみたいだから、特にこちらから何かを言おうとは思わない。

もちろん横柄な態度が度を過ぎて、苛めにでもなってる現場を見れば右ストレートで対処だが、そうでないなら、あまり無理に干渉する必要はないだろう。

それにもし干渉をするにしても、僕よりもジャックスの方が向いてた。

同じポータス王国の貴族の子弟の言葉なら、素直に耳を傾け易い筈だし。

しかしそれにしても一つ思うのは、どの学年にも貴族の生徒が少しは居るなぁって事である。

どの国でもそうだと思うが、貴族と平民の数を比べれば、平民の方が圧倒的に多いだろう。

それこそ比率で言えば、百倍でも利かないくらいに。

だけど僕のクラスには三十人の生徒に対して、ジャックスにシズゥ、それから一応はガリアと、貴族が複数いた。

平民と貴族の比率を考えると、僕のクラスの貴族率は明らかに異常だ。

そして他の学年も、新しい一年生はまだ全てが知れた訳ではないけれど、僕のクラスと貴族の数は大差ない。

この魔法学校が、貴族の身分に忖度《そんたく》して、貴族から多く生徒を募ってるって可能性は、そりゃあ皆無じゃないが、……けれどもジャックスもシズゥも、それからガリアだって、別に他の生徒に比べて魔法の才に劣るなんて事は少しもなかった。

寧ろ彼らは、クラスでも優秀な部類である。

つまり、少なくとも僕の学年に関しては、彼らが魔法学校の生徒に選ばれたのは忖度の結果ではない筈だ。

また、一学年上の貴族、グランドリアも、……まぁ、あんまり好きな相手ではないけれど、魔法の実力はあったと思う。

すると魔法学校が忖度してるっていうよりも、貴族の家には魔法使いの才を持った子供が産まれ易いって事になるんだけれど、……それってあり得るんだろうか？

この世界では、魔法の才能は、即ち魂の力だ。

貴族の血統に強い魂が宿るなんて、それはどうにも納得しがたい話だった。

……いや、逆に考えて、強い魂の持ち主だからこそ、この世界で生き抜く為に有利な立場、貴族の家の生まれを勝ち取れているとか？

答えなんて出ないだろうけれど、ふと、そんな事を考えてしまう。

ふと、視線に気付いたか、ぼんやりと眺めてた新しい一年生達が、僕に向かってペコリと頭を下げた。

なんだかちょっと嬉しくなって、僕は彼らに手を振る。

一歳しか違わないのだけれど、年下で、後輩ってだけで、妙に可愛《かわい》く思えるのはなんでだろうか。

尤もこのテンションで話しかけて、不審者だって思われたら嫌だから、行動には出ないし、顔にも出さずに取り繕ってはいるけれど。

あの中に、僕の事を先輩って呼んで、仲良くしてくれる子はいるんだろうか。

他国からの新しい一年生は、今頃《いまごろ》はその国に戻ってる上級生が面倒を見てるのかもしれない。

そう考えると、ちょっとワクワクだ。

僕のクラスメイトが、後輩を紹介してくれたりしないだろうか。

サウスバッチ共和国に帰ってるガナムラとか、あれで中々面倒見がいい奴だったりするし。

それから、忘れてはならないのは、前期の授業が始まった後にエリンジ先生が連れ帰るという、新しい一年生の当たり枠は、どんな子なのか楽しみだった。

今年も後期に初等部の一年生と二年生の模擬戦が行われるなら、最も注意すべきはその当たり枠の生徒だから。

……まぁ、あの模擬戦はどう考えても得がないので、ルールをもっと改変するとか、他のイベントに差し替えるとか、前期の間にクラスメイトと相談して、要望をマダム・グローゼルに叩《たた》き付《つ》けたいところだけれども。

いずれにしても、もうすぐ始まる次の一年間、二年生も楽しみだなぁって、そう思う。

二章 ✦ 二年生

冬の寒さは終わらぬが、冬期休暇は無情に終わり、二年生としての前期の授業が始まる。

夏期休暇が終わった、一年生の前期から後期への移り変わりの時は、授業の変化は難易度だった。

しかし冬期休暇が終わった、学年が二年生へと変わった今回は、授業の科目自体が変化する。

幾つかの科目では、それを教える先生も。

「今日から君達に古代魔法の基礎、より正確には古代魔法とは何かを教える、カンター・ログジァーダという。諸君らの学年は実に優秀だと聞いている。以後、お見知りおきを」

二年生になって初めて顔を見る先生の一人、カンター先生が壇上《だんじょう》から、僕らに向かってそう言った。

家名持ちという事は、貴族の出自なのだろうか？

或《ある》いはサウスバッチ共和国からやって来てるなら、平民でも家名を持ってたりするけれど、あぁ、いや、あの国は、一人前の魔法使いとして認められれば、それで名前が増えるんだっけ。

ウィルダージェスト魔法学校で、生徒を相手に教鞭《きょうべん》をとる先生が、一人前の魔法使いとして認められないなんてあり得ない。

そうなると仮にサウスバッチ共和国の出身だった場合は、家名を持たぬ流れ者が、魔法使いとなった事で名前が増えたってケースになるだろう。

他の国の出身者なら貴族の出で、サウスバッチ共和国の出身者なら流れ者って、別に出自で人を区別する訳じゃないけれど、随分な違いだった。

まぁ、そんな事は至極どうでもいいからさておいて、この基礎古代魔法は、二年生になって増えた科目の一つだ。

実は二年生は、科目の数自体が、一年生よりも幾つか多い。

一年生で習ってた科目は、基礎呪文学《じゅもん》、戦闘学、錬金術、魔法学、一般教養の五つ。

そしてこの五つの科目は二年生になって、基礎呪文学からは基礎の文字が取れて呪文学になり、魔法学は魔法生物学に、一般教養は魔法史へと名前が変わる。

尤もこの三つの科目に関しては、名前は変われどそれを教える教師に変化はない。

また戦闘学と錬金術に関しては、科目の名前も教える教師も変わってなかった。

そこに新しい科目として三つ、基礎古代魔法、基礎魔法陣、治癒術が加わり、僕らは二年生で、合計八つの科目を学ぶ。

ただこのうち、基礎古代魔法、基礎魔法陣に関しては、二年生で学べるのは、名前にもそうあるように、基礎の部分になるそうだ。

僕らは高等部に上がる際、古代魔法を専攻する黄金科か、錬金術を専攻する水銀科か、戦闘学、或いは魔法陣を専攻する黒鉄科の何れ《いず》かを選んだり、或いは適性次第では魔法学校側によって割り振られたりする。

けれども、当たり前の話だけれど、それに触れてなければどれを専攻すべきか選べないし、適性だって判明しない。

既に錬金術と戦闘学に関しては、一年間学んである程度は理解をしているけれど、古代魔法と魔法陣は魔法学でそういったものがあると教わっただけだ。

故に基礎となる部分だけでも、二年生で古代魔法と魔法陣を学んでおく必要があるって訳だった。

一年生で古代魔法や魔法陣を学ばない理由は、恐らく専門性が高いというか、単純に難しいからだろう。

ある程度は魔法に対しての理解がなければ、古代魔法や魔法陣に触れたところで混乱するだけだ。

もちろん錬金術も専門性は高い分野ではあるのだけれど、その中でも魔法薬に関しては、比較的とっつき易いとされているから、一年生から学んでる。

それに魔法薬を使った回復は、高等部でどの科に進んだとしても、習得しておいて損はない。

何故《なぜ》なら、魔法薬を使わぬ回復手段、二年生で教わる治癒術に関しては、あまり多用すべきものではないからだ。

治癒術で主に教わるのは、人の身体の構造である。

実際のところ、単純に傷を塞《ふさ》ぐ治癒の魔法が、火や水を出す事に比べて物凄《ものすご》く難しいって訳じゃない。

しかし単純に傷を塞ぐ治癒の魔法で、それ以外の効果を出さない事が、実はとても難しいのだ。

物凄く簡単な例を出すと、ある魔法使いが病人を相手に、元気の出る魔法を使ったとしよう。

するとその病人は元気になるのだが、それは寿命を削って一時的に体力が増してるだけかもしれないし、脳内の成分が分泌された影響でハイテンションになって元気になってるだけかもしれないし、実際に病が治ったのかもしれない。

魔法は、魂の力で理を書き換える。

だが治癒の魔法で書き換えられる理《ことわり》とは、即ち人の身体なのだ。

安易に用いれば、それがどんな影響を身体に齎《もたら》すか、わかったものではなかった。

魔法薬の場合は、素材の効能や手順等で、効果を限定する事ができる。

比べて治癒の魔法を制御するのは、呪文と己《おのれ》のイメージのみ。

故に人体に使うには、治癒の魔法ではなく、魔法薬が好ましい。

けれども治癒すべき人がいる、あるいは自分が深い怪我《けが》を負った時、必ずしも手元に魔法薬がある訳ではないだろう。

だからこそ治癒術の授業では、確実な治癒のイメージが持てるように、人体の構造を学び、動物や自分の身体を使って、魔法の練習をするそうだ。

……といった具合に、二年生の授業は一年生よりも、ずっと難しくなっていた。

「まず古代魔法を学ぶ上で大切なのは、古代とは一体どの時代を言うのかだ。古代魔法の探求とは、即ち失われた魔法の再発見だが、失われた魔法の全《すべ》てが古代魔法という訳では、決してない」

カンター先生の見た目は、五十代か六十代くらいだろうか。

頭は真っ白で顔にも少し皺《しわ》が多いが、声には張りと、程よい抑揚があって聞き取り易い。

教師として、生徒に教える事に慣れ親しんでる、ベテランを越えた古強者《ふるつわもの》の風格すらある。

「恐らく魔法史の授業でも習うと思うが、古代とは今より千二百年前、大破壊の魔法使いと呼ばれるウィルペーニストが、この世界を滅ぼし掛けた事により、多くの国が滅びて技術や歴史が失われた。これより前の時代を示す言葉だ」

だがその聞き取り易い声で語られる授業内容は、かなり衝撃的な内容だ。

ウィルペーニストは、以前に読んだ『星の世界』という本に記されてた名前だった。

そう、僕と同じく前世の記憶、星の知識を持っていたとされる人物の一人。

大破壊の魔法使いなんて二つ名が付いてる以上、それはとんでもない事をやらかしたのだろうとは思っていたけれども……、これは少し、想像を超えてる。

世界を滅ぼし掛けた。

それがどんな規模の話なのかは、わからない。

多くの国が滅びたって事なのか、人の全てが死に絶えるところだったのか、人どころか、文字通りに世界を壊そうとしたのか。

しかしいずれにしても、文明の伝達が一度途切れたくらいには、大きな破壊を齎したのだろう。

そんな事、本当に一人の人間にできるなんて、とても思えないのだけれども。

「この世界が滅びかける前に使われていた魔法を、古代魔法と呼ぶ。幾つかの古代魔法は、世界が滅びかけた後も無事に残ったが、やはり多くは技術や歴史と同様に失われてしまった。古代魔法の研究は、この失われた魔法の再発見を目的としている」

カンター先生の言葉は止まらず、どこか誇らしげに古代魔法の事を語る。

つまり、古代魔法には二種類あるって話だった。

一つは滅びを免れ、残った魔法。

もう一つは一度は滅びてしまったけれど、再発見された魔法。

なんとも、中々に面白《おもしろ》い。

曰く、高い知能を有する魔法生物との契約も、滅びを免れた古代魔法になるそうだ。

失われた魔法の再発見は、古代の遺跡に遺された文献、魔法の力を秘めた、或いは秘めていた遺物を手掛かりにして、魔法の全体像を把握し、再現する方法を探るという。

やる事としては、半分くらいは考古学に近いのだろうか。

僕が進む道はもう既に定まってるが、……古代魔法も少し、いや、かなり面白そうに感じる。

尤《もっと》も、僕がどうしても古代魔法を学びたくなったら、錬金術に習熟してジェシーさんを修復した後で、改めて学べばいいだけだ。

このウィルダージェスト魔法学校で学ぶ事はできなくとも、例えば黄金科に進んだ友人に、師事してやり方を学ぶのだっていいだろう。

手段はきっと無数にある筈。

二年生の授業は、一年生の時よりも格段に難易度は上がってるけれど、……あぁ、その分、より魔法の面白さに迫れそうだった。

◇◇◇

冬期休暇が終われば、前期の授業と同時に、やっぱりシールロット先輩のアルバイトも始まる。

正直、今回はこのアルバイトの始まりが、とてもとても待ち遠しかった。

いや、夏期休暇の時だって、シールロット先輩には早く会いたかったのだけれど、今回は、相談をしたい出来事が幾つも幾つもあったから。

「キリク君は、長い休みの度に大きな出来事に巻き込まれるね」

僕の話を聞いた彼女は、そんな風に言ってくれる。

そう、僕が大きな出来事を起こしたんじゃなくて、巻き込まれたって言ってくれるシールロット先輩が、とても優しい。

実際のところ、襲撃を受けた冬はもちろん、夏だって僕が望んで事件を起こした訳ではないから、巻き込まれたって認識は正しいのだけれども。

ただ僕としても、自分の行動が騒動を引き寄せてるんじゃないかって気には、少しなってしまってたから。

しかしシールロット先輩の言葉は、そんな僕を励ましてくれた。

彼女にとっては些細《ささい》な事なんだろうけれど、それが僕にとってはありがたい。

「でも、ベーゼル先輩が、ね……。今の話じゃ、生きてて嬉《うれ》しいって、素直に思えないなぁ」

その言葉には、懐かしさと悲しみ、それからとても珍しい事に、怒りが入り混じってる。

僕は、シールロット先輩と出会って一年くらいになるけれど、彼女が怒ってる姿を見るのは、これが初めてだ。

ちょっと怖いくらいだけれど、けれどもそれは、僕が傷付けられた事に対して、燃やされてる怒りだった。

「だけど、キリク君が生きてくれてよかった。……ベーゼル先輩は、私が知ってる限り、魔法学校の生徒の中では、多分、一番強い人だったから」

故にその怒りの炎だって、僕に対しては温かい。

ベーゼルがその実力で知られてた事は、マダム・グローゼルも言っていた。

だがシールロット先輩の口から聞くと、また感じ方が全然変わる。

マダム・グローゼルにとっては、恐らく僕もベーゼルも、等しく遥かに格下の相手だろう。

蟻《あり》と蟷螂《カマキリ》くらいには違うかもしれないが、等しく踏み付ければ潰《つぶ》せる。

だがシールロット先輩は、僕を後輩として下に置き、ベーゼルを強者として上に置いてその言葉を発した。

いや、別にそれが不満って訳じゃない。

僕がシールロット先輩の後輩で、彼女より弱いのは紛れもない事実だろう。

何時《いつ》までもそれでいいとは決して思わないが、その事実に対して不満を抱く程、僕は分別のない人間じゃない心算《つもり》だ。

ただ単に、測る物差しが変わった分、ベーゼルが強いって話が、より明確に理解できたって話だった。

「シャムが居てくれて、……後は、魔法人形の、ジェシーさんが庇《かば》ってくれたので」

もしも僕が一人なら、或いは命を失ってた可能性も、決して低くはなかったと思う。

ベーゼルは僕が一年生の当たり枠と知った上で、速やかに殺せると判断して攻撃を仕掛けてきた。

言葉で誤魔化《ごまか》すよりも、殺した方が早いと言わんばかりに。

それでも僕が生き残れたのは、完全にシャムとジェシーさんのお陰である。

「だからキリク君はその魔法人形、ジェシーさんを修復したいんだね。この学校の在学中に」

シールロット先輩のその言葉に、僕は頷《うなず》く。

そう、僕が最も相談したかったのは、ジェシーさんの修復に関してだった。

ベーゼルの事はどうでもいい……とまでは言わないけれど、今は二の次だ。

この先、ジェシーさんの修復をする為《ため》に歩むべき道を、僕はしっかりと確認する必要があるだろう。

そしてそれは、目的は違えど、シールロット先輩が歩いてる道でもあった。

即ち、錬金術を専攻し、高等部では水銀科に進み、早期に自分の研究室を得る。

何しろ自分の研究室がなければ、修復に必要な素材の収集、保管すらままならない。

今、壊れたジェシーさんの身体を使って新しい魔法人形が作られないのは、僕がその修復を望み、尚且つ僕が在学中に修復を行えるくらいに成長すると思われているからだ。

逆に言えば、僕にその見込みがないとなれば、一体の魔法人形を稼働もさせずに保管しておく理由はなくなるだろう。

魔法人形を稼働させずに止めておく事は、魔法学校にとっては損でしかないのだから。

高等部に上がって、すぐに研究室を得られないようでは、見込みナシと判断されてしまう恐れがある。

「……そうだね。だったらこの、初等部の二年生は、キリク君にとって、物凄く重要な一年になるよ。実力も身に付けなきゃいけないし、お金も貯めなきゃいけない。それに何より、忙しさに自分が潰されてもいけないからね。私も協力するから、頑張ろう」

僕はシールロット先輩の言葉に、安堵《あんど》の息を吐く。

魔法人形なんかに拘《こだわ》って、自分の未来を決めてしまわない方がいいよとか、そんな言葉を吐かれなかった事に。

いや、もちろん、彼女がそんな風な事を言う人じゃないとは、知っている。

だけどそれでも、多くの人にとって魔法人形は、魔法の掛かった道具に過ぎない。

僕だって、庇われるその瞬間までは、ジェシーさんを人のように見ていたかといえば、それは恐らく違ったと思う。

毎朝のやり取りで、そりゃあ愛着はあったけれど、魔法人形は魔法人形だって意識は、確実にあった。

故に卵寮を離れれば、洗濯物の回収に来る魔法人形が、ジェシーさんではない別の魔法人形になっても、普通に受け入れていた筈だ。

だから今の僕の気持ちに共感してくれるのは、あの時、その場にいたシャムだけだろう。

その上で、シールロット先輩が僕の気持ちを、共感はせずとも理解してくれて、慮《おもんぱか》ってくれて、否定しなかった事が、とても嬉しい。

「差し当たっては、週に一度は私の依頼じゃなくて、クルーペ先生のところで魔法薬を作るお仕事を貰《もら》うべきかな。やっぱり、お金を貯めるにはあれが一番だし、その時の実力に応じた仕事が貰えるからね。シャムちゃんは、その間は私の研究室に来ててもいいから」

そこから先、彼女は色々と僕に具体的なアドバイスをくれた。

クルーペ先生の仕事を貰うという正攻法もそうだけれど、ハーダス先生が遺した何かも、積極的に探せば、魔法使いとしての実力を上げる役に立つかもしれないとか。

最悪の場合、ハーダス先生の遺産を学校側に引き取って貰う事で、お金を作るって手段もあるだとか。

二年生の授業や行事で注意すべき点とか、色々と。

ジェシーさんの修復は、正直、とても高い目標だろう。

けれども僕は、絶望せずにそれを目指せるだけの、恵まれた状況にある。

シャムという大切な家族。

目指す先は違っても、前を向いて同じ時間を歩める友人達。

道標として前に立ち、最適なアドバイスをくれるシールロット先輩。

厳しくも優秀な先生達。

魔法使いとしての才能も不足なく、星の知識と呼ばれる前世の記憶だって、目標を目指す上では確実に役立つ。

その前世の記憶があるからこそ、僕はある程度だが、今の自分を客観視できてるところがあるから。

僕はちゃんと何時の日か、……といっても在学中に、無事に目標を達成するだろう。

そう、今、ここに、宣言しておく。

誰《だれ》にって訳では、ないんだけれども。

◇◇◇

二年生の授業の中で、ある意味で最も過酷な科目は治癒術だった。

これは以前にも少し述べたと思うけれど、その理由は魔法を掛けるべき対象、魂の力によって書き換える世界の理が、人の身体であるからだ。

例を挙げると、人の腕には幾層かの皮があり、血管があり、脂肪があり、筋肉があって、骨がある。

腕を刃で深く切り裂かれて、治癒術で傷を癒《いや》す時、目に見える傷口を塞ぐ事ばかりに躍起になれば、その奥で血を噴き出してる血管の修復が疎《おろそ》かになってしまう。

或いは血を止める方にばかり意識がいけば、断たれた筋肉の修復が行われず、腕が動かなくなるかもしれない。

故に治癒術を使う場合、人の身体の中にそういった物があると知り、修復されるイメージを持つ事が重要であった。

もちろん、身体の中を正確に見られる訳じゃないから、治癒術のイメージはどうしたって曖昧《あいまい》になる。

そもそもこの世界の医学では、血管の中に血が流れてる事はわかっても、その血がどんな役割を果たすのかは、わかっていない。

人の身体が細胞の集まりだって言っても、治癒術の教師だって首を傾げてしまう。

そんな曖昧なイメージで治癒術を使って良いのかといえば、当然ながらあまり良くない。

しかしそんな治癒術でも、いざという時に人の命を救う役には立つのだ。

魔法でも、失われた命を取り戻す事はできないとされてる。

本当にできないのかは、わからないけれど、少なくとも簡単でないのは確かだろう。

だから後で身体に不具合を起こしてでも、その場で命を繋《つな》ぎ止められる治癒術は、習得しておくべき必須の魔法だ。

もしも前世で医者だった、星の世界の医学を正しく知る者が魔法使いになれば、多くの人を救えるのだろうけれど、残念ながら僕にその知識はなかった。

じゃあ一体、僕は前世で何ができたのかといえば……、……?

いや、僕は前世で、一体何ができたのだっけ?

あぁ、うん、ちょっと思い出せないけれど、少なくとも医学の知識はなかったと思う。

なので、治癒術の授業では、この世界なりに正しい人体の知識を教えられるし、動物や自分の身体を使った、厳しい実践が待っている。

そう、治癒術の授業の何が厳しいって、この動物や自分の身体を使うって部分だ。

……鋭く光る刃を前に、僕は大きく深呼吸を繰り返す。

気持ちを整え、意を決し、それから僕は手にした刃を左腕に当て、一気に横に滑らせた。

つまりは、自傷行為である。

当たり前の話だが、治癒を試すにはどうしても傷が必要だ。

だったら治癒の前には、その傷を作らねばならない。

でも自らの身体に治癒の為の傷を刻むのは、当然ながら痛いし、何よりも怖かった。

危険がない事は、頭ではわかってる。

すぐに治癒術で癒すし、仮にその治癒術に失敗したとしても、手足などの末端部分は切除して、強力な回復の魔法薬を使って元通りにすればいい。

その為の魔法薬が、この授業ではしっかりと用意されてる。

また、治癒術の教師であるシギ先生は、授業以外の時は医務室に待機してて、怪我人の治療をしてくれる人だ。

要するに、僕も一年生の頃から何度か世話になっていた。

もしも彼女を信じられないなら、そもそもこの魔法学校では、一つも怪我ができないだろう。

ただ、そうした事が頭ではわかってても、自傷は怖いし、気は進まないし、どうしたって痛い。溢《あふ》れ出て来る血に、気分が少し悪くなる。

いや、今はまだいい。

傷付けるのは自分の身体だ。

しかし腕や足といった末端じゃなく、もっと命に関《かか》わりかねない部位の治癒を練習する時は、動物を傷付けて使う事になる。

魔法で眠らせ、抵抗をしなくなった動物に、刃を入れて傷を癒す。

失敗すれば、或いはそのまま命を奪う事になるかもしれない。

だからこそ、人の身体ではなく動物を使うのだとわかってはいるが、好んでそれができるかと言えば、話は別だろう。

「傷よ、癒えよ。我が身よ、正しき働きを取り戻せ」

刃の代わりに杖《つえ》を握って、僕はその文言を口にした。

自分で付けた傷だから、損傷の度合いは把握済み。

切れた血管、肉、皮膚と、全てを元通りに修復する。

それから僕は左の手を握って、腕を動かして、問題がない事を確認してから、大きく息を吐く。

違和感はないから、恐らく、成功だ。

後はその腕をシギ先生にも確認して貰う。

シギ先生は、四十代くらいの女性で、医務室に居る時はとても優しく、怪我の手当てもニコニコしながらしてくれる。

そりゃあ、あまり無理はするなと窘《たしな》められる事はあるけれど、魔法学校の授業に怪我はどうしても付き物だから、強く叱られる事はない。

だが、治癒術の授業を行ってる時の彼女は、まるで別人のように厳しく、少し怖いくらいだった。

「ちゃんと治癒ができてますね。合格です」

故に、こうして合格の言葉を貰えれば、とても嬉しい。

治癒術は命に関わる魔法だから、シギ先生の態度が厳しいのは当たり前だし、正しい事だ。

だから僕は、この治癒術の科目を担当してくれる教師がシギ先生で、良かったと思ってる。

今日学んだ、それからこれから学ぶ治癒術が、僕や、或いは僕の周囲の誰かの命を救う機会は来るのだろうか。

もちろん、そんな機会はないに越した事はないのだけれど、それでも備える必要はあるだろう。

この世界では、一体何が起こるかわからないと、僕は冬期休暇に学んだばかりなのだから。

◇◇◇

前期の授業が始まって二週間くらい経《た》った日の事、授業の合間に教室を移動する際中に、ある人の姿を見付けた僕は、一緒に歩いてたクレイに先に行って欲しいと告げて、その人の下へと駆け寄った。

その人の姿を目にするのは実に久しぶりだったけれど、間違える筈もない。

だって彼は、僕をこの魔法学校へと連れて来てくれた人だったから。

つまりは、そう、エリンジ先生だ。

「おや、キリク君。それに変わらずシャム君も一緒だね。キリク君は背が伸びたようだね？　会うのは本当に久しぶりだが、君達の活躍は耳にしてるよ」

彼は両手を広げて、僕とシャムを迎えてくれて、そんな言葉を口にする。

その態度には、茶目っ気と親愛が満ちていた。

エリンジ先生は一年前と何も変わってなくて、再会をとても嬉しく思う。

僕は、うん、一年前に比べると、確かに背は伸びた。

それだけじゃなくて、多くの先生に出会って学んだし、この魔法学校の事だって、色々と知ってる。

例えばどうしてエリンジ先生は普段は学校にいないのかとか、魔法学校に来る前にエリンジ先生に教えられた生徒は、僕だけじゃないとか。

だがその上で、久しぶりにエリンジ先生に会えて、僕はやっぱり嬉しかったのだ。

色々な事を知った今でも、彼は僕にとって頼れる大人で、信頼したいと思える先生である。

しかし旧交を温めてる時間は、あまりない。

僕は次の授業に行かなきゃならないし、エリンジ先生も、……今連れている生徒をマダム・グローゼルのところへ案内しなきゃならないだろうから。

本当に一年前を思い出して、ちょっと懐かしくなる。

あの時は、エリンジ先生に連れられてる生徒が僕で、出会ったのはシールロット先輩だった。

「あぁ、この子はアルティム君だ。去年の君と近い立場だから、よろしくしてやって欲しい。一年間は、同じ寮で過ごす事になるしね」

僕の考えてる事に気付いたのか、エリンジ先生は一歩離れた位置で僕らのやり取りを見ていた生徒を紹介してくれる。

今年の、新しい一年生の当たり枠であろう、アルティムという名の少年を。

もちろんこの子は、自分が当たり枠と呼ばれる立ち位置であり、僕もまたそうであるなんて、全く知りはしないだろう。

アルティムにとっての僕は、突然現れて、自分の先生と親しく話してる見知らぬ誰かだ。

こちらを見る目に警戒の光が混ざるのは、当然と言えば当然である。

えぇっと、去年の、今のアルティムの立場だった僕は、シールロット先輩にどうしてもらったっけ。

記憶を探りながら、僕は口を開き、

「ごきげんよう、アルティム君。魔法学校に来たばかりだと、驚く事だらけだと思う。他のクラスメイトよりも遅れて学校に来るのだって、不安があるよね。去年は僕もそうだったから、少しはわかるよ」

少しでも先輩らしく在れるようにと、ちょっと気取って言葉を紡《つむ》ぐ。

肩のシャムが、一瞬身を震わせたのは、もしかして笑いそうになったんだろうか？

「僕はキリク、こっちはシャム。君に困った事があれば相談に乗るから、気楽に話しかけて貰えると嬉しいよ。ようこそ、ウィルダージェスト魔法学校へ」

僕がそういえば、こちらを見るアルティムの瞳《ひとみ》から、警戒の色は随分と薄まった。

名を知り、歩み寄りの姿勢を見れば、妙な因縁《いんねん》でもない限り、警戒し続ける理由はない。

「あの、アルティムです。お願いします。……キリクさん」

ちょっと控えめというか、気弱さすら感じる挨拶《あいさつ》に、僕は改めて彼を観察する。

制服のお陰で、一目で少年である事はわかるが、随分と線は細い。

服装を変えてしまえば、女の子にも見えるくらいに。

華奢《きゃしゃ》で気弱、アルティムを見れば多くの者はそんな第一印象を抱くだろう。

……なるほど、これは、苦労がありそうだ。

当たり枠の生徒は、どうしても妬《ねた》みを買いやすい。

特別扱いをされるからとかじゃなくて、明らかに優秀だから。

この学校には、誰もが魔法使いを志してやってくる。

そしてその中で、明らかに自分よりも魔法使いとしての才に恵まれた者が居れば、そりゃあ嫉妬《しっと》の一つや二つはして当然だ。

僕の場合は腕力でその嫉妬を捻《ね》じ伏せたし、シールロット先輩は人柄と立ち回りで、嫉妬の矛先を躱《かわ》したのだろう。

しかし同じ事が、このアルティムにはできるだろうか。

気に掛けた方がいいかもしれない。

それこそ、エリンジ先生の頼みでもあるのだし。

食堂で見かければ、同席して話を聞いたり、……後はジャックスに、一年生の貴族の子弟にそれとなく声を掛けておいて貰おうか。

上級生が気にかけているとなれば、風当たりも多少は弱くなると思う。

過保護に思われるかもしれないけれど、当たり枠の生徒と縁を結んでおく事は、僕にとっても決して損な話じゃない。

今は呪文を一つも知らなくても、いずれは優れた魔法使いになる筈だから。

手を伸ばせば、少し躊躇《ためら》いがちにだが、アルティムがそれを握り返す。

その力は、やっぱりあんまり強くない。

「ありがとう、キリク君。私達はこれからマダム・グローゼルに会いに行かねばならないし、君も授業だろう。だが、そう、これから二ヵ月程は魔法学校に滞在する予定だから、いつでも訪ねて来てくれると嬉しい。積もる話もあるからね」

僕らの握手にエリンジ先生は満足気というか、嬉しそうに頷いて、そんな言葉を口にした。

あぁ、もう時間切れか。

確かに僕も、次の授業に急がなきゃならない。

今日のところは、これで失礼するとしよう。

僕は二人と別れてから、早足に次の教室へ向かう。

走っちゃうと怒られるから、咎《とが》められない程度の早歩きで。

まぁ後日であってもエリンジ先生が話してくれるというのは、幸いだ。

その積もる話とやらを聞きたくても、アルティムの前では、話し難《にく》い事もあるのだろう。

エリンジ先生だけが相手なら、シャムだって言葉を話せるし。

一体どんな話が聞けるのか、少し楽しみだった。

◇◇◇

魔法史とは、人が紡いできた歴史に、魔法がどう関わってきたのかを学ぶ科目だ。

一年生の一般教養では、算術や筆記の授業もあったけれど、歴史を教える事に対して多くの時間が割かれてた。

それは恐らく、魔法史を学ぶ為の下準備だったのだろう。

人は過去に学び、顧みて、己の視座を高くする。

故に歴史を知る事はとても重要だ。

例えば、多くの小国を攻め、力で征服した大国が、相次ぐ反乱に国力を低下させ、滅亡した。

これは何故か。

支配した地の民に対して圧政を敷いて反感を買ったからか。

それとも支配した地の民に対する支配が緩く、反乱する余力を残してしまった為か。

当時に生きる人々には、一部を除いて、それを知る事はできなかっただろう。

しかしその当時から先の未来、今を生きる僕らは、過去に何が起きたかを知れる。

そして、それが何故、どうしてそうなったのかを考察すれば、同じ過ちを避けられるかもしれない。

いや、まぁ、僕が国主となって他国を支配する事なんて、多分ないとは思うんだけれど、今暮らしてる自分の国の未来を予想すれば、不幸に備え、避けられる可能性は、間違いなく高まる筈だ。

僕は歴史を、そういうものだと思ってる。

ただこの世界では、そういった人が紡ぐ歴史、生活の積み重ねを、簡単に揺るがし、壊してしまう強い力が存在していた。

そう、魔法である。

これは別に、魔法使いが世界を陰から動かそうとしてるとかって話じゃない。

あぁ、いや、そういうケースも確かにある。

先の例に挙げた大国が滅亡したのは、実は王を傀儡《かいらい》としていた邪悪な魔法使いとその一党を、他の強い魔法使い達が力を合わせて排除したからだったなんてオチだ。

その大国があった地域では、未《いま》だに魔法使いへの嫌悪感が強いらしい。

だが強力な魔法生物がある日、突然、国を亡ぼしたり、逆にそうした魔法生物が打ち倒される事でその地が人の手に戻ったりって、実に理不尽でファンタジーな話も、魔法史では学ぶ。

そしてその一つに、特別な剣を手に、単身で敵軍に立ち向かい、それを殲滅《せんめつ》して自らの国を興した建国の王の話がある。

建国の王は魔法使いではなかったが、魔法生物の一種、ドラゴンの牙《きば》から研ぎ出した剣を手に、魔法を使う事ができたそうだ。

尤もその魔法は、僕らが使うような技術化、体系化されたものじゃない。

一振りでより大勢の敵を切り倒す事を望み、斬撃《ざんげき》の範囲を拡大させた。

より素早く敵軍の只中《ただなか》に切り込める事を望み、馬よりも早く地を駆けた。

僕らが知り、使う魔法よりも、ずっと洗練されず、荒々しい魔法である。

その王はドラゴンの牙を発動体に、魂の力で強引《ごういん》に理《ことわり》を塗《ぬ》り潰して、魔法使いというよりも、むしろ魔法生物のように戦ったという。

なんでも、魔法を使う人は、魔法使いだけじゃないらしい。

例えばなんだけれど、遥か東に存在する国は、トレントという動く樹の魔法生物の枝から削り出した木刀を使い、鉄をも容易《たやす》く切り裂くサムライと呼ばれる集団が守護してる。

他にも、各地に似たような存在は、数が多い訳じゃないが、存在してる。

僕は、意味合い的には、魔法を使う人は全て魔法使いでいいと思うのだけれど、違うそうだ。

魔法を最も上手《うま》く、多彩に扱えるのはやはり魔法使いで、他とは違うって自負が、魔法使いにはあるらしい。

またサムライも、自分達の扱う技は研ぎ澄ました剣技の果てにあるものだからと、魔法使いと呼ばれる事を嫌うのだとか。

魔法生物の肉体を発動体とし、魂の力で世界の理を書き換えるって理屈は、何も変わらない筈なのだけれども。

まぁ、そのように、この世界の歴史には、魔法生物、魔法使い、魔法使いではないが魔法を使う人々が、幾度も大きな影響を与えていた。

「もちろんそれは、魔法に縁も所縁《ゆかり》もない人々にとっては、たまった話ではないだろう。目を閉じ、耳を塞ぎ、認識を拒みさえするかもしれない」

魔法史を教えてくれる、去年は一般教養の教師だったヴォード先生は、そんな言葉を口にする。

一般的に知られる歴史と、魔法使いが知る歴史は、ほんの少しの違いがあった。

それは、魔法使いが世間への影響を考えて真実を伏せたり、或いはそれに関わってしまった、魔法に縁のない人々が、思い出したくもないからと口を閉ざしたりしたからだ。

「けれども私達、魔法使いは、それが許されない当事者だ。故に過去に学び、これからの私達の振る舞いに、反映させる責務がある」

去年は淡々と、非常にドライな態度で一般教養を教えてくれていたヴォード先生だけれど、魔法史の授業では声に時々熱を帯びさせる事があった。

一般教養で習った歴史はともかく、魔法史の当事者は、確かに僕達魔法使いである。

過去の魔法使いの行いが、いかに傲慢《ごうまん》で、凄惨《せいさん》でも、逆に直視し難《がた》い程に清廉でも、目を閉じて、耳を塞ぐ事は許されない。

学ぶ歴史は、千二百年分。

何故ならそれ以前の文明は、大破壊の魔法使い、ウィルペーニストが破壊し尽くしてしまったから。

今となってはそれより昔の事はわからない。

つまり今わかってる歴史は一ページ目から、魔法使いの引き起こした、魔法に関わる事件で始まる。

いや、古代魔法を研究してる魔法使いがいるのだから、幾らかは判明してはいると思う。

しかし今の僕らには、まだ明かされるような話じゃなかった。

◇◇◇

ウィルダージェスト魔法学校の教師は、皆が学校内のどこかに部屋を持ってる。

それは研究室だったり、私物を置いたり、授業の合間を過ごす部屋だったりと様々だ。

長距離を移動する魔法が使える彼らは、無理に学校内で生活する必要はないけれど、それでも学校の自室で寝泊まりしてる教師も多いらしい。

やっぱり、自分の部屋というのは、あったらあったで何かと便利なものなのだろう。

エリンジ先生は、何らかの科目を担当してる訳ではなさそうだけれど、他の教師と同じく学校内に、それも本校舎の二階に、自室を持っていた。

本校舎の二階は、立ち入るのに少しばかり抵抗がある。

一階は通い慣れてるのだけれど、二階はどうしても、教師の為の階って印象が強いし、特にマダム・グローゼルに呼び出された時なんかに来る場所だから……。

肩に乗ったシャムは全く何時もと変わらない様子だったが、僕はやや緊張しながら、エリンジ先生の部屋の扉を叩《たた》いた。

一呼吸を置いて、目の前の扉が勝手に開く。

以前はこれにも驚くばかりだったけれど、魔法学校で過ごすのも二年目となれば、こうやって扉を開く方法も幾つか思い当たる。

一つは古代魔法で、もう一つは魔法陣で、最後の一つは錬金術だ。

もしもこの扉が、古代魔法を用いて開けられたのなら、単純にエリンジ先生が、念動の魔法でノブを回して引き開けたのだろう。

基礎呪文学でも、物を引き寄せたり、遠くに押しやったりする魔法を教わったが、古代魔法には、もっと複雑な動きを、強く行う魔法があるそうだ。

まぁ古代魔法というのは、千二百年以上昔に使われていた魔法ってだけだから、今の魔法と大きな違いがない物も少なくない。

魔法陣を用いてるなら、とある条件に従って、扉が開くという魔法の仕掛けになっている。

例えば、エリンジ先生が机の脇《わき》に刻まれた魔法陣に触れると、扉の開け閉めが行われるといった具合に。

そうした、ある条件に従って、何かが起こるという機械的な……、魔法に対して機械的って表現をするのも、ちょっとおかしな気はするけれど、僕の感覚で言うと機械的に感じる仕組みを作れるのが、魔法陣の特徴だ。

尤もそうした仕組みを作るのはとても高度な技術であり、大抵の魔法使いは、魔法の威力を高める魔法陣を設置するくらいが精々《せいぜい》らしいけれども。

錬金術を用いていた場合は、この扉は魔法の道具だ。

生きてる箒《ほうき》や、生きてる縄って、錬金術で作れる道具があるのだけれど、生きてる箒がひとりでに床を掃き清め、生きてる縄は投げ付けた相手にひとりでに絡《から》み付《つ》く。

これらの道具は、魔法によってまるで生きてるかのように動くのが特徴で、その極みが魔法人形である。

魔法陣が機械的なら、錬金術で作られる生きてる道具は、実にファジーな印象があった。

以前に、悪霊は魔法の一種だって説明してる本を読んだ事があるのだけれど、錬金術で作られた生きてるかのように動く道具は、恐らくこれに近い魔法が掛かってる。

まるで自らの意思があるかのように動く悪霊と同様に、生きてる箒や、生きてる縄、それから魔法人形は、まるで自らの意思を感じさせるように動き、役割を果たす。

故にこの扉がその類の魔法の道具であったなら、ノックを感じた扉は、部屋の主《あるじ》であるエリンジ先生の了承を待ち、それを確認してから、勝手に開いて客を招き入れるのだ。

ではそのどれなのかは、……残念ながら今の僕には見破れないんだけれど、扉から魔法の気配はずっとしてるから、念動の魔法は多分違って、魔法陣か錬金術で、扉の開け閉めは行われてるんだろうと思う。

うん、それが分かるようになっただけでも、僕は確実に成長してる。

恐らくシャムなら、正解が何なのか、その目で見破ってる筈だから、後で答えを聞いてみようか。

「ようこそ、キリク君、シャム君。私の部屋を訪ねてくれるのは初めてだね。先日はあまり話せなかったが、すまなかった。さぁ、ソファーに掛けてくれたまえ」

けれども今は、まずはエリンジ先生との会話に集中しよう。

シャムは僕の肩から飛び降りると、ぴょんぴょんと跳ねて二歩で、来客をもてなす為のソファーにのぼった。

普段の彼はそんな真似はしないのだけれど、この部屋の中では、エリンジ先生の前では、遠慮なんてする気がないというかのように。

なんだかんだで、シャムもエリンジ先生の事は慕ってるよなぁって、改めて思う。

実際、シャムは僕よりも、エリンジ先生から受けた個人授業の内容に関しては、よく覚えてたりするし。

シャムに続いて僕も腰掛ければ、尻《しり》がソファーに柔らかく、けれどもしっかり支えられる。

沈み過ぎず、沈まな過ぎず、程よい座り心地に、このソファーがとても高級品である事がはっきりわかった。

やっぱり魔法学校の教師は、高給取りなんだろうか。

そう頻繁にこの部屋に戻って来てる訳じゃない筈なのに、こんなにも高級そうな家具を置くなんて。

いや、滅多に戻らないからこそ、誰かを出迎える場として、しっかりとした家具を、決して普段使い用ではなく、置いているのかもしれない。

「……さて、何から話そうか。話したい事、話さねばならぬ事、キリク君やシャム君に聞きたい事と、色々とあるが……。そうだね。まずはこれを聞かせて欲しい。キリク君、シャム君、この魔法学校での暮らしは、どうだい？　君達はここに来て、良かったと思えているかな？」

少し迷った風に、エリンジ先生が話題を選ぶ。

なんだか、ちょっと珍しい。

最近は会ってなかったけれど、僕が知る彼は、迷わず淀まず、飄々《ひょうひょう》とって印象の人だったから、意外に思う。

だがこの質問なら、答え易い。

「良かったと思ってるよ。ご飯は美味《おい》しいし、キリクも、村にいた時よりも少しはしっかりしてきたし。たまにポカをやらかすけれど」

「良かったと思ってます。授業は楽しいですし、友人もできました。シャムは、少しふっくらした気がするけれど」

全く同時に、シャムと僕はエリンジ先生にそう答えた。

そして互いの言葉に、相手を睨《にら》んでから、シャムは僕の、僕はシャムの表情に、笑ってしまう。

全て事実だ。

ここは村にいた時よりもご飯が美味しいし、魔法を教わるって刺激があるし、気の良い友人ができた。

僕は色んな事を考えるようになって、けれども時々、村にいた時はしなかったようなミスをしてる。

シャムは、仮にも妖精《ようせい》である筈なのに、心なしかふっくらした。

全てひっくるめて、シャムも僕も、このウィルダージェスト魔法学校に来て良かったと思ってる。

「ははは、君達は変わらず仲が良いね。だからこそ君達の言葉には、救われた気持ちにもなるし、申し訳なくもなる」

だが僕らの返事に、エリンジ先生の表情は曇ってしまう。

一体、どうしたというのだろうか。

救われたって事は、何となくわかる。

僕らをこの魔法学校に誘って良かったって意味だろう。

だが、申し訳なくなるとは、一体どういう事なのか。

「先日、君達がベーゼル君に襲われ、キリク君が怪我を負った件は、私と、私達に大きな責任がある。大変申し訳ない事をした」

そしてエリンジ先生は、そんな言葉を口にして、深々と僕らに向かって頭を下げた。

◇◇◇

私と、私達に責任がある。

実にややこしい言葉だけれど、エリンジ先生は事細かに、その意味を話してくれた。

一つ目の私は、スカウトをしたという責任。

エリンジ先生にスカウトされなければ僕とシャムは魔法学校に来なかったし、怪我を負う事なんてなかっただろう。

更に襲撃者であるベーゼルも、元々はエリンジ先生にスカウトされて魔法学校に来た当たり枠だ。

両者が揃《そろ》ったのは、エリンジ先生の働きによるものだと言われれば、まぁ、間違いじゃない。

二つ目の私達というのは、エリンジ先生も所属する『影靴《かげぐつ》』って名前の部隊が、襲撃を予想して防げなかった事に対する責任だという。

影靴は、影を歩く靴って意味らしくて、生徒に知識や魔法を教える事が役割の教師たちを表とするなら、裏を担う存在だ。

尤もエリンジ先生を始めとして幾人かは、表と裏の両方に所属してるらしい。

その活動内容は、情報収集やスパイ活動等の諜報や、口には出させない色々で、魔法学校を守っている。

長期休暇で生徒が実家に帰って過ごせるのも、彼らがウィルダージェスト同盟に属する国の中から、敵対勢力を排除しているからだった。

新たな生徒のスカウトも、各地を動きまわる影靴の仕事になるんだとか。

但し彼らの手の長さも無限じゃないから、どうしても取りこぼしは出てしまう。

その取りこぼしが、ルーゲント公国やサウスバッチ共和国に帰省中の生徒が事件に巻き込まれたって話だったり、……先日のベーゼルの襲撃だったりする訳だ。

「ベーゼル君が死んだとされた件については、我々も調べてはいたんだ。学生の身ではあっても、彼程の実力があればそう簡単に戦場で死ぬ筈がないとね」

幾ら影靴が魔法学校の裏を担うと言っても、大勢が入り乱れて戦う戦場は彼らの管轄外だった。

ベーゼルの死を疑った影靴は、密かに捕虜となった可能性を考えてボンヴィッジ連邦にも調査の手を伸ばしたが、特に成果は得られなかったそうだ。

そりゃあそうだろう。

実際にベーゼルを確保してたのは、ボンヴィッジ連邦じゃなくて、星の灯《ともしび》という宗教組織だったのだから。

一体どういう経緯で、ベーゼルが星の灯に囚われたのかは、未だに判明してない。

「ベーゼル君が生きて敵となったなら、このウィルダージェスト魔法学校への侵入は容易だ。彼は旅の扉の魔法を含めて、幾つかの移動の魔法が使えたからね」

まぁ実際には、そんなに簡単な話じゃない筈だ。

旅の扉の魔法で移動できるのは、定められた場所に対してのみ。

移動してすぐに、姿を見られてしまう可能性は、決して低くなかっただろう。

実際、僕とシャムが、エリンジ先生に連れられて旅の扉の魔法で移動した時は、すぐにシールロット先輩と遭遇したし。

但し長期休暇の間だけは、魔法学校に滞在してる人数、出入りする人数が共に大きく減るから、その隙が狙《ねら》われた。

それはきっと、魔法学校の内情に詳しくなければ、出てこないだろう発想だ。

つまりベーゼルが、魔法学校に侵入する時期を自身で決めた可能性が高い。

捕まって洗脳されたのか、それとも自ら星の灯に加わったのかは定かでないが、自ら襲撃計画を練れる立場にあると思われる。

「それを見逃してしまったのは、私達のミスとしか言いようがない。本当に君達にはすまない事をしてしまった」

エリンジ先生はそう言って、僕らに深々と頭を下げた。

正直、もう今更な気はするし、他の誰かならともかく、彼にはこんな事で頭を下げて欲しくはないんだけれど……。

だけどそれで、エリンジ先生の気が済むのなら、その謝罪は受け入れよう。

実際のところ、戦場で行方《ゆくえ》不明になったベーゼルの行動なんて、予測する方が無理ってものだ。

もうこれ以上、あの事件を引っ張る心算はない。

本当なら、二度とベーゼルが魔法学校に侵入できないようにして欲しいのだけれど……、それが難しい事もわかってた。

「あぁ、登録された生徒の抹消は、我々教師にも不可能だ。過去に科同士の争いが激しかった時代に、自分の出身の科を有利にする為、他の科の生徒を除籍しようとした愚か者がいたらしくてね。生徒の登録はできても、学籍の削除はできないように、強固な封が幾重にも施されてしまっている」

故に魔法学校の防御機能は、ベーゼルに対しては殆《ほとん》ど効果を発揮しないままである。

外敵に対しては強固な守りも、一度内側に入れてしまった相手に対しては、効果が薄い。

なんというか、魔法学校が積み重ねてきた歴史の重さと、それによって生じた歪みって印象だ。

そこまで話して、エリンジ先生は、大きな息を吐く。

次の言葉を舌に乗せる準備をするように。

「もしも星の灯が、キリク君が星の知識の保有者であると知ったなら、決して害さず、捕らえて自分達の下に招こうとしただろうね。彼らの教義は、星の彼方にある、理想の世界の再現だそうだから。なんでも、その世界では王を民が選ぶらしいね？」

そして一呼吸を置いてから放たれた言葉は、中々に意外で、だけどよくよく考えてみると、納得のいくものだった。

星の灯という宗教を創設したグリースターは、星の知識の持ち主だったという。

ならば同じ星の知識の保有者を特別視するのは、そんなにおかしな話じゃない。

またグリースターが、記憶の中に在る前世の世界を、この世界よりも素晴らしい物だと思っていたなら、それを再現したいと考えるのも、……もしかしたら当然なのかもしれなかった。

しかし、それにしても、民が王を選ぶって、もしかして民主主義の事を言ってるんだろうか。

アレは別に王を選ぶ訳じゃないし、そもそも民の一人一人にある程度の知識と考える力がなければ、成り立たないものだと思うのだけれども。

民が主となり国を動かすと言えば聞こえは良いが、その民に国を動かせるだけの力がなければ、待っているのは滅びでしかない。

今のこの世界に、民主主義を持ち込めば、聞こえが良い分だけ盛大に、混乱を撒《ま》き散らす結果になるだろう。

「その理想の世界の実現には、魔法使いなんて存在は邪魔なんだそうだ。彼等も、奇跡と称して神秘の力は使うのだがね。自分達は特別らしい。もっと早く、星の灯が大きくなる前に手を打てていれば、良かったのだろうけれど……」

苦々し気に顔を歪《ゆが》めるエリンジ先生。

つまりその頃の、星の灯が大きく成長している時期のウィルダージェスト魔法学校は、魔法使いを否定する宗教組織への対処よりも、内輪での争い、科と科の対立に忙しかったという訳だ。

或いはその魔法学校の、魔法学校を卒業した魔法使い達の態度が、彼らを否定する星の灯の拡大に、一役買ってすらいたのかもしれない。

本当に、昔の魔法学校で行われていたという科の対立は、多くの禍根を残していた。

もしも先代校長のハーダス先生が居なければ、それが今も続いていたのかと思うと、心底ゾッとする。

「話が逸《そ》れたけれど、もし仮にキリク君が魔法使いにならなかったとしても、星の知識の保有者であると知られれば、結局は星の灯に狙われる事となる。だから私は、君には強くなって貰いたい。誰がキリク君を狙おうと、自身でその身を守れるくらいに」

どうやら、それがエリンジ先生が、僕とシャムをこの部屋に呼んだ本題らしい。

ケット・シーの村に引き籠《こも》って一切《いっさい》出ないならともかく、今の友人達との関係を保ち続けるなら、星の灯や、他の何かに狙われる可能性は消えないだろう。

そもそも自身が狙われなかったとしても、友人の身に危険が及ぶようなら、僕に知らないフリはできないし……。

だったら確かに、僕は強くなる必要がある。

今すぐにって訳じゃなくても、この魔法学校で守られている間に、可能な限り。

そしてその為の方法は、エリンジ先生が提示してくれるようだった。

◇◇◇

その後もエリンジ先生とは色々な話をしたけれど、そこからは僕が魔法学校で経験した出来事を語ったりとか、楽しい話をしていたから、時間が過ぎるのはとても早かった。

夕暮れの頃合いに部屋を辞し、僕とシャムは卵寮の食堂で夕食を取ってから、自室に戻る。

そしてシャムが僕の肩から、ぴょんとベッドの上に飛び移ったのを確認してから、僕は椅子《いす》に腰を下ろして、深々と溜息《ためいき》を吐く。

エリンジ先生との話は楽しかったけれど、やはり重い内容もあったから、頭が随分と疲れてる。

風呂《ふろ》に入ったら、すぐにでも眠ってしまいたいところだけれど……。

「ねぇ、キリクはどうして、エリンジ先生からの提案を保留にしたの？」

ベッドの上のシャムが、ジッと僕を見据えて、そう問う。

あぁ、やっぱり聞かれちゃうか。

どんな風に答えれば、この気持ちが正しく伝わるのか、僕は暫《しば》し、目を閉じて考える。

エリンジ先生から提示された強くなる為の方法は、魔法生物との契約だった。

それも、今の僕では契約を持ちかけても鼻で笑われるだけだろう強い魔法生物と、エリンジ先生が仲立ちする事で、契約を成立させてはどうかと言われたのだ。

例えば空を飛ぶという強力な移動手段を与えてくれる天馬や、蛇体による強烈な締め付けや、魅了の力を備えた、ラミアという血吸いの蛇女との契約を。

確かに、魔法生物の力を借りれば、僕は手っ取り早く強くなれるだろう。

魔法生物の力が如何に強力かは、ケット・シー達の村で育ち、今もシャムと暮らす僕はよく知っている。

尚且つ、魔法学校内ではその力を借りなければ、授業で自分の力を持て余す事も、……ないとは言わないが、今と何も変わらない。

尤も、常に傍《かたわ》らに魔法生物を侍《はべ》らせないなら、力を借りる為には、契約した相手を自分のところへと引き寄せる魔法を覚える必要はあるけれど、幸いにも、僕は新しい魔法の習得は得意だ。

エリンジ先生の提案は、学生という立場も考慮された、僕にとって非常に都合の良い、よく考えられたものだった。

では何故、僕はその提案に対して返事を保留し、今もこうして躊躇っているのか。

それは色々と理由はあるんだけれど……、やっぱり相手が魔法生物だからだろう。

僕にとって最も身近な魔法生物は、ケット・シーであるシャムだ。

他の魔法生物と契約を結んだとして、シャムと同じように接する事ができるかといえば、それは断じて否である。

同じように接する必要はないのかもしれないけれど、ではどんな関係を構築すれば良いのか、それが僕にはわからなかった。

まして、エリンジ先生の仲立ちで成立した契約の場合、魔法生物だって、僕に従う事は決して本意ではない。

互いに遠慮、隔意《かくい》がある状態で、良い関係が結べるとは、僕にはどうしても思えないから。

要するに、今の僕には魔法生物との契約は、身の丈に合わない力だった。

少なくとも、エリンジ先生の仲立ちで成立する契約は、僕はどうしたって持て余す。

ただ、後々の事を考えた場合、魔法生物との契約は……、今すぐではないにしても、いずれは必要になるだろう。

なら僕は、一体どういう形なら、魔法生物との契約を受け入れ、納得ができるのか。

契約を結んだ魔法生物との関係を、積極的に構築できるのか。

それをずっと、考えている。

「シャムは、どう思う？　魔法生物との契約って」

僕の中には、もうある程度の考えはあった。

でもシャムの意見が聞きたくて、僕はそう、彼に問う。

「良い話じゃないの？　キリクを強くする為なら、使えないのは連れて来ないだろうし。もしも反抗的な奴《やつ》だったら、ボクがビシッと言ってやるさ」

するとシャムは事もなさげにそう答える。

恐らく彼は、僕よりもずっと契約に関してドライな考え方をしているのだ。

そうじゃなきゃ、マダム・グローゼルとの契約なんて、黙って勝手に結ばなかっただろうし。

けれども、ビシッといってやるは、ちょっと面白い。

なんというか、シャムらしくて、とても頼もしい返事だった。

だったら僕も、これ以上迷う必要はない。

「なら、シャムがビシッと言ってくれるなら、契約はエリンジ先生に頼らずに、僕とシャムでやろうよ。今すぐじゃなくて、高等部に上がった、一年後の今頃《いまごろ》にでも」

これが僕の結論だ。

エリンジ先生の仲立ちで成立する契約は、与えられた力だとしか僕には思えない。

しかし、その仲立ちがエリンジ先生ではなくシャムだったなら、僕は共に手に入れた力、僕達の力だって思えるだろう。

魔法生物との関係も、僕と、シャムと、その魔法生物の三人……、いや一人と二匹？で築いていける。

これが僕にとって、一番納得できる形だった。

僕には、契約に関する知識が足りなさ過ぎるから、今すぐって訳にはいかないけれど、どのみち引き寄せの魔法や、契約をする魔法生物に関して詳しく学ぶ必要はあったのだ。

それが一年先になったとしても、少し大きな誤差でしかない。

まぁ、水銀科に入ってすぐに研究室を得るって目標の他に、魔法生物との契約もって欲張るなら、この一年は準備で本当に忙しくなるけれど、それは元より覚悟の上だし。

僕が納得のいく道を選ぶ為なら、多少の……、いや、それが一杯の苦労でも、仕方ないと受け入れよう。

「ふぅん、まぁ、別にいいけど……。キリクは物好きだね」

シャムは呆《あき》れた風に、小さく息を吐いて、ベッドの上で丸くなる。

言いたい事を口にした僕も、思わず大きな欠伸《あくび》をしてしまう。

さて、このまま眠気に負けてしまう前に、さっさと風呂に入ろうか。

◇◇◇

魔法生物に関しては一年生の魔法学でも習ったのだけれど、二年生の魔法生物学では、それをより詳細に、実践的に学ぶ。

いや、実践的というか、実戦的といった方が正しいだろうか。

そう、魔法生物学の授業では、魔法生物の特徴、生態、脅威となる能力だけでなく、過去にその魔法生物が引き起こした事件や、更には具体的な戦い方も学ぶ。

例えば、ラミアは洞窟や廃墟《はいきょ》に棲み付く、上半身は人間の女で、下半身が蛇体の魔法生物だ。

その姿の通りにメスしかおらず、人の生き血を好む。

卵生であり、卵の孵化には人の精を必要とする為、人間の男性がラミアに捕まると、精と生き血を絞り啜《すす》られるという。

女性を捕まえる事はせず、その場で血を啜って食い殺すらしい。

また小さな子供に関しては餌とは見做さず、親身に育てる事があるそうだ。

その場合、成長した子供を殺す事はなく、密かに人里に返すのだとか。

基本的には人に害をなす魔法生物だが、知能は高く、交渉の余地はある。

普段は兎等の小動物の血で喉《のど》を潤し渇きを癒しているそうで、人の生き血を好みはしても、それがなければ生きていけぬという事はないらしい。

愚かにも縄張りに入り込んできた人間はともかく、わざわざ人里近くまで襲いに来るケースは、皆無とまでは言わずとも、殆どなかった。

要するに、ラミアは安易に人に害を成せば、集団で報復を受けるリスクがあると理解してる魔法生物だ。

但し、敵対した時の脅威度は高い。

まず単純に膂力《りょりょく》が強く、特に蛇体の下半身は牡牛も軽々と絞め殺す力と長さがあった。

他には魅了の力も持っており、その外見と相俟って、特に異性である男性を自らに好意的にさせるそうだ。

言葉を操《あやつ》り、人を騙《だま》せる高い知能がある事も、その魅了の力をより厄介なものとしている。

また闇《やみ》の中を見通す、熱を視覚として捉《とら》える能力も備えており、足音を立てる事なく移動するラミアは、まさに生来《せいらい》の暗殺者なんだとか。

ラミアと敵対した際の対処は、近寄らない、近付かせない。

遠距離攻撃の手段を持たないラミアに対しては、距離を保つ事が、最大の対処法だった。

下半身が蛇体のラミアは、人が予測もしない動きを取るし、リーチも長く読み辛《づら》いが、それでも手や尾の届く範囲は限られている。

相手の動きに惑わされず、常に距離を保ちさえすれば、魔法使いが有利に戦う事ができるだろう。

故に不意打ちを受けず、言葉に惑わされず、魅了の力も無視すれば、ラミアも無理に魔法使いを襲おうとはしないそうだ。

……そんな内容を、魔法生物学の授業では教わっている。

なんでも十分に座学を学べば、ジェスタ大森林の付近にまで遠征して、実際に襲ってくる魔法生物と戦う校外学習、林間学校なんかもやるらしい。

まさかジェスタ大森林で、僕の故郷でそんな事が行われてたなんて、ちょっとびっくりだ。

尤もケット・シー達の村は、ジェスタ大森林の中でもかなり奥の方になるから、入り口近くで騒いだ程度では、気付けなくてもしかたないのだけれども。

だけど、もしかしてエリンジ先生が僕の事を発見したのって、その林間学校の下準備に影靴が動いてたから、とかなんだろうか。


「さて、ラミアはこのように交渉が可能な魔法生物じゃが、その交渉は決して安全ではない。話をする事そのものに魅了の危険性があるからの」

魔法生物学の担当であるタウセント先生は、ひとしきりラミアに関して教えてくれた後、そう言った。

ちらりと、一瞬だけ僕の方に視線を向けてから。

……エリンジ先生に、僕とシャムで魔法生物との契約を目指すと伝えたのは、昨日の事だ。

或いはエリンジ先生から、タウセント先生に、何らかの話を伝えてくれてるのかもしれない。

何しろ、丁度ラミアの話をしてくれるくらいだし……。

「交渉可能であるという事と、安全かどうかは全くの別物じゃ。交渉が全く不可能でも、臆病で、決して人に手出しをしない魔法生物もいれば、交渉は可能でも、契約がなければ遠慮なしに人を害する魔法生物もおる」

なるほど、それはそうだろう。

人は交渉ができるとなると、安全な印象を抱きがちだが、それは全くの間違いだ。

寧ろ会話が可能な高い知能は、敵対した時にはより深刻な脅威となる。

言葉が通じるのと、話が通じるのは、全く違う。

そもそもの話をする前に、圧倒的な力を見せる必要がある相手だって、当然ながらいる筈だった。

人同士だって、力を背景にしなければ話が成り立たない事なんて、今の世界でも前に生きた世界でも、無数にあるのだから。

「もしも魔法生物との交渉、それから契約を望むなら、大切なのはその魔法生物を詳しく知る事と、その上で相手をよく観察する事だの」

淀みなく、タウセント先生は説明を続けてくれている。

今の時点で魔法生物との契約を望んでる二年生は、僕以外にいるのだろうか。

「人と魔法生物の価値観は違う。そして人の性格がそれぞれ違うように、同じ種の魔法生物でも個体ごとに性格は違う。ここを理解せぬと交渉にすらならんでな」

この日の授業は、そんな言葉で締めくくられた。

あぁ、人と魔法生物の価値観の違いは、確かに大きい。

僕が共に暮らしたケット・シー達も、人とは全く違う価値観を持っている。

シャムはできる限り僕に合わせてくれているけれど、それはあくまで例外だ。

僕は席を立ち、一つ大きな息を吐く。

学ぶべき事は、まだまだ多い。

◇◇◇

「あっ、キリクさん」

食事を乗せたトレイを持って、とある席に腰を下ろせば、対面に座っていた一人の生徒が、顔を上げて僕の名を呼ぶ。

彼の名前はアルティム。

エリンジ先生がこの魔法学校に連れてきた、今年の一年生の当たり枠とされる生徒だ。

「ここ、大丈夫？」

座ってしまってから聞く事でもないような気はしたけれど、僕は一応確認を取る。

肩の上で、シャムがひと声鳴いた。

それはアルティムへの挨拶か、それとも僕への呆れの溜息か、一体どちらなんだろう。

エリンジ先生に連れられたアルティムと出会って以降、僕は食堂で彼を見付けると、こうして相席をするようにしていた。

尤も食事のタイミングが毎回アルティムと被るって訳でもないから、頻度は時々ってくらいだけれども。

もちろん彼が他の誰かと相席してる時は、無理に割って入ったりはしない。

最初は僕に対して戸惑い気味だったアルティムも、今ではもう随分と慣れたみたいで、こうして笑顔で出迎えてくれるくらいになっている。

同じようにエリンジ先生に教わって、この魔法学校に来るのが遅かったって共通点が、会話の取っ掛かりにも、親近感を抱くにも、きっと丁度良かったのだろう。

「もちろん、嬉しいです」

僕の確認に、アルティムは少しはにかむように、そう答えた。

うぅん、やっぱり彼は、服装次第では女の子に見間違えられそうな顔立ちをしてるなぁって、改めて思う。

まぁ簡単に言えば華奢《きゃしゃ》で顔立ちが整ってるって意味なんだけれど、それは必ずしもいい風に作用するとは限らない特徴だ。

線が細ければ、庇護欲を掻《か》き立《た》てる時もあるけれど、相手に侮《あなど》られる場合もある。

見目の良さは、好意に繋がる事もあれば、嫉妬を買うケースだってある筈だ。

まして当たり枠であるアルティムは、秘める魔法の才能だって周囲よりも高いから、どうしたって余計に目立つ。

それを面白くないと感じる生徒は、決して皆無じゃない。

だが今のところは、その反感が表に出てる様子はなかった。

僕の友人のジャックスが、頼んだ通りに一年生の貴族の生徒に、ちゃんと声を掛けておいてくれたからだ。

貴族という身分は、良くも悪くも影響力がある。

魔法学校の中では、外よりもその影響力は小さくなるが、それでも決して皆無ではないから、貴族の生徒の行動に、他の生徒も倣ったのだろう。

具体的にジャックスが貴族の生徒に何と言ったのかはわからないけれど、アルティムは一年生の間で、妙な排斥を受ける事もなく、穏やかに過ごせてる様子だった。

ジャックスとは、最初の出会いこそあまり良いものではなかったけれど、今では本当に頼りにしている。

ただ、こうして食堂で食事をしてると、一部の一年生からは、畏怖《いふ》の目で見られてるようにも思えるんだけれど……、一体ジャックスは、一年生に何を言ったのだろうか。

「そういえば、噂で聞いたんですけど、キリクさんが上級生と戦って勝ったって話は、本当なんですか？」

食事の合間に、他愛のない雑談に興じていると、ふと思い出したようにアルティムが僕に問う。

僕はその問い掛けに、思わず苦笑いを浮かべてしまった。

噂。

噂かぁ。

僕の他に上級生徒の繋がりなんてあまりないだろうアルティムの耳に入る噂なんて、一年生の間に流れるものくらいだろう。

では一年生の間に、僕が上級生に勝ったって話が流れてるって事になる。

一体どこから？

初等部の一年生と二年生の模擬戦は、別に秘されてる訳じゃないけれど、だからって関係の浅い一年生にわざわざ教える程の事でもない。

もちろんアルティムにとっての僕のように、僕にとってのシールロット先輩のように、親しく付き合いがある上級生が居るなら、理由があれば話すとは思う。

だから知ってても、決しておかしくはないんだけれど、耳が早いなぁって驚かされる。

いや、でも、よく考えると僕の知り合いに一人、一年生と繋がりがあって、話す理由がなくもない者がいた。

そう、さっき名前を出したばかりの、ジャックスだ。

彼なら一年生の貴族の生徒に声を掛ける時、殊更に大袈裟《おおげさ》に僕の話をしたかもしれない。

もしかして、僕が一部の一年生に怖がられてそうなのって、そのせいか?

怒ると上級生だろうと貴族だろうと殴り飛ばすから、僕が気に入ってるらしい生徒には手を出すなってていったとか……。

普通にありそうだなぁ。

「あぁ、そんな事もあったね。でも上級生には強い人も沢山いるし、あの時は運が良かっただけだと思うよ」

上手い言い回しが思い浮かばず、僕はアルティムにそう答える。

僕があの模擬戦で、上級生の大将であるグランドリアに勝ったのは紛れもない事実だ。

けれどもだからって、僕があの学年の上級生の誰よりも強いのかっていえば、間違いなく答えは否だった。

少なくとも、僕はキーネッツには勝てる気が全くしない。

だから誤解を招かぬよう、だが嘘《うそ》にはならないように、僕の言い回しはどうしたって微妙なものになってしまう。

今は僕の膝《ひざ》の上に移動して、食事を取ってるシャムが、再び一つ鳴く。

やっぱりこの鳴き声は、呆れの溜息の方だった。

「あの話、本当なんですね！」

しかしアルティムは、僕の返事に嬉しそうに目を輝かして、無邪気に喜んでくれている。

そんなに喜んでくれるなら、まぁ、いいか。

他の一年生には、もしかしたらその話のせいで恐れられてるのかもしれないけれど、一人でも慕ってくれる後輩がいて、その子が平穏に過ごせてるなら、僕は十分だ。

尤も、そんな事を言っても実は、前期が始まってからまだ、二ヵ月と経ってない。

アルティムがこの魔法学校に来てからだと、一ヵ月と半分くらいだから、まだまだ学校生活はこれからなんだけれども。

今は平穏でも、この先も同じであるかはわからないし、僕の手が及ぶ範囲には限度がある。

一年後、卵寮から高等部の科の寮に移った後は、特にそうなってしまう。

この魔法学校での生活をより良いものにしようと思えば、アルティムは自分の力で周囲を味方に付けねばならない。

彼の未来は、彼自身の手で切り開く必要があるのだ。

成長と共に、今の容姿も少しずつ変わっていく。
誰もが認める一人前の魔法使いに、アルティムはなれるだろうか？
いや、後輩の心配をする前に、まずは僕が一人前の魔法使いにならなくちゃならない。
その為の努力は怠らず、でも可能な範囲で、後輩の学校生活にも少しは関わって……。
魔法学校で、二年生になった僕の生活は、今のところはそんな感じだ。

三章 ✦ あまりに物騒な帰郷

ポータス王国からみて南西に広がる森林地帯、それがジェスタ大森林と呼ばれる場所だ。

ジェスタ大森林は、ポータス王国やその周辺国家の領土内にも数多く存在する森とは、全く異なる場所だった。

多くの森は、程度の差はもちろんあるけれど、幾らかは人の手が入り、管理がされているだろう。奥深くまでは立ち入れずとも、外周部では木々を切ったり、狩人が中ほどまで入って獣を狩ったりして、人は森から資源を得ている。

しかしジェスタ大森林はそれらの森とは全く異なり、人の管理が及ばぬ場所とされていた。

何しろ、まずあまりに規模が大きくて、それこそ面積は大きな国にだって匹敵《ひってき》するというか、上回るくらいだ。

そこに棲む生き物は魔法生物が多く、並の人間が立ち入ろうものなら、生きて帰る事は難しい。

いや、そもそもジェスタ大森林に踏み入る前に、出てきた魔法生物に襲われる可能性の方がずっと高いか。

ジェスタ大森林に近い辺境と呼ばれる地域では、人里が魔法生物の襲撃で滅びるなんて話も、決して珍しい訳じゃなかった。

故に辺境の領主は兵を揃《そろ》えて町の防備を固めるし、村も自分達で自警団を組織したり、魔法生物との戦いに慣れた傭兵を雇ったりしてる。

尤《もっと》も魔法生物の襲撃は必ずしも悪い事ばかりではなくて、返り討ちにした魔法生物の素材は高く取引されるから、危険な場所に住むだけの見返りは十分にあるのだ。

実際、傭兵の一部には襲撃を待たずにジェスタ大森林の近くで魔法生物を狩り、大金を稼ぐ者もいるらしい。

欲をかいて、ジェスタ大森林にまで踏み込もうものなら、ベテランの傭兵でも戻っては来ないそうだけれども。

そうしたジェスタ大森林の近くで魔法生物を狩る傭兵の事を、命知らずの冒険者なんて風にも呼ぶそうだ。

魔法生物との戦いは、人間同士の争いに加わるよりも命を落とす危険性が高く、また遺体の末路も悲惨な物となる。

さて、そんな危険の多いジェスタ大森林なのだけれど、二年生の魔法生物学の授業では、この場所で魔法生物と戦う訓練を行う。

二年生の前期で最も大きな行事は、このジェスタ大森林の中を数日間、数人のグループで生き残る林間学校だ。

しかし流石《さすが》の魔法学校でも、生徒を何の準備もなくジェスタ大森林に突っ込ませたりはしない。

まずは魔法生物学の授業で、ジェスタ大森林の付近、次に外周部と、まだしも危険度の低い場所を教師の引率で訪れて、魔法生物との実戦を学ぶ。

ただ当たり前なんだけれど、流石に三十人のクラスメイト全員が、一度にジェスタ大森林の付近に来るのは目立ち過ぎる。

人間相手なら、魔法でどうにだって誤魔化《ごまか》せるだろうけれど、魔法生物が相手の場合はそう簡単な話じゃない。

数の多さを警戒して、弱い魔法生物は近付いて来なくなるし、逆に多数で一気に襲い掛かってくる危険もあった。

故に教師が引率するのは、一度に五人ずつ。

二年生の生徒は三十人いるから、二十五人は教室でタウセント先生の座学を受け、五人のみが戦闘学の教師であるギュネス先生の移動の魔法で、ジェスタ大森林の付近へと転移する。

そして今日は、僕がそのジェスタ大森林の付近へと転移する五人に含まれる日だ。

旅の扉の魔法を抜ければ、そこはジェスタ大森林の近くにあるという、秘密の泉。

魔法で隠蔽と防護が施されていて、人や獣だけじゃなく、魔法生物も近付かないようにしてあるらしい。

泉の周囲は石で固められていて、三つの石像に囲まれていた。

魔法学校にある旅の扉の泉とよく似た光景に、ここが安全地帯である事は一目でわかる。

尤も、この魔法の隠蔽と防護を潜《くぐ》り抜け、この場にやって来れる危険な相手を、僕は一人だけ知っているけれども。

「さて、最初に言っておく。魔法生物との戦いは、魔法使いでも負ければ死ぬ。戦闘学の授業でやってる模擬戦と違って怪我《けが》じゃ済まん。だから決して侮《あなど》るな。ふざけるな。勝手な行動を取るな。何か気付いた事があれば、すぐに伝えて全員に共有しろ」

引率のギュネス先生が、ここにやって来て真っ先に、そんな言葉を口にした。

もちろん僕らもそれはわかっていたのだけれど、それでも魔法学校から屋外に、見知らぬ場所に連れて来られて、気分が浮き立っていなかったと言えば嘘《うそ》になるだろう。

……特に僕は、シャムもそうなんだけれど、ここは故郷の近くでもあるし。

しかし戦闘学という魔法学校でも特に怪我の多い危険な科目を受け持ってるギュネス先生が、ジェスタ大森林の近くは自分の授業よりも遥かに危険なんだと口にした事で、皆の顔色はハッキリと変わる。

この泉の近くは安全地帯だとしても、少し離れればその隠蔽と防護の恩恵も消えてしまう。

空を見上げれば、鳥にしては大きな影が、幾つも舞っているのが見えた。

よくよく観察してみると、その影は鳥にも人にも見える。

恐らくあれは、半人半鳥の魔法生物であるハーピーだ。

タウセント先生に教わったけれど、ハーピーは上空から獲物を見付けると、急降下して鋭い蹴爪《けづめ》で引き裂いたり、摑《つか》んで持ち上げて、上空から落として獲物を仕留めるらしい。

そしてその獲物には、もちろん人間も含まれる。

人に近い姿をしてはいるけれど、多くの個体は言葉を理解する程の知能は持たず、交渉は不可能だ。

けれども一部の個体は、突然変異なのか、それとも上位種なのかは不明だが、頭が賢く、人と意思の疎通が可能であり、また翼をはためかせる事で強風を起こす力を持つという。

流石に突然変異や上位種がそこらにポンポン居たりはしないだろうから、上空を舞っているのは普通のハーピーだと思うけれども、僕らがこの安全地帯である泉から離れれば襲ってくる可能性は高かった。

ジェスタ大森林の近くというのは、つまりそういう場所なのだ。

◇◇◇

しかし魔法生物と戦う訓練に来たのだから、ハーピーに襲われそうで危ないからって、避けて通ろうとか、帰りましょうとは当然だけれどならなかった。

むしろ相手が襲ってきてくれるなら好都合とばかりに、

「よし、最初の相手は、あのハーピーになる可能性が高い。幸いにもこの場所でなら対処法を相談できるから、お前達で考えろ。方針が決まったらここを離れるぞ」

ギュネス先生は僕達にハーピーと戦うようにと指示を出す。

どうやらハーピーくらいの脅威では、戦い方の指示をしたり、手本を見せてくれたりはしないらしい。

今回は自分達で考えて、相談する時間が十分にある。

これはとても恵まれた状況だ。

戦い方を決められるのもそうだけれど、事前に心構えを作れるところが大きい。

「ハーピーの厄介な所は空を自在に飛ぶ事だ。単純に撃ち落とすのは難しいと思う。だから何らかの方法で落とすか、向こうが攻撃の為《ため》に降りてきたところを狙《ねら》い撃《う》ちにするかだと思うんだけれど、どうだろう?」

真っ先に意見を口に出したのは、僕の友人でもあるクレイだった。

今回の五人の中には、僕の友人が二人いる。

一人は先程も名前を挙げたクレイで、残る一人はパトラだ。

三十人の中から選んだ五人に、友人が二人も入っているのは、恐らく偶然ではないだろう。

一年生の時、上級生との模擬戦に出た五人はバラバラに組分けされた事から考えて、グループの戦闘学の成績が平均的になるようにされていた。

その上で連携も取り易いよう、相性の良い、仲の良い生徒を集めてるんだと思う。

ちなみにクレイは代表に選ばれる程ではなかったけれど、戦闘学も成績は上位の部類だ。

逆にあまり戦いが得意ではないパトラと組み合わせると、丁度クラスの平均くらいになる。

残る二人は、ミラクとシーラという名前の女子で、ミラクの成績は大体クラスの真ん中辺りだが……、シーラに関しては戦闘学はクラスメイトの中でも断トツで苦手としていた。

今の二年生で最も戦闘を得意とするのは僕だから、シーラと組になるのは当然だ。

パトラが戦闘学を苦手とするのは、相手を傷付ける事を躊躇《ためら》うからだが、シーラに関してはそれに加えて気も弱いし、運動神経もかなり鈍い。

僕は、別にそれが悪いとは思わないが、今、この場においては、彼女に任せられる役割は非常に限られている。

とはいえ授業で、魔法生物と戦う訓練に来ているのに、戦いを得意とする僕やクレイだけで片付けてしまうのは、非常によろしくないだろう。

……戦いを苦手とする生徒にまでそれを強いるのは、僕はあまり好まないけれど、魔法使いが戦う力を必要としてる状況は、もう何となく察しが付く。

「直接落とすのは難しいし、失敗した時の反撃が怖いね。だから、ちょっと役割分担しようか。えっと、具体的にはね……」

だから僕は、パトラはもちろん、ミラクとシーラにだって今回の授業で戦いの経験を積んで欲しい。

彼女達が本心から乗り気ではなかったとしても、それでもだ。

経験を切っ掛けに、戦う力の成長が起きれば、それはやがて皆の身を護る事に繋《つな》がるかもしれないから。

余計なお節介かもしれないけれど、この初戦はできるだけ良い形の、成功体験にしたいと思う。

僕の提案に、ミラクとシーラはとても驚いていたけれど、クレイとパトラは僕がそう言い出すとわかっていたのか、特に反対はせずに受け入れてくれた。

さて、では方針も定まったところで、ハーピー狩りといってみようか。

安全地帯を出た僕は、呼吸を整え、空を見据える。

空を飛ぶハーピーの数は全部で五匹で、向こうも既に僕らを見付けているだろうけれど、すぐに襲い掛かって来ないのは、こちらを推し量っている心算《つもり》なのかもしれない。

交渉は不可能だと聞いていたから、勝手に知能は低いと思い込んでいたけれど、それでも並の獣と同等か、それ以上の頭は持っているのだろう。

「火よ、灯れ。更に広がり、炎となって放たれよ。そして我が敵を撃て！」

杖《つえ》を翳《かざ》して放つのは、繋がりを持たせた炎の魔法。

戦いの場では僕が多用しがちな魔法だが、手っ取り早く火力を出すには、やはりこれが適してた。

尤も空を自在に飛ぶハーピーに放った炎が命中するかといえば、それはちょっと難しいんだけれど……、

「炎よ、弾《はじ》けろ！」

放った後も繋がりを維持したままにしておいた炎を爆発《ばくはつ》させれば、熱と衝撃と爆風が、避けた心算だったハーピーを二匹飲み込む。

すると僕の存在に脅威を感じたハーピー達が、次の魔法の準備が整う前にと四方八方、……もとい残りは三匹だから、三方から蹴爪を翳して急降下して来る。

しかし当然、そうなる事は予測済みだ。

幾ら僕が魔法が得意だからって、一発の魔法で全《すべ》てのハーピーを落とせるとは思っちゃいない。

そもそも、僕が一人で全てを片付ける心算なんてなかったし。

急降下してきたハーピーの蹴爪が僕、或《あるい》は肩のシャムに突き刺さる前に、展開された魔法の障壁がそれを受け止めた。

だがその障壁を展開したのは僕じゃなく、後ろにこっそりと潜んでたクレイである。

僕を含むように周囲に展開された障壁、貝の魔法は、ハーピーが三匹でかかったところでびくともしない。

一緒に囮《おとり》をする事になったクレイの表情はちょっと引き攣《つ》っているけれど、魔法の効果は確かだ。

後は、そう、空から地に降りて来てた、途端に的となってしまったハーピーを、離れた場所で伏せていたパトラ、ミラク、シーラの三人が魔法で仕留めるのみ。

彼女達も、僕とクレイが襲われてるこの状況では、流石に攻撃を躊躇いはしない。

いや、躊躇ってる暇がない状況に敢《あ》えて追い込んだというべきか。

三人の放った魔法の矢は狙い違《たが》わず、……まぁ、仮に外したとしても僕らは貝の魔法で守られてたから誤射も怖くはないけれど、そんな事にもならずに、それぞれ一匹ずつのハーピーを貫き葬った。

初めての魔法生物との戦闘にしては、上手《うま》くいった方じゃないだろうか。

もちろん今日の授業はまだ始まったばかりで、僕らはもう幾度かは、魔法生物と戦う事になるのだろうけれども、良いスタートは切れたと思う。

◇◇◇

一年生から二年生になり、基礎呪文学《じゅもん》から基礎の文字が取れて呪文学になったけれど、それで具体的に何が変わったのかといえば、習得できない魔法があって当たり前というスタンスになった事だろう。

もう少し具体的に言うと、一年生の頃はクラスメイトの全員が同じ魔法を教えて貰《もら》えた。

習得度合いに差はあれど、基礎呪文学の範囲の魔法は、努力次第で身に付けられる。

担当教師のゼフィーリア先生は常々そう口にしてたし、実際、補習なんかはあったみたいだけれど、クラスメイトの全員が、一年生で教えられた魔法は習得済みだ。

自由自在に扱えるとまでは言い難《がた》くとも、ゆっくりと詠唱を口にして、イメージをしっかり固めれば、一応はその魔法を使う事ができていた。

けれども二年生の授業、呪文学では、魔法の教え方が全く変わる。

基礎呪文学では全員が同じように魔法を教えて貰っていたけれど、呪文学では前提条件を満たさなければ、新たな魔法は教えて貰えない。

例えば、呪文学で習うようになった魔法に、移動の魔法があるのだけれど、この系統で最初に習うのは、

『我が身よ、羽根の如《ごと》く運ばれよ』

との詠唱で発動する、己《おのれ》の身を軽くして、高くまで、或いは遠くまでふわりとジャンプする魔法だった。

そしてこれを習得しなければ、次の魔法である、

『我が身よ、跳ぶが如く地を駆けよ』

という、地を駆ける速度を大幅に増す魔法は、教えて貰えないのだ。

それどころか移動の魔法に関しては、次も、その次も教わる事はできなくなってしまう。

前提となる魔法を習得するまでは、他のクラスメイトが次の魔法を教わっていても、我慢して復習に励むしかない。

そう、二年生で学ぶ呪文学からは、もう基礎の文字が外れてる。

これは、教えられる魔法を、誰《だれ》もが扱える訳じゃないって事を意味してた。

いやまぁ、元より魔法は誰もが扱える訳じゃないんだけれど、この魔法学校に招かれる、魔法使いとしての才能を認められた生徒であってもって意味だ。

実際、移動の魔法の中でも基礎だと言われた、己の身を軽くしてジャンプする魔法も、初回の授業で習得できたのはクラスメイトの一割に過ぎず、それから二ヵ月余りが経《た》った今でも、習得率は三割に満たない。

ゼフィーリア先生曰く、二年生が終わるまでにこの魔法の習得率が五割を越えれば、その学年は優秀なんだとか。

つまりそれくらいに、二年生で学ぶ魔法は難易度が高かった。

ただ、この二年生で学ぶ魔法は、必ず習得しなきゃ卒業できないって訳じゃない。

実のところ、基礎呪文学で学んだ魔法に加えて何らかの秀でたところが一つでもあれば、ごく一般的な魔法使いとしては十分に認められるという。

移動の魔法が使えずとも、攻撃に関する魔法が得意ならそれで構わないし、移動も攻撃も、防御だって苦手でも、錬金術で魔法薬を上手《うま》く作れればそれで構わないのだ。

僕らは、たかが一年学んだ程度だから、まだまだ習得した魔法を十全に扱えるってレベルには程遠い。

けれど何もわからなかった入学したばかりの頃に比べれば、一人前の魔法使いというゴールの輪郭くらいは、おぼろげながら見えて来たんじゃないだろうか。


でも、取り敢えずそういう前置きはここまでにして、今日はとても重要な魔法を教わる日だった。

それは僕が一年の頃、といっても後期の終わりの頃からだけれど、とても学びたかった魔法である。

一年生の後期で目にした魔法といえば、そう、模擬戦で二年生の代表たちが使っていた、短距離転移の魔法だ。

「キリク君、ガナムラ君、今から教える短距離転移は、転移の魔法の一つ目よ。転移は移動の系統でも特に難しいから、心してかかりなさい」

ゼフィーリア先生が口にしたのは、僕と、僕の友人の一人であるガナムラ・カイトスの名前。

僕はこれまで、呪文学になってからも全ての魔法を教わった授業の間に習得しているが、ガナムラもまた、移動の系統の魔法に関しては、教われればその授業の間か、或いは放課後に訓練場で練習して、次の授業までには習得していた。

どうやらガナムラには、移動の系統に関しては感覚を掴むのが上手いみたいだけれど、それ以上に、何やら強い思い入れもあるらしい。

……確か彼の生家は、サウスバッチ共和国の船乗りの家だったが、それと何か関係があるのだろうか？

船の上という空間では、移動の魔法はあまり用はなさなくて、むしろ帆を押す風の魔法の方が、役に立ちそうな気もするのだけれど。

あぁ、でもガナムラは、風の魔法も得意にしてたっけ。

「詠唱する呪文は、『我が身よ、そこに在れ』です。最初は自分の正面を目標地点に、移動したい場所をしっかりと見据えて、自分の身が瞬時に移動するイメージを持ち、自分の身がそこに在って当然だと考えて、呪文を唱えなさい」

まぁ、ガナムラの事は今はいい。

僕にとって大切なのは、短距離転移の魔法の習得だ。

短距離転移の魔法はそれ自体が有用だが、これを無事に習得すれば、旅の扉や、他の長距離を転移する魔法、契約を交わした魔法生物を引き寄せる魔法にも、一歩近づく。

だけど……、うん、難しいな。

僕は肩のシャムを地に下ろしながら、内心で首を捻《ひね》った。

自分の身が瞬時に移動するイメージと、自分の身がそこに在って当然だと思い込む事が、僕の中で相反していて中々に纏《まと》まらない。

移動しなきゃいけないのに、その先には既に自分がいる？

でも詠唱の文言から考えると、単なる速い移動と転移をわけるのは、その、既に自分がそこに在るって確信なのだろう。

地から見上げるシャムの視線に、僕は一つ頷《うなず》いた。

彼を下ろしたのは、念の為だ。

僕は殆《ほとん》どの時間をシャムと一緒にいるから、短距離転移の魔法を実用しようと思うなら、彼ごと移動するのが必須となる。

しかしそれでも、やっぱりまずは自分一人で転移ができるようになってからじゃないと、危なっかしくてシャムを練習には巻き込めない。

ちらりと横目でガナムラを見ると、彼もイメージの構築には手間取ってる様子。

別に先に習得した方が偉いって訳じゃないけれど、競う相手がいると何となくだが、気合も入った。

もう少し、柔軟に考えてみるとしよう。

これは何というか、あちらに向かって移動する魔法だって考えに囚われてるから、ややこしくなってる気がするのだ。

既に自分がそこに在るって思う事が重要なら、まずはそれを軸とする。

すると目的とする場所には自分が在って、だけど僕は今ここに居て、この矛盾を解決するには……、あちらに移動すれば良い。

在るべき場所に引き寄せられるように、素早く、一瞬で。

つまりこの短距離転移、いや或いは転移の魔法自体が、この場所からどこかに移動する魔法じゃなくて、在るべき場所に自分を引き寄せる魔法なんじゃないだろうか。

もっと具体的に言うなら、目的の場所に無事に転移して立ってる自分を想起し、そのイメージに対して現実を近付けるように発動する。

既に成功してる自分をイメージする事は、他の場所に誤って転移してしまう可能性を排除するだろう。

このイメージが正しいのかどうかはわからないが、しかしそう考えると僕の中での矛盾は解かれ、

「我が身よ、そこに在れ」

口は淀みなく呪文を唱え、手は自然と杖を振ってた。

◇◇◇

以前にも述べたような気がするけれど、しっかりとした縁を結べれば、先輩というのは学校生活

を送る上で、非常に優秀な相談相手だ。

何故《なぜ》なら彼、彼女は、僕らが歩む道の先にいて、どこが躓《つまず》き易いかといった、経験に基づく情報を持っていた。

また何より重要なのだけれど、先輩というのは、先生とは違ってあくまで学生なので、僕らと同じ学生の立場からのアドバイスをくれる。

「林間学校で大切なのは、一緒に行くメンバー達がどういった相手なのかを把握して、事前に準備しておく事かな。殆どの場合は、授業で組んだのと同じ相手と、林間学校でも一緒になるよ」

慣れた手つきで素材の入った鍋を火にかけながら、シールロット先輩は僕にそう教えてくれた。

彼女曰く、事前に自分で準備をしておけば、林間学校に魔法薬等の道具を持ち込めるらしい。

その手の道具を使う事も、魔法生物との戦い方の一つであるからと。

「例えば、女の子が多いなら、大森林でトイレをどうするか、解決する道具は持って行った方がいいよね。……男の子の場合でも、匂《にお》いがそこに残っちゃうと、危ない魔法生物を引き寄せるかもしれないから、匂い消しは必要かな？」

シールロット先輩は、女子の口からは男子に伝え難《づら》いような問題も、躊躇う事なく教えてくれる。

……もしかしたら、彼女は僕を、男性扱いしてないいんじゃないだろうかって思うくらいに、あっさりと。

だとしたら、少しばかり複雑だ。

でもそのアドバイスは、間違いなく有効だろう。

林間学校では、ジェスタ大森林の中で寝泊まりをする事となる。

少しの間ならともかく、一日以上の時間は、人は生きる上での三大欲求に抗《あらが》えないのだ。

そして食事、睡眠、排泄は、人が大きな隙を晒《さら》す瞬間だった。

もちろん魔法学校側も、生徒を殺す心算でジェスタ大森林に放り込む訳じゃない。

魔法生物を遠ざける効果がある守りの魔法の道具は、幾つか貸し与えられると聞いている。

それを使えば、比較的だが安全に、休息を取る事はできるだろう。

しかしその魔法の道具も、無限に使える訳じゃなく、つまりジェスタ大森林の中で休息できる時間には限りがあった。

ならばその限られた時間を上手に使って、体力を回復させる必要がある。

食事、睡眠、排泄にストレスを感じないよう、高効率化する道具は、体力の回復に大きく役立つ筈だ。

「後は、大容量の鞄《かばん》を持って行けば、沢山の道具を持ち込めるから有利になるよ。私の鞄を貸してあげるって訳にはいかないから、自分で作る必要があるけれど……、挑戦してみる？」

鍋の中身をかき混ぜながらのシールロット先輩の提案に、僕は迷う事なく頷く。

実は、錬金術を使った魔法の道具作りに関しては、二年生の授業でもまだ教わってはいない。

今はまだその前段階、魔法の道具をつくる為の、魔法の力を持った素材の作り方を、錬金術の授業では教わっていた。

錬金術で魔法の道具を作る際に使う素材は、そのまま魔法生物の身体の一部を使う場合もあるけれど、ごく普通の素材に魔法の力を染み込ませるやり方もある。

例えば専用に調整した魔法薬で満ちた大鍋に、真っ白な布地を浸け込んで、まるで染色するかのように、魔法の力を染み渡らせるのだ。

するとその布地は、水を弾《はじ》いたり、火に燃えなくなったり、透明になったりと、使用した魔法薬の種類によって、様々な効果が備わった。

尤もそのやり方で移された魔法の力は永遠のものではないので、更に加工を施して、魔法の力がより長く布地に留まるように、様々な手間を加えていく必要はあるのだけれども。

でもそのように、授業の進行速度に合わせていては、当たり前だが高等部に上がってすぐに研究室を得るなんて事は不可能だ。

他の科目はともかく、錬金術に関しては、僕には明確な目標があるのだから、のんびりと与えられる事を待ってはいけない。

自分が望む物が遥か先にあるのなら、授業でそれを教わるのを待つのではなく、自ら手を伸ばして、他の手段で知識と技術を得なければならなかった。

その為の方法は、もちろん色々とあるだろう。

シールロット先輩に教わったり、図書館で錬金術の書を調べたり、クルーペ先生のところに押しかけて先に進んだ内容を教えてくれと強請《ねだ》ったり。

そして今、シールロット先輩は、新たな道具の作り方を僕に教えてくれようとしている。

返事を躊躇う理由は、どこにもなかった。

「うん、キリク君なら飛び付くと思ったから、もう素材の準備はしてあるんだ。でも、無料《ただ》じゃないからね。ジェスタ大森林で採れる素材のお土産、期待してるから」

そんな風に言って、シールロット先輩が笑う。

僕は、その笑顔があまりに素敵で、胸が一つ、ドキリと弾《はず》んだ。

本当に、彼女には敵《かな》わない。

……少し思考を逸《そ》らして、違う事を考えるなら、実はジェスタ大森林に挑む為にあれやこれやと準備するのは、正直少し複雑である。

何故ならあそこは、僕とシャムの故郷で、心の底から危険な場所だとは思えないからだろう。

いや、もちろんわかってはいるのだ。

僕が知ってるジェスタ大森林はごく一部で、ケット・シーや、その他の妖精《ようせい》が支配する領域のみだった。

妖精達が他の危険な魔法生物を近付けないから、僕はあの森でシャムと一緒に鹿を追い掛けたり、好きに遊ぶ事ができたんだと思う。

でも頭で理解するのと、心が納得するのは少し違って、僕はあの場所を心の底から危険だとは、まだ認識できてない。

授業で、ジェスタ大森林の近くまで連れていかれて、魔法生物との戦闘を経験した今でも、尚。

むしろ危険だというなら、この魔法学校に来て一番危険な目に合ったのは、普段寝起きしてる卵寮の屋上だったし。

ちらりと視線をやると、椅子《いす》の上でシャムが丸まって目を閉じている。

彼には、今の僕らの準備や、ジェスタ大森林への警戒が、どんな風に見えてるんだろうか。

僕にはそれが、少しばかり気になった。

◇◇◇

「実際のところさ、どうやって先生達は、生徒の安全を確保するんだと思う?」

ある日の夕食、食堂で前の席に座ったクレイが、魚の身をスプーンで解《ほぐ》しながら、僕に向かってそう問うた。

実にフワッとした質問の仕方だけれど、恐らくクレイが言ってるのは、刻々と迫る林間学校の事だろう。

僕がシールロット先輩から色々と教えて貰ってるように、彼もまた、上級生であるアレイシアから、多くの情報を得ているのだ。

故に僕らは、もうすぐ行われる林間学校が、殆ど大きな事故はなく、無事に終わる事を知っている。

これまでの上級生がそうだったのだから、今年もそれは変わらないだろうと予測して。

しかし魔法生物との戦闘を経験し、ジェスタ大森林の脅威を知れば、不思議に思わずにはいられない。

魔法学校の教師達は、一体どんな手段を使って、生徒達に適度な戦闘経験を積ませつつ、されど大きな事故に繋がらないように状況を掌握しているのか。

いや、もちろん戦いを行う以上、これまで全く事故がなかった訳じゃないだろうけれど、少なくともシールロット先輩は、林間学校に対して悪し様には言わなかった。

だから、少なくともシールロット先輩の学年では、林間学校で命を落とした生徒はいないのだろう。

僕はクレイの質問に、椅子の上で、自分用の皿に顔を突っ込んでるシャムを、ちらりと横目で見る。

実は、僕もその事は疑問に思って、少し前にシャムと話したのだ。

シャムは、魔法生物に関しても、ジェスタ大森林に関しても、やっぱり僕よりも詳しいから。

「多分、契約をしてるんだと思うよ。ジェスタ大森林に棲む、強い魔法生物と」

なのでこれは、本当は自分で思い付いたんじゃなくて、シャムに教えて貰った答えだった。

但しこの契約は、魔法使いが想像しがちな、魔法生物を使役する為の契約じゃなくて、もっと本来の使われ方である、魔法生物同士の契約に近い物だと思われる。

例えばの話なんだけれど、人がケット・シーの村の周り、縄張りを最も安全に通り抜ける方法は何か。

それはケット・シーの誰かと契約して、村に縄張りを通る許可を取りに行って貰う事だ。

僕みたいに完全な身内なら、許可なんてなくてもケット・シーの縄張りは安全に通り抜けられる。

でもそれは本当に稀な例外で、本来だったら契約を挟む必要があった。

契約内容は、何らかの対価と引き換えに、安全に縄張りを通り抜けられる保証を得るといったもの。

魔法学校がジェスタ大森林で生徒の安全を確保する方法は、これに近い契約だろう。

有力で知能が高い魔法生物と、……恐らく影靴《かげぐつ》に所属する人員が契約を結んで、想定外の大物が生徒を襲う事態を防いでいるのだ。

もちろん知能が低くとも強力な魔法生物はいるけれど、それも先に所在を教えて貰えたなら、排除したり他への誘導が可能である。

「……授業で教わった契約の使い方とは、全然違うな」

二年生の、基礎古代魔法の科目で教わったのは、魔法生物を使役する為の契約があるって事だけだった。

まぁ、僕らが習ってるのはあくまで古代魔法のさわり、それがどんな物であるとか、初歩の初歩に過ぎないので、実際の契約がどんな物なのかも、知らなくて当然だ。

いやそれどころか、古代魔法を得手《えて》とする黄金科に進まなければ、殆どの魔法使いは、魔法生物との契約なんて経験せず、詳細を知らないままに一生を終えるんじゃないだろうか。

だが魔法学校は、契約の使い方が非常に上手いように思う。

多分、校長であるマダム・グローゼルが黄金科の出身、つまりは古代魔法のスペシャリストであるって事が、きっと大いに関係してる。

何しろ彼女は、僕が星の知識を持っているかを確認する為に、シャムを思惑通りに動かしたくらいには、契約の使い方が巧みであった。

その手管《てくだ》が一部でも、魔法学校で働く教師達や影靴に伝わっているなら、契約を使ってジェスタ大森林の環境を掌握するくらいは、できても決して不思議じゃない。

影靴の手を割いてまで行う価値が、果たして林間学校にあるんだろうかって気はするけれど……、ウィルダージェスト魔法学校は、学校を名乗るだけあって生徒の育成に非常に重きを置いている。

わざわざ林間学校って言葉を使ってる辺り、発案者は先代校長であるハーダス先生だろうか。

あの人とは恐らく同郷、同じ星の世界の知識を持ってるんだと思うんだけれど、それでもいまいち、ハーダス先生の考えは、僕には読めないところがあった。

善性の人物で、生徒想《おも》いだったんだろうって事だけは、確信しているんだけれども。

でも、僕ら二年生ならともかく、クレイと親交のある上級生、アレイシアは黄金科でも特に優秀だとの話だから、林間学校では契約を使って生徒の安全を確保してるんだって、気付いていてもおかしくはない。

なら、どうしてアレイシアは、クレイにそれを教えなかったんだろうか。

アレイシアも気付いてないのか、或いはクレイに自分で考えさせる為、敢《あ》えて言わなかったのか。

僕とクレイは友人同士だが、アレイシアに関しては殆ど関《かか》わりがないから、ちょっとその辺りはわからなかった。

自分の皿を平らげたシャムが、大きな欠伸《あくび》を一つする。

まぁ、考えていても仕方ない。

僕も自分の皿を食べてしまおう。

クレイは、僕の言葉に色々と考え込んでしまってる様子だったが、自分の食事を終えた僕は、彼にひと声かけた後、部屋に戻る為に席を立つ。

手を伸ばし、腕を登ったシャムを肩に乗せて。

いずれにしても大切なのは、無事に林間学校を終える事だ。

幾ら対策がなされてると言っても、やはりジェスタ大森林は危険な場所である。

僕らが最善を尽くさなければ、想定外の大物に出くわさずとも、魔法生物に後れを取る可能性は皆無じゃない。

また影靴の働きだって、綻《ほころ》びが全くない訳じゃないという事を、僕は身を以て経験してるから。

できる限りの準備と、心構えはしておこう。

◇◇◇

ある日の放課後、クレイと授業の復習をしてた僕は、

「貴方《あなた》だってそれじゃ駄目だって事くらい、本当はわかってるんでしょう！」

教室の中に響いた言い争いの声に、思わず視線をそちらに向けた。

いや、単純に声に驚いたってのもあるんだけれど、それ以上に気になったのは、その声の主《ぬし》が友人の一人であるシズゥで、言われているのもまた、同じく友人の一人であるジャックスだったからだ。

一体、何があったんだろうか。

親しい友人の前ならともかく、その他の前では貴族らしい振る舞いを崩さぬシズゥが、あんな風に大きな声を出すなんて、本当に珍しい。

だが気になりはするけれど、同時に巻き込まれれば厄介な事になると感じて、僕はすぐに目を逸らす。

ジャックスが何をしたのかは知らないけれど、あんな風になったシズゥからのとばっちりを受けるのは、幾ら僕でも御免である。

けれども、或いはそうやって視線を逸らしたのがいけなかったのだろうか、こちらを振り返ったシズゥは、

「ねぇ、キリク。貴方も少し言ってやって。このわからず屋も、キリクの言葉なら少しは耳に聞こえるかもしれないでしょ」

明確に僕を指名した。

……状況は全然わからないんだけれど、どうやら、逃げられはしないらしい。

前の席に座っていたクレイが、気の毒そうに僕を見ながら、早くいってやれとばかりに手を振る。

彼の目は、確かに僕に同情しているが、同時に巻き込んでくれるなと、明確に語ってた。

薄情とは、今は言うまい。

僕だって逆の立場なら、巻き込まれないように避難して見守るだろうし。

さて、仕方ないなぁ。

見知らぬ誰かならともかく、僕の友人同士の言い争いだ。

話を聞いて、一言二言の意見を言うくらいはするとしよう。

席を立つと、机の上で丸くなってたシャムが、自分も連れて行けとばかりに、起き上がってひと声鳴く。

巻き込まれたくないならこのままクレイに様子を見てて貰おうかとも思ったが、どうやらシャムもシズゥとジャックスが気になったらしい。

いや、或いは厄介事に巻き込まれそうな、僕の方を気にしてくれたのか。

捨てる神あれば拾う神あり、なんて言うと少し大げさだが、シャムが口を挟む事はないにしても、付いててくれるのは心強かった。

「力ある者が、戦いを苦手とする者を守る。それは当然の事で、貴族としての誇りだ。君だってわかる筈だろう」

そこで聞こえて来たのは、ジャックスの反論だ。

あぁ、もうそれだけで、どうして揉《も》めてるのかは察せられた。

弱き者ではなく、戦いを苦手とする者って言い方をしてる辺りに、一年生の頃のジャックスと比べて、とても成長が見受けられるけれど……。

それはジャックスの悪いところでもあり、良いところでもある。

持つ者は、多くの持たざる者を助け導かねばならない。

それができるからこそ、貴族という持つ者で在れるのだから。

彼は貴族としての傲慢《ごうまん》な振る舞いに関しては己を見直したが、それでも自らが貴族である事には誇りを持ってるし、その責任を果たさなきゃいけないと考えていた。

その考えを否定する心算は、僕にはない。

実際、貴族が土地の支配者でなければ、他所の誰かが略奪にやってくるだろうし、犯した罪が裁かれない無法地帯になるかもしれない。

貴族は領民から税を取るだけじゃなく、兵を揃え、領内の防備を固め、周辺地域の支配者との折衝《せっしょう》をこなす。

それで全ての領民が救われる訳ではないかもしれないが、無法地帯であるよりはずっと多くの人が飯を食って子を育てて行けるからこそ、貴族という役割が必要とされている。

ただ、ジャックスが間違ってる事があるとするなら、

「私達はフィルトリアータ領の民じゃないの。確かに貴方はクラスでも、……キリクの次くらいには強いわよ。でも私達だって成長しなきゃいけないし、庇《かば》われてるだけじゃそれができないわ。それに、ジェスタ大森林にいる間中、貴方が一人で戦うなんて無理でしょう」

この魔法学校で学ぶ生徒は、皆が魔法使いであり、決して持たざるものではないってところだ。

いやでも、今の流れで僕の名前を出す必要はなかったよなぁって、そう思う。

クラスで一、二を争う実力とか、そんな言い方で良かっただろうに。

今の言い方だと、ジャックスの実力が足りない事が問題のようにも捉《とら》えられてしまいかねないし。

そしてそのタイミングで、二人の視線が僕へと向いた。

全く以て、本当に勘弁して欲しい。

聞こえてきた話だけだと、今回はシズゥの言葉に理があるように思う。

だがジャックスの主張は、彼の支えとなってる根本の部分に関係してるだろうから、安易に否定してしまいたくもないのだ。

先程も述べた通り、それは悪いところだが、同時に良いところでもあるのだから。

立場も才能もあるジャックスは、それに見合った努力をしていて、自負もプライドもあった。

彼が他の、魔法生物学の授業や、林間学校で組む仲間達を守ろうとしてるのは、目立ちたいからとか、浅い私欲に由来する物じゃない。

僕は言葉に迷いながら、肩のシャムの、その顎に手を伸ばす。

ちょっとシャムを撫《な》でて、気持ちを落ち着かせたかったのだ。

でもシャムは、その動きを事前に察して、前脚で僕の頬《ほお》をグイと押した。

遊んでないで、真面目《まじめ》にやれと言わんばかりに。

あぁ、うん。

やっぱりそうなるよね。

シャムなら今は撫でさせてはくれないだろうって、実はわかってた。

まぁ、どれだけ伝わるかわからないけれど、背中を、というか頬を押されたし、言えるだけ言ってみるとしようか。

心を決めれば、伝えるべき言葉も決まる。

「そうだね。とりあえず一人で何でもやっちゃうのは良くないと、僕は思うかな。だって強い誰かが全部の敵を片付けてしまうなら、大勢の兵士は要らないし、それを指揮する人も要らないよね。ジャックスの実家では、強い戦士が一人居たら、兵士は全員解雇するの？」

否定の言葉は強くせず、やんわりと。

それから相手が受け止め易い、理解し易い言葉を選んで、問題点を指摘する。

結局のところ、一人で全てを解決できる程に、僕らはまだ強くない。

ジャックスだって、それは十分にわかっているのだ。

「うちのチームは皆で戦ってるね。皆で戦う方法を考えるのとか、クレイが得意だしね。僕も連携して戦うって事がどんなものなのか、凄《すご》く勉強になってるよ」

次に、ジャックスが認めてる、或いはライバル心を抱いてるのは、僕やクレイだから、僕らがどうしてるか、それで何を得ているかを伝える。

僕らが彼よりも先に進んでるとわからせて、そのライバル心を刺激する為に。

実際には、戦い方を考えてるのはクレイばかりじゃなくて、クレイが三割、僕が三割、残る四割はパトラだけでなく、ミラクとシーラも意見を出してくれているけれど、そこまで言う必要は別になかった。

これ以上は、僕に言える事はない。

後は自分で考えて、良い答えを出す筈だ。

もしもこれでわからず、一人で全てを片付ける事に拘《こだわ》るようなら、僕がジャックスを高く見積もり過ぎてたのだろう。

その場合でも、やっぱりもう、掛ける言葉はなかった。

尤も、そうなる心配なんて、少しもしてはいないけれども。

シズゥも、僕の言葉を隣で聞いて、自分が感情的になり過ぎてた事に気付いたらしく、少し頬を赤く染めて黙り込む。

尻馬《しりうま》に乗って、相手をやり込めるような言葉を吐いたりしないのが、彼女の良いところだと僕は思う。

ジャックスとシズゥばかりが目立ってたけれど、二人の近くには残りの三人、チームの仲間達が心配げに見守っていた。

ここからは僕とじゃなく、ジャックスとシズゥの二人だけでもなく、残りの三人を加えた、チームで相談すべきであろう。

一言、二言、口を挟んだのみだけれど、僕の役割は終わったと、踵《きびす》を返して席へと戻る。

「おかえり、ご苦労様」

ねぎらいの言葉を口にするのは、自分は巻き込まれないように目を逸らしてた、ちょっとだけ薄情なクレイ。

僕は彼の肩を小突いてから、荷物を纏めて帰り支度をする。

いや、別に怒った訳じゃないんだけれど、このまま復習を再開する空気でもないし、今日は早めに部屋に戻って、買い置きの菓子でも食べるとしよう。

友達付き合いというのも、中々どうして難しいものだ。

僕が、人付き合いが下手クソってのも、少しあるのかもしれないけれども。

◇◇◇

二年生の前期も終わりが見えて来た頃に、林間学校の日はやって来た。

僕の組は、魔法生物と戦った授業と同じく、クレイとパトラ、それからミラクとシーラ。

もちろんシャムは何時《いつ》も通りに、僕の肩の上にいる。

クラスメイト達はゼフィーリア先生、ギュネス先生、タウセント先生の旅の扉の魔法で、ジェスタ大森林の近くにある隠された泉に移動した後、それぞれの組ごとに、教師に連れられてジェスタ大森林へと転移させられていく。

別の組同士が協力し合ったりしないよう、恐らくはバラバラに遠く離れた場所に。

僕らをジェスタ大森林の中へと移動させてくれたのはゼフィーリア先生で、

「これは貴方達にとって、ウィルダージェスト魔法学校で初めて体験する大きな試練となります。ですが、しっかりと準備もしてるようですし、心配はなさそうですね」

彼女は何時もと変わらぬ調子で、しかし激励とも称賛ともつかぬ言葉を口にする。

実はここに居る全員、クレイにパトラ、ミラクにシーラと、それから僕も、全員が揃いの外套《がいとう》を身に付けていた。

この外套は、この日の為に僕が作った、ちょっとした鎧並みの強度を備えた、魔法の道具だ。

決して安い代物じゃないから、あげた訳じゃなくて貸し出してるだけなんだけれど、僕らがどれだけの準備をしてきたかの、目安となるには十分だろう。

ゼフィーリア先生は組の仲間達の一人一人の顔を確認するように見回してから、僕に向かって一枚の紙と紐《ひも》、それから札を三枚を手渡す。

紙に記されてるのは、この林間学校で僕らが果たすべき課題だ。

シールロット先輩曰く、課題の多くは指定の時間まで、ジェスタ大森林の中で過ごすって内容が多いらしい。

ただ場合によっては、単に指定の時間まで生き延びるだけじゃなくて、特定の何かを手に入れる課題を課される事もあるという。

その何かとは、ある魔法生物の素材だったり、或いはジェスタ大森林のどこかに隠された魔法の品だったりと、その時によって様々なんだとか。

僕らが渡された紙には何か色々と書いてあるから、どうやら単にジェスタ大森林の中で生き延びるだけじゃなくて、他の条件を達成しなきゃならない面倒な課題を引いてしまった様子。

要するに外れの課題ってやつだった。

まぁその内容は一先ずさておき、次に糸は、これは魔法の道具で、僕らが渡されたのは一本だけれど、実はもう一本対になった糸がある。

この糸は、どちらか片方が切れてしまえば、もう片方も同じように切れるという、連絡用の道具だ。

今回はジェスタ大森林の中で窮地に陥《おちい》った時、ギブアップして助けを求める為の物だろう。

尤もギブアップしてしまった場合、当然ながら成績に大きな影響があるので、可能な限り使いたくはない。

最後に札は、これも魔法の道具で、一枚につき三時間、魔法生物を遠ざける守りの効果があった。

これを使えば絶対に安全という訳ではないのだが、それでもかなり安心して、休息が取れるようになる。

それが三枚だから、九時間は身体だけじゃなくて、心を休める時間を与えてくれるって意味だ。

「では私が居なくなった瞬間から、林間学校のスタートです。全員、怪我なく帰って来るように」

ゼフィーリア先生はそう言うと、杖を一振りして姿を消す。

転移の魔法で、……魔法学校に戻った訳じゃないとは思うんだけれど、少なくとも近くからはいなくなった。

さて、林間学校はもう始まっている。

ここから先は、どのタイミングで魔法生物が襲ってくるかはわからない。

周囲は木々に覆《おお》われていて、見通しは殆ど利《き》かない場所である。

「クレイはあっちを、僕は反対側を警戒するから、パトラはクレイ、ミラクは僕の補助をお願い。シーラ、この紙の内容を皆に読んで聞かせて」

あんまり指図をするような事は言いたくないけれど、しかし誰かが場を主導しなければ、皆の行動が纏まらないまま、危険な時間を過ごす羽目になってしまう。

僕の指示にクレイが真っ先に動いて、パトラにミラクもそれに続き、シーラが僕の手から課題の書かれた紙を受け取った。

事前の授業で、既に何度も組んだ仲間だ。

誰の動きにも戸惑いはない。

クレイが、何事かを呟きながら杖を振る。

今日の為に、彼が親しい付き合いのある上級生、アレイシアから教わったという、敵意を感知する古代魔法だろう。

僕が林間学校に備えて、シールロット先輩に教わりながら色々な道具を用意してきたように、クレイはアレイシアから幾つかの魔法を教わっていた。

知らない魔法は、間近で観察して僕も覚えたい。

悪い言い方をすれば、盗んでしまいたいって気持ちはあるんだけれど、流石に今は、そんな事をしてる場合じゃないから、グッと我慢だ。

「課題内容は二つ。一つはジェスタ大森林の中で三十時間を過ごす事。もう一つはその間に、黒影兎《くろかげうさぎ》の毛皮を一枚手に入れる事。……です」

これから僕らがこなさなきゃいけない課題を読み上げたシーラの声には、少し動揺が混じってる。

三十時間の滞在は、まぁ、問題ない。

今は午前中だから、明日の午後、夕方辺りまでだった。

休息用の札を三枚も、九時間分もくれたから、二晩はジェスタ大森林の中で過ごさなきゃいけないかと思ってたから、これに関しては随分と想定よりも緩いと言えよう。

だが問題は、黒影兎の毛皮を一枚手に入れるって内容の方だ。

黒影兎というのは、名前通りに兎の魔法生物で、影に潜《ひそ》んで逃げ隠れをする、自分からは人を襲わない臆病な性質の魔法生物である。

ちなみに見掛けは、かなり可愛《かわい》い。

つまり僕らはこのジェスタ大森林の中で、こちらを襲う為に積極的に姿を現してくれる訳じゃない、逃げ隠れが巧みな魔法生物を、探し出して狩らねばならなかった。

……これは実際、かなり厳しい課題だろう。

単なる獣ならともかく、影に潜んで逃げ隠れするような魔法生物を、ジェスタ大森林の中で捕捉するだけでも、一苦労は間違いない。

更に敵意のない相手を、しかも見た目の可愛い兎を、狩る事への心理的抵抗感の強い仲間が、この組には幾人かいる。

さて、一体どうしようかなぁ。

◇◇◇

時間は有限だ。

三十時間をジェスタ大森林の中で過ごさなきゃいけないというのは確かに課題でもあるけれど、同時にその間にもう一つの課題、黒影兎の毛皮を手に入れるまでの制限時間でもあった。

だからこそ、

「今日のところは無理に黒影兎は探さずに、ゆっくり森に慣れながら、夜を過ごせる場所の確保を優先しようか」

僕は周囲を警戒しながらも、皆にそう提案する。

今の状況で、一番やっちゃいけないのは焦《あせ》る事。

黒影兎は、見つけ出すのは難しいけれど、決して強い魔法生物じゃない。

それ故に、早めに見付け出して狩ってしまいたいって気持ちにさせる。

これが強い魔法生物なら、慎重にできる限り良い形で戦いを挑もうとか、怖いなって躊躇いを生むんだけれど、黒影兎の弱さには、それと真逆の効果があった。

だけどこのジェスタ大森林に生息する魔法生物は、黒影兎だけではないのだ。

今日、真っ先に黒影兎の確保に走れば、仮に仕留められたとしても、不完全な準備で夜を迎える事になりかねない。

昼間と夜、どちらの森が危険であるかは言うまでもないし、そして夜の方が危険であると頭でわかっていても、実際に過ごす夜の森の厄介さは想像を上回る。

守りの札を三枚、夜に使ったとしても、不完全な準備で夜を迎えれば、不安と緊張に体力を削られ、翌日に大きな疲労を残す結果に繋がるだろう。

いや、それよりも最悪の場合は、真っ先に黒影兎の確保に走ったにも拘《かかわ》らず、今日中に捕まえられずに夜になったら、不安と緊張に加え、徒労感が精神を削り、或いは朝を待たずにギブアップして連絡用の糸を切る事にも、ならないとは言えなかった。

ならば今日は森に慣れる事に専念し、より良く夜を過ごせる場所を見付けて、黒影兎の確保は明日に賭《か》けた方が、より良い結果に繋がる可能性は高いと思う。

もちろん、今日だって夜を過ごせる場所を探す間に、偶然にも黒影兎に出くわせば、即座に確保を試みはするけれども……。

そんな都合の良い幸運は、簡単には転がっちゃいない。

「それで、明日だけで黒影兎を捕まえられるって保証はある?」

僕とは逆側を警戒しながら、クレイがそう意見を口にする。

それはまるで僕に対する反論のように聞こえるけれど、実はそうじゃない事は、この組の仲間達なら誰もがわかってる。

彼は誰もが抱くであろう疑問を真っ先に口にし、詳細を僕から説明させようとしてくれているのだ。

「ない。でも黒影兎の確保は、結局のところは運次第だからね。焦って無理に動いて夜に不安を残すより、確実に夜を越えて、森に慣れて、それから黒影兎を探した方が、評価は高くなると思うんだよ」

与えられた課題を達成したかだけじゃなくて、どんな風に動いたのかも、恐らく評価の対象にはなるだろうし。

もちろん両方の課題を達成するに越した事はないけれど、運任せに、直情的に動くよりは、慎重さを見せた方が、きっと良い評価を得られる。

僕の言葉にパトラは納得したように頷いて、ミラクはよくわからなさそうに首を傾げて、シーラはちらりと不安の表情を浮かべた。

パトラは問題ないとして、……ミラクは、話の意味が分からないというよりも、自分で判断をしたくないから、取り敢えず僕の言葉に従おうって姿勢だろうか。

シーラには、どうせなら黒影兎も早めに捕まえた方が、やっぱり安心できるって気持ちがあるらしい。

まぁその感情は、抱いて当然の正当なものだ。

黒影兎を仕留める事に、シーラが忌避感を覚えるだろうというのとは全く別に、彼女だって可能ならば良い成績を取りたいって欲はある。

そしてこの林間学校は、その評価が戦闘学と魔法生物学、二つの科目の前期の成績に反映されるという。

つまりクラスで最も戦闘学を苦手としてるシーラにとって、林間学校で可能な限り良い評価を得ておく事は、苦手な戦闘学で好成績を収めるチャンスであった。

「あの、私は、二つとも課題は達成できるように、したいです」

故に、シーラはそう主張する。

もしかすると、人によってはシーラの感情の動きを浅ましいと感じる人もいるかもしれない。

ただ僕は、そんな風には思わないし、むしろよくぞちゃんと意見を口に出してくれたって、嬉《うれ》しくなった。

ほら、やっぱりシーラって、僕らの中でも主張が激しい方じゃないし。

それでも彼女が、自分の望みを口に出せたのは、それができる雰囲気を、僕らの組が作れたからだ。

尤も、シーラが意見を出せた事を嬉しく思っても、じゃあそうですかと採用する訳には当然いかない。

それとこれは話が全く別である。

シーラの意見を退けるのは簡単だ。

単に決を採ればいい。

ミラクはシーラと仲が良いから、彼女の意見を支持するだろう。

だけどクレイとパトラは、このまま短絡的に動き回る危険を理解してそうだから、多数決を採れば僕の意見が通る。

……しかし、それだとシーラと、彼女を支持したミラクに不満が残りかねない。

「そうだね。僕も課題は達成したいよ。ただ二つとも一気に得ようとすると、どちらも取りこぼしてしまう可能性があるし、怪我人もでるかもしれない。途中でリタイアなんて事になったら、それこそ評価は最悪だ」

なので僕は、まずはシーラの感情に共感を示してから、彼女が最も避けたいだろう未来を告げる。

シーラの場合は、試験の評価が悪くなる事よりも、怪我人が出る方を恐れるだろうか?

すると案の定、シーラは僕の言葉に顔をサッと曇らせた。

去年は、パトラもこんな感じだったかなぁって、ふと思う。

そう言えば何が切っ掛けで、少しずつだけど頼もしくなっていったんだっけ。

友達の事なのに、僕はそのパトラの変化に、少し疎《うと》かったような気がしてならない。

僕の肩の上で、ピクリとシャムが顔を上げる。

あぁ、どうやら、のんびりと話せる時間はもうあんまり残ってないか。

「だから、まずは確実に一つを取れる態勢を整えてから、余裕をもってもう一つを取りに動きたいんだけど、どうかな?」

でも僕は、左手の杖をしっかりと構えながらも、努めて穏やかに、シーラに対してそう問うた。

シーラは僕の言葉に、ほんの少しだけ考えて、それから一つ頷く。

どうやら、無事に納得してくれた様子。

唯々諾々《いいだくだく》と従うんじゃなくて、考えた上で僕の言葉を理解してくれたシーラは、きっとこの先も何か気付いた事があれば、意見を出してくれるだろう。

そしてもしかすると、その意見こそが、僕らを救う場合だってあるかもしれない。

だがその結果に満足してる猶予は僕らにはなくて、

「皆、敵意が近付いてる！　数、五。地を素早く駆ける大きな獣の魔法生物だ！」

クレイがそう警告を発した。

シャムが感じた敵の接近を、クレイも敵意を感知する魔法で察知したのだろう。

群れを作る、地を駆ける獣の魔法生物。

心当たりは幾つかあるが、まだ正体までは絞れない。

ジェスタ大森林の歓迎が、今まさに荒々しく始まろうとしている。

まぁ、僕らの相談が終わるまで待っててくれた辺りは、実に優しいなぁって思うのだけれども。

◇◇◇

木々で視界が遮《さえぎ》られる中、迫りくる正体不明の敵に対してできるのは、まずは相手の攻撃を受け止めて、その姿の確認だ。

相手がどんな攻撃をして来るのかがわからなければ、効果的なカウンターは撃ち込めないが、とにかく攻撃されるとさえわかっていれば、貝の魔法で周囲の全てを障壁で覆い、防ぐ事はできるから。

尤も、だからって、何の工夫もなく貝の魔法を全員で展開したりはしない。

パトラにミラク、シーラの三人はクレイの周りに集まって、彼の貝の魔法の範囲に入る。

攻撃を防ぎ、相手の姿を確認した後、即座に反撃に移れるように、防御をクレイに委《ゆだ》ねて。

木々の間から飛び出して、クレイの貝の魔法、展開された障壁に爪牙《そうが》を突き立てたのは、五匹の巨大な狼達だった。

もちろん巨大と言っても、狼として巨大って話で、サイズとしては馬くらいか。

魔法生物の中には桁外《けたはず》れに大きいのもいるから、それに比べれば常識的な部類だが、まぁ馬と変わらぬサイズの狼が爪牙を剝き出しにして迫る姿は、そりゃあ迫力は満点だ。

障壁が阻んでくれるとはいえ、クレイはともかく、パトラやミラク、特にシーラは、内心は恐怖に震えてるだろう。

しかしそれでも、震えはしてもパニックにならず、誰もが反撃の瞬間に備えられているのは、これまでの授業で積み重ねた魔法生物との戦闘経験のお陰である。

怖いが、学んだ事を活かせば、決して勝てない相手じゃない。

この恐怖に負ければ、自分だけじゃなくて仲間の身も危険に晒す。

その事を、僕らの組の仲間達は、誰もが理解をしているから。

今じゃ一人一人が頼もしい。

そして僕は、その光景を、クレイが使った貝の魔法の範囲内じゃなくて、周囲の木々よりも更にもう少しだけ上、上空から見下ろしていた。

この中では唯一人、短距離を転移する移動の魔法を使える僕は、それを使って上空に転移し、す

でに敵の頭上を取っている。

仲間達を襲う魔法生物の正体は、ダイアウルフ。

或いはバトルウルフと呼ばれる事もあるくらいに、闘争心がとても強い魔法生物だ。

身体が大きいだけあって膂力《りょりょく》も強く、爪牙のサイズもまた大きいので、殺傷力がとても高い。

また魔法生物らしい特殊能力としては、地を疾走する際に足音を立てないというのがある。

故にダイアウルフが最も脅威となるのは、闇夜《やみよ》の中だった。

日中に僕らを襲ってきたのは、僕らを侮っての事だろうか。

もしくは珍しい獲物を、他の魔法生物に先を越される前に、さっさと仕留めて味わいたかったのかもしれない。

いや、それでも侮ってる事には変わらないか。

うん、つまりダイアウルフは、僕らを舐《な》めてるって訳である。

左手の杖は転移の魔法に使ったばかりだから、僕はもう一つの発動体、右手の指輪を地に向かって、眼下のダイアウルフたちに向かって、翳《かざ》す。

使う魔法は、二年生になって新たに習った、圧縮した風を撃ち込んで弾けさせる魔法。

一年生の頃は、風の魔法と言えば精々《せいぜい》大きな風を吹かせる事が限界だったから、威力は大幅に上がってる。

尤も、これでダイアウルフを仕留められるとも思っちゃいない。

だって幾ら威力が上がったところで、風自体の殺傷力は、火には遠く及ばないし。

この魔法の強みは、効果範囲が広く、吹き荒れる風が相手の動きを阻害してくれる事だった。

別に敵を倒すのは僕じゃなくても構わない。

僕の役割は、地上の仲間達が反撃に移る機会を作る事。

意表を突き、驚きと魔法の威力で相手に混乱を齎《もたら》せば、後は仲間達が片を付けてくれる。

折角、ダイアウルフは僕に気付いてないいんだから、詠唱はなし。

風よ、集いて弾け、荒れ狂え。

心の中でそう念じながら、僕は魔法を発動させる。

地上で弾け、吹き荒れた風にダイアウルフ達が驚き、吹き飛ばされて地を転がったり、或いは地に伏せて風をやり過ごしてる合間に、狙いを定めた地上の仲間達が、貝の魔法の解除と共に、攻撃魔法を炸裂させた。

後はまあ、上空に転移した僕と、僕にしがみ付いてるシャムが、どうやって無事に着地するかって事だけれども……。

これくらいの高さなら、魔法なしでも多分どうにかなるだろう。

ケット・シーの村に住んでた頃は、もっと高い場所から飛び降りた事だってあるし。

ダイアウルフの有用な素材は、毛皮と爪牙。

それから傷の付いていない眼球だ。

毛皮と眼球は望みは薄くても、爪牙は手に入る公算が大きかった。

魔法生物らしい特殊能力としては足音を立てないってものなのに、最も有用な素材が眼球なのは、不思議で面白《おもしろ》い。

尤もまだ完全に勝利を収めた訳じゃないから、取らぬ狸の何とやらにならないように、最後まで油断は決してしないけれども、戦いの終わりはもう間もなくだ。

◇◇◇

ダイアウルフの襲撃は序の口に過ぎず、僕らはそれから、野営に適した場所を見付けるまでに、更に三度の魔法生物による攻撃を受けた。

これを多いと見るか、少ないと見るかは、意見が分かれるところだろう。

もちろんジェスタ大森林の外に授業で来た時に比べれば、襲われる頻度は高いのだけれど、僕は正直、もっと頻繁に襲われるものだと思っていたから。

但しこれは、ジェスタ大森林に棲む魔法生物の密度が、僕の予想よりも薄いって意味では決してない。

恐らく、合計で四度の襲撃を返り討ちにした事で、この辺りに棲む魔法生物が僕らを安易な獲物じゃなくて、警戒を要する敵だと認識を改めたのだ。

人と言葉を交わせる程の知能を持たない魔法生物も、多くは並の獣以上の知能を持っている。

だから連中は僕らの襲撃に慎重になったし……、次の襲撃はこちらの不意を突く形を狙ってくる可能性が高かった。

つまりは余計に厄介な事になってるって話だけれど、でもそれは今更だろうか。

このジェスタ大森林に踏み込んだ瞬間から、或いは林間学校に向けて備えてる時から、ずっと覚悟はしてきたし。

見付けた野営地は、木々が途切れた広場だ。

緑が濃い森の中も、延々と同じように木々が生えてる訳じゃなくて、時にはこうした場所が見付かる事もあった。

僕らはそこに土の魔法を使って、地を盛り上げ、石に変えて、毒を持った虫の侵入を防いだり、周囲に対する防壁を作ったりして、簡易的な拠点に変えていく。

土の属性の魔法は、その場に残るという点で、火や水や風よりも大きく優れてる。

火は他の何かに着火しなければ、魔法の維持をやめた時点で消えてなくなるし、水だって受け止める物がなければ地面に落ちて吸われてしまう。

風なんて元々形がないからなおさらだ。

しかし土の魔法に関しては、盛り上げて変えた地形も、土から変化させた石も、敢えて元に戻さない限りはそのままだった。

尤もそれは、魔法が長く残るって意味じゃなくて、結果が後に残るだけ。

魔法陣や錬金術には、魔法の効果自体を長く留める技術があるけれど、それとは全く意味合いは異なる。

変化した地形も、土から変化させた石も、そこに何らかの特別な効果がある訳じゃない。

まぁ、野営の拠点にするだけなら、それでも十分過ぎるくらいだ。

土の地面でないなら、虫が寄って来てもすぐに気付けるし、対処もし易い。

簡単であっても防壁があれば、魔法生物が攻めて来る場所を限定できる。

これに加えてゼフィーリア先生から貰った守りの札を使えば、そりゃあ見張りは必要だけれど、かなり安心して夜を過ごせるだろう。

食事は、ジェスタ大森林で食材を確保しようだなんて幻想は捨てて、全員が保存食を持って来てた。

これも当然ながら、準備の範疇《はんちゅう》の内である。

また僕達は全員が魔法使いだから、魔法を使えば水や湯に困る事もない。

シールロット先輩に言われた簡易トイレ、匂い消しの魔法薬、それらもちゃんと持って来てるから、普段過ごしてる寮程ではないにしても、野営としては破格に快適に過ごせる筈だ。

少なくとも体力を温存して翌日を良い形で迎える事は、確実にできる筈だった。


「実際、どうなんだろうね？」

自分で作った防壁の上に腰掛けて、僕は傍《かたわ》らで身体を伸ばすシャムに小声で問う。

今は夜の見張りの最中で、他の皆は寝てるから、僕の声は聞こえない。

シャムはこちらを見上げて、首を傾げる。

一体何が言いたいんだと言わんばかりに。

だが、僕も自分の聞きたい事が、ハッキリと言葉にできる程には纏まってないから、ちょっと次の言葉には迷うんだけれど……。

今、この場は守りの札に守られていて、魔法生物も近付いては来ない。

詳しい仕組みはわからないが、守りの外にいる魔法生物は遠ざけるが、既に中にいるシャムには、特に影響がないようだ。

実に都合の良い魔法の道具だけれど、恐らくは、シャムの存在も考慮した上で、わざわざ魔法学校側が用意してくれたんだろう。

「このまま無事に、乗り切れるかなって思ってさ」

少し考えたが、出て来たのはこんな言葉だった。

乗り切れるかというのは、もちろんこの林間学校を無事に終われるかって意味である。

今のところ、僕らの組はとても順調だ。

魔法生物との戦いは幾度かあったが、危機らしい危機には陥っていない。

黒影兎を確保できるかどうかは、明日次第ではあるけれど、今の調子なら十分に可能性はあるだろう。

この広場を探しながら、既に黒影兎が生息してそうな場所の当たりは付けていた。

しかしここまでが順調だったからこそ、僕は不安を感じてる。

「大丈夫じゃない？　あの影靴とかいう部隊も、こんな狙われると拙《まず》そうなイベントで他所からの介入を許す程に無能じゃないでしょ。少なくともエリンジ先生もメンバーにいるんだし」

でもシャムは、一度仲間達の方を振り返って寝ている事を確認すると、何でもなさげにそう言った。

そう、確かにそれは、僕が懸念していた事柄の中でも、最も大きな一つだ。

冬休みに僕を撃ったベーゼルは、元々は魔法学校の生徒だったから、当然ながらこの時期に林間学校が行われる事を知っている。

だから彼を擁する星の灯《ともしび》が、この林間学校に介入する可能性は、皆無じゃないと思ってたから。

そして或いは、その星の灯を釣りだす為に、影靴がこの林間学校というイベントを餌にするんじゃないだろうかとも。

「キリクが参加してる以上、影靴は生徒を囮に使ったりしないさ。何しろ、魔法学校が一番嫌がるのは、星の灯にキリクが捕まる事だろうしね」

けれどもシャムは、そんな風に、僕の考えを否定する。

……そっか。

シャムがそう言うなら、僕の考え過ぎか。

ジェスタ大森林に入ってから、いや、この林間学校の準備にあれこれと忙しくしてる間も、気を張ってたから、少しナイーブになってるのかもしれない。

「村って、ここから近いかな?」

多分、少し安心したのだろう僕は、ふと思い付いて、シャムにそんな事を問う。

僕とシャムの故郷、ケット・シーの村は、このジェスタ大森林のどこかにある。

もう、一年以上も帰ってないから、村の事を思い出すと、酷《ひど》く懐かしさを感じた。

シャムは、顔を上げて夜空を暫し見詰めてから、

「……近く、はないかな。少なくとも明日一日で、今のキリクの仲間を連れては辿《たど》り着かないよ。ボクとキリクだけなら、抜け道を通れば行けるけどさ」

首を横に振り、少ししんみりとした声で、そう言った。

僕はその返事に、一つ頷く。

実際のところ、ケット・シーの村が近くても遠くても、何も変わる事はない。

クレイやパトラ、ミラクにシーラを連れて行けはしないのだし。

いずれは、クレイやパトラ、以前から付き合いの深い友人に関しては、故郷に招待するのもいいかもしれないけれど、少なくともそれは、今ではなかった。

さてそろそろ、見張りを交代する時間だろうか。

次の見張りはクレイとシーラで、最後がパトラとミラクになる。

僕も少しは、眠っておいた方がいい。

体力的には、一晩くらいの徹夜は可能だけれど、それだと集中力を欠いてしまうから、魔法生物を相手に思わぬ不覚を取りかねないし。

友人達をしっかりと寝させておいてやりたいって気持ちはあるけれど、僕は心を鬼にして、寝てるクレイを揺さぶり起こす。

◇◇◇

空が白み始める前に、僕らは準備を整え動き始める。

陽《ひ》が沈み切る、夜の七時前には守りの札を使って野営を始めて、結局は三枚とも使い切ってしまったから、今は朝の四時頃だろうか。

九時間という休憩時間は、最初に受け取った時は過剰なくらいに思えたけれど、危険な夜を避けるという意味では、それでも足りないくらいだった。

ただ、それでも休息はしっかりと取れたから、慣れぬ環境での一夜だったが故に万全ではないものの、酷く不調な様子の仲間はいない。

これが三夜、四夜と積み重なると、また話は違うのだろうけれど、今回は魔法学校側も、僕らをそこまで追い込む気はないのだろう。

……今回より酷い次回があるのかは、さっぱりわからないけれど。

あるとしたら、高等部に上がってからだろうか?

さて、今日の目的は、夕方までこのジェスタ大森林で生き残りつつ、黒影兎を確保する事だ。

昨日と違って、夜をどうするかはもう考えなくていい。

不測の事態が起きて、夕方になっても迎えが来なかったりしたら、その時は夜の過ごし方も考えなきゃいけないけれど、最初からそれを想定して動くのは、今回の趣旨から外れてしまう。

最悪を想定するならば、そもそもジェスタ大森林に踏み込む事自体が間違いなのだから。

「それにしても、一体どうやって黒影兎を見付ける？　闇雲《やみくも》に探しても、簡単に見付かるとは思えないんだけど……」

広場に作った拠点を崩した後、クレイが僕にそう問う。

確かに、この広いジェスタ大森林の中、特定の魔法生物を見付け出すのは非常に難しい。

でも、僕はそこまで心配はしていなかった。

何故なら、ジェスタ大森林のどこに黒影兎がいるのかはわからないけれど、この辺りにいるのは確実だからだ。

魔法学校側だって馬鹿《ばか》じゃないから、どんなに頑張っても達成不可能な課題なんて出したりしない。

生徒の力で十分に対応できるとして出された課題である以上、確保すべき黒影兎は、僕らの行ける範囲に存在してる。

「黒影兎は、影に潜《もぐ》って隠れられる事以外は、少し大きな兎に過ぎないっていうしね。僕は、実は兎を捕まえるのって、結構得意なんだ」

そして僕は、ケット・シーの村で暮らしてた頃に、幾度となく兎を捕まえていた。

ほら、ケット・シーの村は、ジェスタ大森林の中にあるから、食材を市場で買うなんて事はできない。

肉も野菜も果実も、パンを焼く為の麦だって、全て村の周囲の森から得る。

流石に、猪や熊は自分じゃ狩れなかったけれど、兎や鳥、鹿くらいなら、幾度となく仕留めて、その肉を食べていたし。

昨日、野営に適した場所を探す時にも、色んな場所を注意深く調べて、獣の痕跡は幾つも見付けてる。

その中にはころころとした球状の、しかし普通の兎が出す物よりも大きめな糞が混じってた。

魔法生物の痕跡は、普通の獣と違って独特だったり、わかり難《にく》かったりはするけれど……、黒影兎の痕跡は、恐らく普通の兎と遠くかけ離れてる訳じゃない。

つまり、おおよそだが、黒影兎の活動してる範囲は、既に見当がついているのだ。

「だから見付け出すのは、少し時間は掛かるかもしれないけれど、どうにかするよ」

確実に見付けられるかと言われれば、そりゃあどうしたって運は絡《から》むけれど、それなりに自信はあった。

ただその後、黒影兎を確保できるかは、皆の力次第だけれども。


広場から当たりを付けていた黒影兎の活動範囲へと移動すれば、札の力で遠ざけられていた魔法生物が戻って来たのだろうか、昨日と同じく幾度かの襲撃を受ける。

けれども今日の仲間達は、昨日よりも危なげなく、襲ってきた魔法生物と戦えていた。

コンディションと言う意味では、そりゃあ初日である昨日の方が良かった筈なのに、今日の方が動きは良い。

特にパトラとシーラ、元々あまり得意としていなかった二人の成長は、目覚ましいものがある。

これまで積み重ねた戦いの訓練の成果が、ジェスタ大森林という危険な環境の中で花開いたとでも言うかのように。

それこそが、魔法学校の狙いだろう。

確かに林間学校は、生徒に戦う力を身に付けさせる上で非常に効果的だった。

授業での遠征もそうだったけれど、魔法生物との戦闘経験を積む度に、皆の戦う力は目に見えて成長してる。

もちろん、誰もが心の底から望んで戦ってる訳じゃない。

特に僕の良く知るパトラは優しい女の子だから、敵対的な魔法生物でも、傷付け命を奪う事には抵抗を感じている筈だ。

でも彼女が戦わなきゃ、僕やクレイ、ミラクやシーラが怪我を負う、或いはもっと酷い事になる可能性がある。

だから今のパトラの動きには、もう一切《いっさい》の躊躇いがなかった。

それが本当にいい事なのか、僕には何とも言えないけれど、元々は戦いを好まない彼女だからこそ、今見せる躊躇いのなさは、間違いなく強さなのだろう。

一つの戦いが終わった後、僕の肩で、シャムが小さく鳴く。

それは敵の接近を告げる警告ではなく、僕に目標が近い事を報せる為の物。

足を止め、意識を集中して探ってみれば、確かに近くの木の影に、魔法の気配を感じる事ができた。

ケット・シーであるシャムは、魔法を直接見られる目を持っている。

その精度は、僕ら魔法使いが備えた、魔法に対する感覚よりもずっと鋭く正確だ。

故に黒影兎が潜んだ影も、即座に見分ける事が可能だった。

但し、シャムは黒影兎が潜んだ場所は見付けられても、そこから先の手段は持たない。

尤もこれは僕らの課題だから、たとえシャムがその為の手段を持ってたとしても、これ以上の手伝いはしないだろうけれど、要するに、シャムにはシャムの優れたところがあり、僕ら魔法使いにはまた別の優れたところがあるって話だ。

僕が木の影を指差せば、パトラとシーラが、それを挟むような位置に移動した。

そして僕とミラクは、あぶり出した黒影兎を仕留められる位置に。

敵意を感知する古代魔法を持つクレイは周辺の警戒だ。

今回の林間学校で、クレイが敵意を感知する場面は何度も見たから、そろそろ僕もそれを覚える事はできそうだけれど、試すのは帰ってからにした方が無難である。

幾ら友人だからって、目の前でアレイシアから教わった魔法を真似されたら、クレイもあまりいい気分にはならないだろうし。

「光よ、灯れ」

タイミングを合わせる為の詠唱と共に、パトラとシーラの翳した杖から、眩《まばゆ》い光が辺りを照らす。

その光は真っ直《ま》ぐ《す》に伸びていた木の影も消し去って、潜む場所を失った黒影兎は、ポンッと弾《はじ》き出《だ》されるようにその場に飛び出した。

すかさず、ミラクの杖から魔法の矢が飛び、黒影兎を狙う。

しかし黒影兎は、身を捻ってその魔法の矢を何とか躱《かわ》し……、それ以上の動きが取れなくなったところを、僕の放った魔法の矢に貫かれ、息絶える。

実に呆気《あっけ》なく、懸念されてた黒影兎の確保も終わって、僕は安堵《あんど》の息を一つ吐く。

後は襲ってくる魔法生物を撃退しながら、夕方を待つだけだ。

同じ場所に留まり続けると、襲われる可能性が高まるから、随時移動しながらになるけれど、今の仲間達となら、特に問題もなく、時を待つ事ができる。

今回の林間学校の終わりもほぼ見えた。

黒影兎の毛皮を剝《は》ぐのは、パトラやシーラには厳しいだろうから、それは僕がやればいいし。

その時、僕は一瞬だが、気を緩めてしまったのだろう。

仕留めた黒影兎に手を伸ばしながら、達成感に浸ってしまった。

摑んだ黒影兎を大容量の鞄に押し込み、後は錬金術に役立つ素材や、シールロット先輩へのお土産を、もう少しばかり探すのもいいかもしれないと、チラリと考えてしまう程に。

だから次の瞬間、ジェスタ大森林のどこかから物凄く大きな、爆発音のようなものが聞こえた時には、思わずきょとんとしてしまう。

一体、何が起きたのかと。

◇◇◇

鳥の羽ばたく音が無数に聞こえ、空の一部が飛び立った鳥の姿に黒く染まった。

皆も、同じような気持ちだったのだろう。

戸惑ったような表情で、どうしたらいいのかと言わんばかりに僕を見る。

でも僕だって、この状況で何が最適解なのかなんてわからないんだけれど……、

「まずい。キリク、急いでこの場を離れるよ。ついて来て」

不意にシャムが、周囲に他の人目があるにも拘らず言葉を発して、僕の肩から飛び降りた。

当然、クレイもパトラも、ミトラもシーラも驚き、呆気に取られた顔でシャムを見てる。

だけど、いや、本当にシャムの行動は唐突だったけれど、そうしなきゃいけないくらいに、今の状況は逼迫《ひっぱく》してるのだろう。

魔法学校に入ってから、シャムは常に正体を隠して、僕を優先して行動してくれた。

そのシャムが唐突に自分の正体を明かさざるを得なくなるくらいに、きっと今の状況は拙いのだ。

何があったのかは、本当にさっぱりわからないけれども。

「皆、説明は後。今はシャムの言う通りに移動するよ。多分、一刻を争う事態だから」

だから僕は、何一つわかってないけれど、迷いのない態度でそう言って、歩き出したシャムを追う。

今は迷わず、勢いで押し通した方が、皆を誤魔化せると考えて。

ただ、さっきの言葉は嘘にはならないと思ってる。

あの爆発音の後、辺りの雰囲気は明らかに変わって、まるで別の場所に来たようだった。

もちろん、その変化は悪い方にだ。

妖精の一種であるケット・シーのシャムは、僕らとはまた違った感覚を備えてる。

そんなシャムなら、僕ら以上に不吉な予感を、正確に察していても不思議はない。

シャムを追って歩くこと暫《しば》し、当然ながら、仲間達の説明を欲する雰囲気も強まっていく。

或いはそれを察したのだろうか、

「この辺りは、凄く年寄りのワイアームが棲んでる場所なんだけど、普段はずっと眠ってて、もう何百年にもなる。だけどそれを、どこかの誰かが強引《ごういん》に起こしたんだ」

歩みこそ止めなかったが、皆の耳に届くには十分な声で、ハッキリとそう告げた。

ワイアームとは、竜の一種とも言われる強大な魔法生物だ。

その姿は、頭部は竜に酷似していて、身体は長い蛇体であり、手足の類は生えていない。

但し他の竜と違って、意思の疎通が行えたという例はなかった。

そもそも言葉を交わせる程の知能を持っておらず、竜に姿は多少似てるが、全く別の魔法生物だとする説もある。

だがいずれにしても、身体のサイズも、保有する力も、とても強大な存在である事に違いはない。

「シャムちゃん……、やっぱり、喋《しゃべ》ってる」

パトラの呟きに、振り向いたシャムは、一度頷く。

もう、隠す心算はないらしい。

僕を除けば、仲間達の中で、いいや、クラスメイトの中でも、一番シャムと仲が良かったのはパトラだろう。

何しろ、僕とパトラが親しくなった切っ掛けだって、彼女がシャムを構いたかったからだし。

「誰がワイアームを起こして、起こした誰かがどうなったのかはわからない。ワイアームがどんな風に暴《あば》れるかもわからない。だけど、ワイアームの目覚めを恐れた他の生き物が、向こうから一斉に押し寄せて来る。幾ら君達が魔法使いでも、対処し切れないくらいに大量に」

続くシャムの説明は、僕らの顔色を蒼褪《あおざ》めさせるのに十分だった。

シャムが言う他の生き物の中には、多くの魔法生物が含まれる。

その魔法生物達が、別に僕らを害する心算がなかったとしても、進路上にいる障害物を、ちゃんと避けてくれるとは限らない。

これは間違いなく、懸念していた不測の事態だ。

ワイアームを起こしたのが、星の灯であるのかどうかはわからないが、少なくとも想定された林間学校の範疇は大きく逸脱しているだろう。

昨晩、シャムと話したように、魔法学校の影靴は、他の誰かの介入に対して、最大限の警戒を敷いていた筈である。

にも拘らずこんな想定外が起きてるって事は、……相手が余程に手強かったのか、それとも想像を絶する程にいかれてたのか。

「だったら、すぐに糸を切って、先生に助けを求めるべきじゃないか？　本当にそんな状況になってるなら、もう林間学校どころじゃないだろう」

そう意見を出したのは、比較的だが冷静さを保っているクレイだった。

けれども、シャムはその言葉に首を横に振る。

「年を経たワイアームが目覚めたから、その力が強く辺りに満ちてるんだ。やってみる価値はあるから、試すだけ試して欲しいけれど、多分無駄かな。人間が連絡を取る魔法って、そういうのの影響を受け易いみたいだし」

シャムの言葉に、僕は即座に懐《ふところ》を探って、クレイやパトラ、ミラクにシーラの顔を見回す。

この糸を切るのは、林間学校からリタイアするって意味だ。

正直、もうそんな事を言ってる場合じゃない気もするけれど、それでも僕が一人で勝手に決められる話じゃない。

クレイが頷き、パトラが頷き、ミラクはまだ意味がいまいちわかってないようだったけれど、周りを見て頷き、シーラもまた頷く。

だから僕は、力を込めて糸を切る。

でも、それで何かが変わった気はしない。

すぐにゼフィーリア先生が現れてくれる様子も、残念ながらなかった。

「さっきので助けが来てくれるなら、それでいいんだけれど、もしそうじゃなかったら、君達はこのまま他の生き物に踏み潰《つぶ》されて死んでしまうかもしれない。だから……、ボクは君達に、妖精の抜け道を使う事を提案するよ」

今のやり取りで、無駄になった時間を取り戻す為か、シャムが歩く速度を少し上げながら、そんな言葉を口にする。

妖精の抜け道。

昨晩のシャムとの会話で出てきた、ケット・シーの村まで素早く帰れると言ってた、アレだろうか。

それはもしかしたら、人間のそれとは全く別の、妖精の魔法なのかもしれない。

……だけど、そう、昨晩の話では、それを通れるのは僕とシャムだけだった筈。

「但し、妖精の抜け道は、妖精が認めた相手しか、通れない。この中だとキリクだけだ。でもキリクは、君達を見捨てて一人で助かろうとなんてしないだろう」

あぁ、やっぱり、そうだった。

うん、当たり前だけれど、それは嫌だ。

本当にどうしようもないのなら、取捨選択はするだろう。

僕にとって最も大切なのは、シャムである。

それを失うくらいなら、何かを見捨てる事はあるかもしれない。

けれども、皆で助かる方法を探して、できれば最後まで足掻《あが》きたかった。

「だから、さ。君達は、ボクと契約して欲しい。ボクに関してと、この先で見た事を魔法学校で口外しないって契約を。その契約の対価に、ボクが君達を助けてあげる。契約を交わした相手なら、ボクが抜け道を通る時に、一緒に向こう側に行けるから」

もちろんシャムも、それはわかっているから、そんな言葉を言ってくれる。

ただ、それはシャムにとっても最大限の譲歩というか、皆を救える唯一の手段なのだろう。

後は、皆がシャムを、或いはシャムと常に共に在る僕を、信じてくれるかどうかにかかってた。

基礎古代魔法の授業で、僕らは契約に関しては学んでる。

決して安易に交わす物ではないという事も、カンター先生は繰り返し口にしてたから、迷う気持ちが生じるのは当然だ。

「うん、私は、シャムちゃんのいう契約を結ぶよ。だって、シャムちゃんは優しい子だもの。私達を助ける為にそう言ってくれてるってわかるから、お願い」

だけど、真っ先にパトラが、シャムとの契約に応じるとの言葉を口にする。

そしてそのパトラの言葉に対し、振り向いたシャムが頷いた瞬間、両者の身体が淡く光った。

……なるほど。

これが契約が結ばれた瞬間ってやつか。

そんな場合じゃないってわかってるのに、やっぱり何だか、ちょっと悔しい。

「あぁ、うん。パトラに先を越されたけれど、俺《おれ》も契約する。猫とは、初めて喋るから、正直よくわからないけれど、キリクの事は信じてるし、俺も契約したい」

次いでクレイがそう言えば、ミラクにシーラもそれに続く。

正直、この組の仲間達が、半分は友人で助かった。

もしも誰も友人がいなければ……、或いは僕は、ここで多くのクラスメイトを見捨てる事になっ

てたかもしれない。

そこからは、遠くから迫りくる多くの気配に急かされるように木々の間を走り抜け、辿り着いたのは、腰を掛けられる程の大きなキノコが円形に、等間隔に並んだ、小さな広場。

大きさは、僕ら全員がギリギリ入れるくらいだろうか。

その広場を前にして、シャムが何やら僕も知らない言葉を唱える。

すると広場は光を発して、僕らはシャムに急かされて、その光の中へと飛び込んだ。

それは、あまりに物騒で強引な、思いもよらぬ帰郷への一歩であった。

四章 ✦ ケット・シーの村と、前期の試験

あっ、知ってる空気だ。

周囲に満ちた光が収まった後、僕が真っ先に感じたのは、それだった。

先程までの圧迫感に満ちた攻撃的な雰囲気は消え、穏やかな森が広がってる。

僕らが立っていたのは、先程までと同じように大きなキノコに囲まれた小さな広場で、

「旅の扉の魔法みたいだ」

ぽつりと、クレイがそう呟く。

確かに、シャムが妖精《ようせい》の抜け道と称したそれは、特定の場所に転移する旅の扉の魔法によく似ていた。

いや、出口だけじゃなくて入り口も固定な分、妖精の抜け道の方が使い勝手は悪いかもしれない。

「うーん、もしかしたら妖精の抜け道を見た人間の魔法使いが、真似して作ったのかもしれないね。でもあの抜け道は、妖精なら誰《だれ》でも開いて通れるから、君達の魔法よりも便利だよ」

だがクレイの呟きを聞き付けたシャムは、そんな風に言葉を返す。

それ、僕は初耳なんだけど。

シャムとは、ケット・シーの村で長く一緒の時間を過ごしたのに、そんな事ができるなんて一度

も聞いた覚えはない。

……まぁ、問うた覚えもなかったが。

ただ、ケット・シーという妖精が、多くの不思議な力を操《あやつ》れる事は知っていた。

なのでシャムが僕の知らない能力を持っているのは、そりゃあ当然なんだけれども、流石《さすが》にこれだけ便利な力に関しては、教えておいて欲しかったと思う。

だってこんな抜け道があるなら、これまでの長期休みだって帰郷は可能だったのかもしれないし。

もしかして、シャムは魔法学校でのんびりと食堂のご飯を食べながら過ごしたかったから、敢《あ》えて妖精の抜け道に関しては言わなかったんじゃないだろうか。

僕はシャムを誰よりも信頼してるし、きっとそれは逆も然《しか》りの筈だけれど……、それはそれとして、シャムはそういう事をする奴《やつ》だ。

「まぁ、いずれにしても、妖精の領域へようこそ。心の底から来たくて来た訳じゃないだろうから、君達には不本意かもしれないけれど、歓迎するよ。ボクは、ケット・シーのシャム。……あー、パトラには、黙っててごめんね」

シャムは、地に着いていた前脚を持ち上げ、二足で人のように立って見せて、僕らに、というか僕を除いた仲間達に、そう名乗る。

パトラに対してだけは、少しばかり申し訳なさそうに、一言を付け足して。

「そんな、むしろ助けてくれてありがとう。その為《ため》に、正体を明かしてくれたんだよね？　あっ、シャムちゃん、今まで猫扱いしてきたけれど、凄《すご》く失礼な事だよね。今まで、嫌じゃなかった？」

するとパトラは、慌てたように首を横に振って、礼の言葉と、シャムへの気遣いを口にした。

やっぱり彼女は、良い子だなって思う。

黙っていた事を責める訳でなく、助ける為に正体を明かしたのだと察して礼の言葉を述べるのは、少なくとも今のように急展開した状況だと、決して簡単じゃない。

ただ一つだけ、シャムを猫扱いしてたって部分に関しては、全くいらぬ心配だ。

「猫として振る舞ってたんだから、そう扱われて不満はないよ。人の世界に紛れたケット・シーが、猫として扱われるのは光栄な事だしね。ちゃんと紛れるように振る舞えてるって意味だから」

むしろシャムは、どこか誇らしげな様子さえ見せて、いや、恐らく場を和ませる為にわざとそうしてる面もあるんだろうけれど、えへんと胸を張る。

この辺りは、人間とケット・シーの価値観の相違だろう。

いや、或《ある》いは魔法生物との価値観の相違と言ってもいいかもしれない。

人間は、相手を人間と同じように扱う事こそが、敬意の示し方だとか、無難だと考えがちだけれど、必ずしもそうとは限らないのだ。

今回のように、猫扱いをしても怒らない場合もあれば、まるで神にでも接するかのように恭《うやうや》しく接しなければ機嫌を損ねる魔法生物もいるという。

魔法生物学のタウセント先生から、そんな感じの話をされた事はあるけれど、実際に魔法生物との価値観を体感できるこの経験は、パトラにとって非常に大きなものとなる筈だった。

「ところでシャム、これからどうするの？」

しかしこのままだと、話が前に進まないから、僕は今後の予定をシャムに問う。

緊急避難の為とは言え、ここに皆を連れて来てしまって、この後どうする心算《つもり》なのか。

契約で口止めはしてるから、シャムの正体が魔法学校中に広まる……、なんて事にはならないにしても、そもそもまず、どうやって魔法学校に帰るのかを考えなければならない。

さっきの場所が危険で、他に選択肢はなかったんだけれど、妖精の領域へ移動してしまったから、先生が迎えに来るのも大幅に難しくなった。

そもそも僕らが妖精の領域へ入った事すら、魔法学校側には伝わらない可能性がある。

「んー、とりあえずボクらの村に帰ろうと思ってる。あそこなら、エリンジ先生は場所を知ってるし、そのうち迎えに来るでしょ。マダム・グローゼルとの契約があるから、無事な事はわかってる筈だし」

するとさも当たり前のように、シャムは言う。

あぁ、本当に、全く想定もしてなかったけれど、僕は帰郷をするらしい。

まさかこんな形で、ケット・シーの村に戻る事になるなんて、想定外にも程があった。

「だから全員、あ、キリク以外は、逸《はぐ》れないでよ。ボクとの契約があるから襲ってはこないけれど、フラフラと他の妖精に付いて行ったら、何が起きるかわからないからね」

脅すようなシャムの言葉だが、割と大切な警告だ。

それにしても、わざわざ僕以外はって、言う必要はあったんだろうか。

確かに、ここが妖精の領域だっていうなら、いや、間違いなくそうだって事は僕にもわかるけれど、だったらケット・シーの村に帰るくらいは、一人でもどうにかなる。

でもその言葉に疑問を抱いたらしいシーラは、

「その言い方だと、キリクさんだけは逸れても大丈夫って風に聞こえますけど……」

少し躊躇いがちではあったけれど、シャムに問う。

いや、これは、恐らくシャムはその質問を仲間の誰かにさせる為に、敢《あ》えて妙な言い回しをしたのだ。

でも付き合いの深いクレイやパトラは、僕ならそんな事もあるだろうとか、或いは薄々事情を察して、特に問いはしなかった。

ミラクはあまり細かい事を気にする性質じゃないから、シャムの言い回しには気付かなくて、今の状況に一番怯《おび》えているだろうシーラが、その疑問を口にしたって感じだろう。

これは、あんまりよくない兆候かもしれない。

別にシャムの言い回しが悪いって意味じゃなくて、最近は色々と意見を言ってくれるようにはなって来たが、元々主張の強い方ではないシーラが、それでも疑問を放置できなかった。

言い方を変えると、少しでも状況を把握して、不安を減らしたいって気持ちが強まってるって事だ。

つまり今の状況に、非常に強いストレスを感じてて、抑えが利《き》かなくなりつつある。

シャムがチラリとこちらを見たのは、フォローは僕がしろって意味だった。

「赤ん坊の頃にジェスタ大森林に捨てられてたキリクは、妖精が拾って、ケット・シーの村で引き取って育ったからね。この森の妖精は彼の事を傷付けないし、協力的だ。もしもボクが信じられないなら、キリクを頼ると良いよ。喋《しゃべ》る猫よりは、クラスメイトの方が信じ易いだろう？」

その言葉に、シーラは僕とシャムを交互に見て、それから一つ頷《うなず》く。

シーラも、今の状況ではシャムを頼らざる得ない事は理解してて、それでも感情が追い付かないから、まだしも納得し易い僕に頼る方を選んだ。

実際にはどっちを頼っても結果は変わらないとわかっていても、とにかく納得したかったから。

それはこんな状況に放り込まれれば、出て来て当然の感情である。

むしろ、抑え切れない感情のままにシャムに食って掛からないだけ、シーラは理性的だし、賢かった。

しかしそれだって、何時《いつ》までもそう在れる訳じゃない。

なるべく早くケット・シーの村に、少しでも良い環境に連れて行って、休ませてやる事が必要だろう。

「僕の事は、後で聞いてくれたら答えるよ。だから今は、休める場所を目指そうか」

話を纏《まと》めるように僕がそう言えば、異論はもちろん誰からも出なくて、シャムに連れられ、歩き出す。

◇◇◇

随分と久しぶりだけれど、歩き慣れた森を歩く。

道中、手を伸ばして樹の葉を千切り、口の中に放り込むと、

「キリク、いきなり何を食べてるんだ？」

それを見咎《とが》めたらしいクレイに問われてしまう。

あぁ、うん、半ば無意識というか、癖《くせ》で口に運んだが、この葉は口に入れると、ちょっと青臭いけれど割と甘くて、噛《か》むと疲れが取れるのだ。

尤《もっと》も飲み込むと青臭さが急に増すから、噛んだら地面に穴を開けて、ペッと捨てて埋めるんだけれど。

他にも、そこらに生えてる小さな赤い実とか、花の蜜とか、昔から森歩きをしてる時は、色々と口に入れる事が多かった。

もちろん、中には毒が含まれるものもあるから、そういった物はちゃんと教えられて避けてるけれども。

「そう……、逞《たくま》しいな」

だけど、クレイにはそんな風に言われてしまう。

ちょっと田舎者っぽく思われたみたいで心外だ。

いや、実際に田舎者ではあるんだけれど、クレイだって別に大差ないじゃないか。

人間の村の周囲にだって、色々と食べられる物は生えてたと思うし、それを口にするのと、妖精の領域の森に生えた植物を口にするのとでは、……うん、まぁ、少し差はあるな。

改めて思うと、さっきの葉なんて、甘い葉とか珍しいし、何だか疲労が取れる薬効もあるし、魔法薬の材料になるんじゃないだろうか。

あれが、既に人間達には知られてるけれど、僕がまだ知らないだけなのか、それとも人間にとっては全く未知の素材なのかはわからないけれど、シールロット先輩へのお土産になるかもしれない。

少し摘んで、鞄《かばん》に詰めておこうか。

ちなみに、妖精の領域には、人間の世界の常識からは大きく外れた植物が他にも色々と存在している。

例えばパンを焼く麦だって、妖精の領域で得られる麦は、粉にして水で練って生地にすると、一粒で一個のパンが焼けるのだ。

どう考えてもあり得ない増え方をするんだけれど、味はまぁ普通で、食べても特別な効果はない筈。

ケット・シーの村ではそのパンが主食で、僕はずっと食べてたから、少なくとも健康が害される事はない。

料理の味は、色んな香辛料とか技法を使ってる分、魔法学校の食堂の方が美味《おい》しかった。

でも食材の不思議さに関しては、ケット・シーの村の方が上だと思う。

ちらりと振り返ると、シーラと目が合って、彼女は少し安心したように、僕の後ろを付いて来る。

その隣にはミラクが並んでて、こちらはちょっと楽しそうにあたりをキョロキョロと見回してた。

シーラはやっぱり今の状況がストレスになってる様子で心配だけれど、実はミラクからも目が離せない。

怯えを感じる分には、妖精の姿を見てもふらっと付いて行ってしまう恐れはないだろうけれど、好奇心に満ちた人間は容易《たやす》く妖精の誘いに乗ってしまう。

また妖精の方だって、興味津々に辺りを見回してる相手には、ついついちょっかいを掛けたくなる。

だから僕は、この妖精の領域に入ってからは、ミラクにも注意を払ってた。

一方、パトラに関しては、先頭を歩くシャムのすぐ後ろから、あれやこれやと楽しそうに話しかけてて、もうシャムがケット・シーであった事にも順応してる。

なんというか、パトラってやっぱり根っこの部分が強いなぁって思う。

或いはケット・シーという喋る猫の存在を目の当《まあ》たりにして、気持ちが舞い上がってるだけなのかもしれないけれど。

僕にも、その気持ちはよくわかる。

クレイは、仲間達の中では一番冷静に周りを見ていて、うん、二人の友人に関しては、あまり心配は要らなさそうだ。


葉や実を摘みながら歩いていると、辺りの景色もよく見知ったものになって来る。

村はもう間もなくだ。

この辺りは既にケット・シーの縄張りだから、他の妖精にちょっかいを出される事もない。

後はこの大きな木の周りを一周してから先に進むと、木々がまるで道のように両脇《わき》に並ぶ。

そしてその道を通り抜ければ、不意に視界が広がって、ケット・シー達が暮らす村の入り口に辿《たど》り着く。

「おっ？　なんだい、どうしたい。シャムとキリクじゃないか。お前ら、なんとかって先生に連れられて、魔法学校とやらに行ったんじゃなかったか？」

村の入り口に置かれた椅子《いす》の上で丸まってた茶色の猫が、顔を上げて驚いた風にそう言う。

もちろん、彼もケット・シーだ。

名前はチャトル。

彼は村の門番って訳じゃないんだけれど、手が空いてるとよくここの椅子で寝てるから、村の出入りをする時はよく顔を合わしてた。

「おじさん、久しぶり。うん、事情があってね。キリクの仲間達を連れて、少し戻って来たんだよ。多分、少しの間は滞在すると思う」

シャムの言葉に、チャトルはほぅほぅと頷くと、自分が納得したからと再び丸くなる。

僕の仲間達を調べようとか、歓迎の言葉を投げ掛けようとか、村の皆に僕らの帰還を報せようとか、そういった事はしない。

自分の疑問が解消されれば、彼にとってはそれで十分なのだ。

だったら後はもう一度昼寝をしようと、そういう気持ちになったのだろう。

別にチャトルが特に物事を気にしない性格って訳じゃなくて、ケット・シーは割とそんな感じの人っていうか、猫が多い。

パトラはチャトルにも話し掛けたかった様子だけれど、彼が丸くなってしまったから、少し迷ってから諦《あきら》めていた。

まぁ気持ちはとてもわかるんだけれど、どうせ村の中はケット・シーだらけなので、会う度に話し掛けていたらキリがなくなる。

説明を終えれば、シャムもチャトルの事はもう全く気にせずに、村の中へと歩いてく。

村に入ると、色んなケット・シーが驚いた風に声を掛けて来たけれど、やはり軽い説明で皆納得してくれた。

尤も、ケット・シー達のこの態度も、誰にでもって訳では当然ない。

クレイやパトラ、ミラクにシーラが気にされないのは、彼らがシャムと僕が招いた客人だからだ。

もしも全く無縁の、それも不当に村に侵入してきた余所者《よそもの》だったら、ケット・シー達は瞬く間にそれを排除するだろう。

「とりあえず、キリクの家でいいよね？　他の家は、人間には狭いしさ」

シャムの言葉に、僕は頷く。

それで構わないというよりも、他に選択肢がないから仕方ない。

この村にあるのは、僕の家を除けば、ケット・シー達の身体の大きさに合わせた建物ばかりである。

昔は、僕もシャムや、シャムの父や母と一緒に、彼らの家で暮らしてたんだけれど、成長と共にケット・シー達の家では手狭になって、大きな家を建てて貰《もら》った。

だからこの村にある唯一の人間に適した家が、僕の家なのだ。

ちなみにエリンジ先生がこの村に滞在してた時は、村の隅にテントを張って暮らしてた。

僕の家に泊まって下さいって勧めたんだけれど、エリンジ先生にはお気遣いなくって断られて、……ただ今になって思えば、きっとあのテントの方が、他人の家よりもずっと快適に暮らせる仕掛けがあったんだろうなぁってわかる。

鞄の中の容量や、部屋の広さを大きくできる魔法使いの持つテントが、見た目通りである筈がないし。

しかし僕らはそんな便利なテントを持ってる訳じゃないから、……取《と》り敢えずは僕の家に泊めるより他に手はなかった。

問題は、クラスメイトに家の中を見られるのが何だか気恥ずかしいのと、そんなに広い訳でもない家に、五人もの男女が一緒に泊まる事である。

前者は僕の気持ちの問題だから、もう我慢するより他にないとしても、男女が一緒に泊まるというのに関しては、……ほんとに、どうしようか？

ベッドはまぁまぁ広いから二人は寝れるとして、ソファーもあるからそこでも寝て貰えば、女子の三人は何とかなる。

僕とクレイは、床かなぁ。

暖かい季節だし、シャムの家から綺麗《きれい》な敷布でも借りれば、床でも眠れはするだろう。

少なくとも、野宿よりはずっといい。

男女が同じ空間で寝泊まりする事に関しては、もう許して貰うより他になかった。

だって、そもそも僕の家だし……。

皆を連れて家に入ると、何時も通り扉に鍵《かぎ》は掛かってなくて、部屋が埃《ほこり》臭いなんて事もなかった。

きっとシャムの母が、時々掃除をしてくれてたんだと思う。

後で、お礼を言いに行くとして、とりあえずは、

「ただいま」

僕はそう呟いて、懐かしさで胸を一杯にしながら、背負ってた荷物を床に下ろす。

◇◇◇

魔法使いの良いところは、どこでも水と湯を出せる事だと思う。

だって、水汲みって結構面倒臭いし。

僕の家に風呂《ふろ》場なんて物はなかったから、家の裏に囲いと、土から石へと変化させた浴槽を作り、それぞれが自分で湯を出して、順番に身を清める。

ケット・シーの村に、漸く休める場所に辿《たど》り着いて、最初にやる事がそれかってなるかもしれないけれど、身を清めるのは結構大事だ。

それだけで心と体が安らぐし、何より、その後に休息を取った時の回復度合いが大きく変わる。

何より、僕の家の中で、泥だらけでいて欲しくないし。

ただ、短期間で終わると予測してた林間学校に、下着の換えくらいならともかく、まともな着替えを持ち込んでる訳じゃなかったから、入浴ついでに来てる服を洗うと、皆が実に開放的な格好になって、目のやり場に困ってしまう。

女子達は、僕の物でも良いと言うから、家に置いてあったシャツや寝間着を貸したけれど、それはそれでやっぱり何だか気恥ずかしい。

僕も自分の着替えを使おうとしたのだけれど、流石に一年半も前の物は、サイズが合わなくなってしまってた。

その上で、ミラクとシーラがベッドに、パトラはソファーに腰掛けて、僕とクレイは、シャムが自分の家から借りて来てくれた綺麗な敷布を床に広げて、その上に座り込む。

後はもう、横になったらすぐに寝られるくらいに、皆も疲れているだろう。

僕だって同じだ。

体力にはそれなりに自信はあるが、幾度も魔法生物と戦って、更に昨日は野宿で、今日は理由もわからない危機に振り回されて、流石に疲れが溜《た》まってた。

特に精神的な疲労は、かなり大きい。

しかし、だからこそ、一つ確認しておかなきゃいけない事がある。

「ねぇ、シャム、村にはどのくらい滞在する予定?」

僕は、テーブルの上にちょこんと座ってるシャムに、そう問う。

ここは、僕にとっては故郷で、自分の家で、安心して休める場所だけれど、皆にとってはそうじゃない。

見知らぬ場所に居るという不安は、先の見えぬ状況では、少しずつ心を削り、やがて大きな不満となる。

特にシーラに関しては、限界があまり遠くないように見えるから、まずはこの先どうなるのかを、ハッキリとさせておくことが重要だった。

「三日かなぁ。多分、それくらいあれば、魔法学校の方でもキリク達がこの村に来てるって気付けるだろうし。迎えも来るでしょ。だから三日は村で待ってた方がいいと思う」

シャムは、僕の問いにほんの少しだけ考えた後、滞在期間は三日だと答える。

なるほど、三日か。

それは仲間達、特にシーラが、この村への滞在を我慢できるギリギリがそれくらいだと見たのかもしれないし、或いはワイアームが目覚めた影響が、落ち着くのにそれくらいは必要って事なのかもしれない。

いずれにしても、それくらいなら妥当なんじゃないだろうか。

「だけどもし、三日間で迎えが来なかったら、村の大人にジェスタ大森林の外まで送って貰うよ。人間の村まで行ければ、後はどうにか帰れるんじゃない？」

そのシャムの言葉に、クレイが頷く。

確かに人里にさえ辿り着けば、後は自力で魔法学校に戻る事も十分に可能だ。

但しその場合は、それなりに時間が掛かるけれども。

「もちろん、居たかったら長く村に居ても良いよ。でも前期の試験もあるから、早めに魔法学校に戻った方がいいでしょ？」

少しおどけた口調で言ったシャムに、皆の表情が露骨に曇った。

先生が迎えに来てくれたなら良いけれど、自力で帰るとなると、前期の試験に間に合うかどうかはかなり微妙だ。

たとえ間に合ったとしても、碌《ろく》に勉強もせずに試験に挑む羽目になる。

僕はまぁ、呪文《じゅもん》学なんかの実技も得意だからまだいいけれど、クレイはどちらかといえば座学の試験で点数を稼ぐタイプだからその影響は大きい。

特に一年の後期で、ジャックスに抜かれたクレイは、次は抜き返そうと地道な努力を続けていたから、これはかなり辛《つら》いだろう。

パトラやミラク、シーラだって、自分の成績を下げたくはない筈だ。

でも林間学校の評価だってどうなるかわからないし……、いや、ちょっと本当に考えたくないな。

「そういえばあの時、私達以外に、他の組は近くにいなかったんですか？」

ふと、その質問を口にしたのはシーラだった。

恐らくそれは、誰もが気にしていたけれど、口にしなかったし、考えないようにもしていた疑問。

何故《なぜ》なら、僕達以外の組があの辺りに居たとしたら、先生が助けていなかったとすれば……、きっと無事では済んでいないだろうから。

そして何より、そもそもシャムがその答えを持っているとも思えなかったし。

しかしシャムは、

「うーん、確実にって訳じゃないけれど、多分いなかったと思うよ。あの辺りってドラゴニュートとか、ヴィーヴルが賢くて有力なんだけど、ワイアームを敬ってるから、その眠りを妨げかねない余所者を嫌うんだ」

少し首を傾げながらも、否定の言葉を返してくれた。

それはあくまで、そう予想するってくらいの、やんわりとした否定だったけれど、問うたシーラはもちろん、他の皆も安堵《あんど》の息を吐く。

もちろん僕も、同じくだ。

「ドラゴニュートとヴィーヴルと契約して、あの辺りを使わせて貰ってたとしても、数多くは無理だろうから、他の組はいなかった可能性が高いんじゃないかな。キリク達があそこに行かされたのは、恐らく黒影兎の課題のせいだね」

あぁ、そういう事か。

だったら確かに、シャムが他の組はあの辺りに居なかっただろうと予測するのも、頷けた。

それは同時に、僕らが難しい課題を引いた上に、そのせいで大きな騒ぎに巻き込まれたっていう、非常に運が悪いって事も意味してるけれど……。

クラスメイトに犠牲者が出るくらいなら、僕らの運が悪いってだけの話になった方が、ずっといい。

ちなみにドラゴニュートとヴィーヴルは、共に竜に連なる魔法生物だとされる。

僕もそんなに詳しい訳じゃないんだけれど、ドラゴニュートは半竜半人って姿をしていて、ヴィーヴルはメスしかいないそうだ。

他に知ってる事と言えば、ヴィーヴルの瞳《ひとみ》は物凄く価値のある宝石らしい。

魔法の道具の素材としても高い効果があるそうだけれど、強引《ごういん》にこれを手に入れた者は、竜の呪いが掛かるんだとか。

まぁそれはさておき、他のクラスメイトが無事な可能性が高いなら、本当に良かった。

もしかすると、林間学校を行う為に裏で動いてた影靴《かげぐつ》には犠牲が出たのかもしれないけれど……、そこまで気にすると、もう何を考えても悪い風に思えてしまう。

取り敢えず、そろそろ眠るとしようか。

安心したら、急に眠気が襲ってきた。

一眠りして回復したら、迎えが来るまでの間をこの村でどう過ごすかを決めて……、うん。

大きな欠伸《あくび》を一つして、僕は敷布の上に横になる。

他の皆も同じ様子で、ソファーの上のパトラなんて、もう寝息を立てていた。

手を伸ばせば、シャムがテーブルの上から飛び降りて、僕の腕の中にやってくる。

僕は腕の中に温かさを感じながら、瞼を閉じて、おやすみなさいと呟いた。

◇◇◇

それから三日間、僕らはケット・シーの村で過ごす。

想定外の経緯でこの村にやって来た事を忘れるくらいに、その三日間は穏やかだった。

村のケット・シー達は、好奇心は旺盛だけれど、自分の興味が満たされればそれ以上は気にしないし、説明の筋道が立ってなくても勝手に納得してくれる。

だから僕らは必要以上に事情の説明をする必要はなかったし、のびのびとした時間を過ごす事ができた。

恐らく彼らにとっては、僕とシャムが友人を連れて帰って来たってくらいの話でしかなかったのだろう。

一つの家に男女が一緒になって寝泊まりしてる事も、明確に期日があって終わりが来るなら、我慢をできると言うか、その状況を受け入れられる。

十分な休息を取って、冷静な頭で考えれば、命が助かっただけじゃなくてこうして屋根の下で休めているのが、どれ程に恵まれた話なのか、皆が分かってくれたから。

パトラは楽しそうに村のケット・シー達に話し掛け、クレイは後学の為と称して、ミラクは好奇心の赴《おもむ》くままに村を見て回り、シーラはシャムの母の手伝いを申し出て、皆が思い思いに過ごしていた。

朝は果物を食べ、昼は妖精の麦を使ったパンを食べ、夜は大人のケット・シー達が狩ってきた猪を焼いて食べ、日が終わる。

一年半前、僕が村に居た頃と、特に何も変わらない日々。

魔法学校では、色々と物騒な事にも巻き込まれたが、この村での時間は相変わらずとても優しい。

もう少し、長居したいなって、ついつい思ってしまうけれど……、三日目の夕方、その迎えはやって来た。

村の入り口に、一人の魔法使いが現れる。

妖精の領域を通って、この村にやって来たその魔法使いは、そう、やはりエリンジ先生だ。

大人のケット・シーに呼ばれて、村の広場にやって来た僕らを見て、

「良かった。やはりこの村に居てくれたか」

エリンジ先生は大きく安堵の息を吐く。

そしてそれは、僕らの方も同じくだった。

村での生活は穏やかだったが、それでもちゃんと迎えが来た事に、誰もが安堵の表情を浮かべてる。

実のところ、僕とシャム以外はエリンジ先生とは面識はないが、迎えに来るのは恐らくこういった人物になるだろうとの説明はしてたから。

ちなみにこのケット・シーの村は、妖精の領域に囲まれている上、結界によって世界から少しずらされた場所に存在してる。

その為、妖精に認められてなければ村に近付く事はできないし、定められた手順を踏まねば中には入れない。

定められた手順というのは、ほら、僕らがこの村に帰って来た時、木の周りを一周したアレだった。

だけどエリンジ先生は以前にもこのケット・シーの村に辿り着き、短い間だが滞在していたので、妖精達にも認められているし、こうして再び訪れる事ができたのだ。

しかしそんなエリンジ先生でも、転移の魔法で村に直接……、って真似はできなかったらしい。

転移の魔法を使って出る事はできるけれど、入る際には阻害される。

村を覆《おお》う結界には、そういう効果があるのだろう。

故にエリンジ先生は、わざわざ妖精の領域を徒歩で踏破し、このケット・シーの村までやって来たとの事だった。

「お迎えごくろうさま。でもエリンジ先生、一つ聞かせて欲しいんだけれど、何であんな事になったのさ。ボクが居なければ……、キリクはともかく、他の子は誰も助からなかったよ？」

けれどもそんな苦労をしてケット・シーの村に辿り着いたエリンジ先生に対する、シャムの言葉は辛辣だ。

いや、でも当然かもしれない。

あの夜、シャムはエリンジ先生の居る組織だから、影靴は林間学校の間、他の勢力の介入を防ぐだろうって予想してた。

だが結果は、あんなトラブルが起きて、僕達の命は危険に晒《さら》されてしまってる。

そりゃあ、シャムが怒るのも無理はない。

ただ、影靴の失敗が、即ちエリンジ先生の失敗かって言うと、別にそうじゃないと思うんだけれど……。

うぅん、その辺り話を聞かないと、わからないか。

「あぁ、シャム君の怒りは尤もだね。だが言い訳をする前に、これだけは言わせて欲しい。本来なら君は、キリク君以外の命を救う義理はなかった筈だ。それでも誰一人欠ける事なく、全員の命を助けてくれた。当校の生徒を救ってくれて、本当に感謝している。ありがとう」

エリンジは、シャムの怒りに向けて、まずは感謝の言葉を口にして、深々と頭を下げた。

あぁ、うん、これは、シャムもこれ以上は怒り難《にく》いな。

エリンジ先生がそれを狙《ねら》ったのかどうかはさておき、シャムに対して感謝してるのは間違いなく本当だろう。

だからこそ、先に感謝をぶつけられると、シャムもそれ以上の文句は言い辛い。

そもそも、シャムだってエリンジ先生の事は、僕がそうしてるのと同じように、先生って付けて呼ぶくらいに慕っているから。

「……うん、キリクの友人達だもの。助けられてよかったよ。これ以上は立ち話もなんだし、その言い訳というのは、キリクの家で聞かせてよ。魔法学校に帰るのは、明日でもいいんでしょ」

するとシャムは、やっぱりそれ以上は辛辣な言葉を吐き辛そうに、話の場を、僕の家に変える事を提案する。

◇◇◇

迎えのエリンジ先生に連れられて魔法学校へと戻った僕らは、大勢のクラスメイトに囲まれて無事だった事を喜ばれた。

僕ら以外にあの騒ぎに巻き込まれた組はなかったらしいが、それでも林間学校は中断になったらしい。

ただ評価自体は、中断されるまでの行動で付けられたらしく、良かった組もあれば、悪かった組もあったそうだ。

ちなみに僕らは、課題の黒影兎も確保してたし、想定外の災厄からも自分達の身を守ったとして、最高の評価が貰える事になっている。

どうやって無事だったかのクラスメイト達への説明は、あの騒動からはジェスタ大森林に暮らす、人間に友好的な魔法生物に助けられたが、その魔法生物との契約で詳細は話せないのだという話になった。

まぁ、殆《ほとん》ど嘘《うそ》はない。

シャムは人間に友好的だし、僕以外の四人は、実際に詳細を話さないって契約を結んでる。

単に、僕だけがその契約の対象外って話をしてないだけだ。

あと、シャムはともかく、全《すべ》ての妖精が必ずしも人間に友好的かというと、決してそんな事はない。

例えばレッドキャップは、血肉を貪《むさぼ》るのが大好きで、彼等にとっての人間は単なる獲物に過ぎないだろう。

むしろ獣なんかよりもずっと知恵が働く分、残虐で実に性質が悪かった。

しかしそんなレッドキャップのような妖精でも、他の妖精の関係者には手出しをしない。

妖精は、ケット・シーやレッドキャップといった個々の種であると同時に、自分達が妖精という大きな輪の中に在るとの意識がある。

この辺りは、人間にはちょっと理解しがたい感覚だ。

尤も僕だって、全ての妖精を知ってる訳じゃないから、あまり偉そうには語れはしないけれども。

その後は、マダム・グローゼルからも謝罪を受けて、それから学生の身分ではちょっと稼ぐのが難しい額の補償金を受け取って、今回の件は終わりとなる。

エリンジ先生からの言い訳、もとい説明は、感情的には納得のいかない部分も多少あったが、僕は何も言わずに、その感情を飲み込む。

何故ならその説明を要約すると、星の灯《ともしび》が通常では考えられないくらいの、それこそ後先を考えてないいんじゃないかって数と質の人員を投入してきた為、後れを取ったたって話だったたから。

もちろん影靴も全力で対処したから、他の組には被害が及ばず、無事に魔法学校に戻れていたのだろう。

しかし特に星の灯が戦力を集中させていた、僕らが林間学校を行っていた地域では、眠っていたワイアームの間近での自爆攻撃を許してしまったそうだ。

……すると当然ながら疑問に思うのは、何故、星の灯は想定を超える数と質の戦力を動員し、何故、僕らがいた地域に戦力を集中させたのかって事だった。

心当たりは、一つしかない。

僕が前世の記憶、星の知識を有してるって事を、星の灯が知ったのだ。

彼の宗教組織を興したグリースターは、僕と同じく星の知識を有していたという。

グリースターが前世に生きた世界が、僕が前世に生きた世界と、同じだったのかどうかはわからない。

だが星の灯は、星の彼方にある、理想の世界を再現する為に、星の知識を有する者を求めてるんだそうだ。

実に迷惑な話だけれど、彼らが、僕が星の知識を有してると知ったなら、多少どころか、大いに無理をしてでも、僕を攫《さら》おうとするだろう。

つまり今回の騒動は、僕を狙ったものである可能性がとても高い。

一体何故、星の灯が僕の事を知ったのか。

それは全くわからないけれど……、僕が原因であるならば、僕にはエリンジ先生を、影靴を、魔法学校を、責める資格はないと思う。

しかし、どうやって僕の事を知られたのかは、放置できない問題だ。

まさか、僕がベーゼルが抜いた銃に反応したから、それだけでバレたなんて事はないと思う。

疑問を抱かれるくらいなら、そりゃあないとは言い切れないけれど、確信を持たれるには程遠い筈。

だったら、星の知識を有する者に反応する、僕の知らない魔法でもあるのだろうか。

いずれにしても、僕はもう、狙われてるものだと考えた方がいい。

その事に関しては、エリンジ先生も、マダム・グローゼルも、何も口にはしなかった。

二人とも、星の灯が明確に僕を狙ってる事に、気付いてない筈はないと思うが……。

僕は一体、どうすればいいんだろう。

考えても、考えても、その答えは出てこない。

今回の林間学校は、それでも得るものは多かったと思う。

魔法生物との実戦経験はもちろん、戦いを得手《えて》としない仲間を活かせる戦術を考えたりとか、共に戦い、苦難を乗り越える事で絆《きずな》を深めたりとか、得難《えがた》い経験を積んでいる。

また今回の件で、妖精の助けを得られるという、他の人間が持ってない、僕だけの強みも確認できた。

僕の身体には、段々と色んな思惑が絡《から》み付《つ》いて来てるように感じるけれど……、それでも僕は少しずつ、一歩ずつだがちゃんと前に進んでるから。

恐らく、きっと、その筈だ。

このまま弛《たゆ》まず前に進み続ければ、絡み付く思惑を、振り切れる日も来るだろう。

◇◇◇

「凄いね！　私の知らない素材が、こんなに一杯！」

僕とシャムの魔法学校への帰還を、或いはクラスメイトよりも喜んでくれたのが、親しく付き合いをさせて貰ってる上級生のシールロット先輩だ。

彼女は事件で林間学校が中断されたとの話を聞いた日から、帰らぬ僕らの事をとても心配してくれていたという。

でもそんな心配や、再会した後の喜びを全て吹き飛ばしたのは、僕が妖精の領域から持ち帰った、シールロット先輩へのお土産だった。

未知の素材を前にした錬金術師の興奮は、やっぱり何物にも勝るらしい。

自分で渡したお土産なんだけれど、……なんだかちょっと悔しく思う。

しかしこんなに嬉《うれ》しそうにしてるシールロット先輩に、土産じゃなくて自分を見てくれなんて、とてもじゃないが言えやしなかった。

仮に僕が、大怪我《けが》でもしてたなら、そりゃあもっと心配してくれって言ってもいいかもしれないが、結果的には怪我の一つも負わずに無事に戻って来たんだし。

「この葉は噛むと甘くて、疲労が取れます。この紫の実は食べると酸っぱいですが、目疲れが和らいだり、遠くがハッキリ見えて、この麦は一粒で一つのパンが焼けますね」

持ち帰った素材について、僕がわかってる事を述べていくと、シールロット先輩は頷きながら熱心にメモを取ってる。

何だか、本当に楽しそうで、……彼女がこんなに嬉しそうなら、まぁ、別にいっかとか、妖精の領域から色々と持ち帰っておいて良かったなって、そう思えた。

シールロット先輩がこんな反応をするなら、妖精の領域で採取した素材は、単に僕の知識不足じゃなくて、実際にあまり人間には知られてない素材なのだろう。

僕にとっては、どれも幼い頃から慣れ親しんだ物ばかりなんだけれど、その幼い頃から過ごしてきた環境がとても特殊だったから。

もし仮に、追加でこれらの素材を手に入れたいと思っても、僕以外だと滅多に採りに行ける人はいないだろうし、僕だってそう簡単に帰郷できる訳じゃない。

「でもいいの？　この素材で新しい魔法薬とかを作れば、大きな功績になって、間違いなく水銀科に上がってすぐに研究室が貰えるよ。うぅん、もしかしたら初等部に在籍中にだって、研究室が貰えるかも」

唐突に、先輩としての顔を取り戻して、シールロット先輩が僕にそう問う。

あぁ、なるほど。

そういう使い道も、これらの素材にはあるのか。

……うぅん、いや、でもなぁ、一度渡したお土産を、やっぱり自分で使いますなんて言いたくないし。

「いいえ、シールロット先輩が使ってください。僕だと、研究してもこれらを無駄にするかもしれないし、そもそも研究する為の場所もないです」

何より、もしも僕がこの素材を研究して新しい魔法薬を作るとなると、その作業を行う為の研究室が必要だった。

場所を借りるとすると、このシールロット先輩の研究室か、或いはクルーペ先生の研究室のいずれかだ。

土産に持ってきた物を渡さず、それどころかシールロット先輩の研究室に間借りさせてもらうなんて、……そんな面の皮の厚さは僕にはない。

そしてクルーペ先生の研究室を借りようとしたら、それこそ僕の研究じゃなくて、新しい素材を弄《いじく》り回したくて仕方のなくなった錬金術師、クルーペ先生の研究になってしまう。

だったら、素直にシールロット先輩に渡して、喜んで貰った方がずっといい。

いや、そんな理屈を付けなくても、彼女に喜んで貰えるのが、一番良いと思ってる。

「むぅ、そっか、ありがとう。……でも、だったら、私とキリク君の、共同研究って形にしようか。私と一緒なら、ほら、失敗なんて怖がらなくて大丈夫だよ」

するとシールロット先輩は、ほんの少しだけ考え込むと、ポンと手を叩《たた》いて、良い事を思い付いたとばかりにそう言った。

うん、それはとても、ありがたい申し出かもしれない。

シールロット先輩との共同研究なら、それを主導するのが彼女である事は、誰の目にも明らかだろう。

だが、そうであっても幾らかは、確実に僕の功績として認められる。

さっき言ってた、初等部に在籍中に研究室をってのは流石に無理だとしても、水銀科に上がってすぐに研究室を得るって目的を、大いに後押ししてくれる筈だ。

何より、シールロット先輩と共同研究だなんて、考えただけでもワクワクする。

「でもね、キリク君。一つだけ、言っておきたいんだけれど、君はとっても色んな、危ない事に巻き込まれてる。だけど錬金術は、古代魔法や魔法陣に比べると、あんまり戦闘向きじゃないよ」

しかし、急にシールロット先輩は声の調子を変えて、とても真剣な面持ちで、僕にそう忠告した。

それはきっと、彼女の本気の心配なのだろう。

シールロット先輩は、僕の事情をある程度は知ってるが、流石に星の知識に関しては話してない。けれども薄っすらと、僕が騒動に巻き込まれる運命にあるのだとは、きっと察してくれている。

だからこそ、錬金術ではなく、もっと戦闘向きの魔法を学ぶ道を選ぶべきなんじゃないかと、彼女はそう言っているのだ。

「君が直したい魔法人形のジェシーさんは、私が修復してもいいよ。もちろん、完全に無料でって訳にはいかないけれど、無茶な要求をしたりはしないから。だからね、本当に自分に必要だと思う道を、キリク君は選んで良いんだよ」

本当に、なんて優しい人なんだろうか。

僕は、その優しさに一つ頷いてから、でも首を横に振る。

気持ちは本当に嬉しい。

ただ、僕は、別に選択の余地がなくて錬金術の道を選んだ訳じゃないのだ。

もちろん、ジェシーさんを直さなきゃならないって目標はある。

だけどその手段である錬金術を、僕は元々面白《おもしろ》く、興味深く思ってて、そう、好きだった。

故に僕は水銀科に進む事に、何の不満もなかったし、それは今でも変わらない。

僕が錬金術を好きになった理由の一つは、目の前にいるシールロット先輩だったから。

「僕は錬金術が好きなんです。だから、ジェシーさんは自分で直させてください。もちろん、手伝って貰えるのとか、共同研究は大歓迎です」

古代魔法や魔法陣を惜しくは思う気持ちはあるが、だったらこの魔法学校を卒業してからでも、独学で学べばいいだけの話だ。

幸いにも、それができるくらいには、僕は魔法の才能があると、自分でそう思っているから、何の問題もありはしない。

それに錬金術だって、使い方次第では戦いにも応用できるだろう。

まだその方法を思い付いてはいないけれど、高等部に上がって自分の研究を始めたら、そちらも練ろうとは思ってる。

僕の言葉に、シールロット先輩は困った風に眉根《まゆね》を寄せて、でもどこか、少し嬉しそうに、

「そう、だったら、私が錬金術はどうやって戦いに活かすのかを、夏休みに教えてあげるよ。ほら、キリク君は大切な後輩だから、居なくなってほしくないしね！」

そんな言葉を口にした。

本当に、優しい人だなぁって、改めて思う。

彼女には彼女の考えがあるんだろうけれど、その上で僕の意見を尊重して、色々と手助けをしてくれる。

でも、そっか。

だったら夏期休暇の楽しみが増えた。

共同研究と、錬金術の戦い方を教わる事。

その二つを楽しみに、まずは目前に迫った前期の締めくくりである試験を、手早く乗り越えるとしよう。

◇◇◇

二年生の前期で最も大きく大変なイベントは林間学校だが、その終わりからあまり間を置かずに、前期試験はやって来る。

ただ、二年生では科目の数が増えたから、試験の数も多くなって大変だと思いきや、実はそんな事はない。

戦闘学と魔法生物学は林間学校での評価がそのまま成績になるらしく、試験が行われないからだ。

簡単に言えば、あの林間学校自体が、戦闘学と魔法生物学の実技試験のようなものだったと考えればいい。

また錬金術に関しても試験は行われないそうだ。

恐らく、一年生の頃と違って、一つ一つのアイテムを作るのに時間が掛かる為、試験で何かを作って提出って形をとるのが難しくなったからだろう。

毎回の授業の度に作成した魔法薬や、魔法の力を移した素材を提出して来たけれど、その評価で成績が決まると、前期も終わりの今頃《いまごろ》になってそう告げられた。

つまり既に評価は決まってしまっていると、後になってから教えられたのだ。

実に酷《ひど》い。

僕は錬金術には特に力を入れていて、授業で提出したアイテムも全力で作って来たから良いけれど、そうじゃなかったら文句の一つも言いたくなってただろうなって、心底思う。

なので二年生の教科は八科目に増えたけれど、戦闘学と魔法生物学、錬金術を除いた五つが、試験の対象となっている。

即ち呪文学、基礎古代魔法、基礎魔法陣、治癒術、魔法史で、実技試験となるのが呪文学と治癒術で、残る三つは筆記試験だ。

試験を行う科目の数だけで言えば、一年生の頃と同じだった。

古代魔法や魔法陣は、本来なら実技で試験が行われる分野なんだろうけれど、僕らが習っているのは基礎なので、その技術を使えるかどうかの実力じゃなく、知識のみが問われるらしい。

正直、僕はどちらかといえば実技の方が得意だから、座学の科目が多いのは、あまり嬉しい事ではないけれども。

実際、古代魔法や魔法陣は、いや、錬金術もそうなんだけれど、それを上手《うま》く扱える適性はもちろん必要なんだけれど、それと同じくらいに知識の方も重要だ。

古代魔法は、過去の文献や遺物を調べたり、遺跡を調査する考古学に似た要素も強いし、魔法陣はこの模様の意味は何かとか、どういった効果があるのかとか、まるで別の言語を学ぶかのように、覚える事が沢山ある。

錬金術だって同じで、素材の特性や扱い方、組み合わせた時の反応等、必要な知識はとても多い。

魔法使いとしての才能や、適性はもちろん重要だし、それがなくては扱えないのだけれども、それだけでも成り立たないのが、古代魔法や魔法陣、錬金術といった専門分野だった。

あぁ、治癒術も、知識が必要な専門分野というのは同じか。

どんなに才能があっても、どんなに適性があって向いていても、その分野に対して興味が持てなければ、一流には至れないから。

授業を受けていると、自分が古代魔法に、魔法陣に、錬金術に、適性があるのかないのかは、皆もそれなりに把握してる。

古代魔法や、魔法陣に適性がないと感じたクラスメイトの中には、早々にそちらの勉強を諦めて、他の科目に注力する者も少なくはなかった。

またそうした生徒が出るのも当たり前だからと、基礎古代魔法に関しては、成績が悪かったとしてもあまり補習等は行われないそうだ。

魔法陣に関しては、流石に基礎的な魔法陣の幾つかは必須になるけれど、それ以上はとやかく言われない。

二年生になってからの呪文学もそうだけれど、できる事が当たり前の内容ではなくなってるんだなぁってのは、ひしひしと感じる。

尤も、あまり自分に適性がないのを承知の上で、知識量でその不足をカバーしようと懸命になってる者も、ごく僅《わず》かにいるのだけれど。

その一人が、クレイだった。

いや、彼の場合は適性がないといってしまうのは違うかもしれない。

より向いた道が自分にあるのを承知の上で、敢えて別の道を選んでるというべきか。

クレイは、クラスの中での成績は上位だけれど、魔法の才能に特に恵まれているかというと、決してそうではない。

平均か、それ以上には才もあるが、上位の成績に食い込めてる理由は、ひたすらに本人の努力によるものだ。

なので彼は、僕と真逆に、どちらかといえば実技よりも筆記の試験を得意としてる。

例えば一年生の後期の成績は、呪文学や戦闘学では上位の五人に食い込めないが、魔法学や一般教養ではクラスでも一、二を争う結果だったといった具合に。

故にクレイの適性は、古代魔法、魔法陣、錬金術のいずれにあるかといえば、知識量こそが力に直結し易い、魔法陣だと判断された。

実際、彼は基礎魔法陣の授業でも理解度は高いし、教師であるシュイラ・フォード先生からも認められてる。

けれどもクレイが志望するのは、古代魔法を専攻する科、高等部の黄金科なのだ。

古代魔法だって、当然ながら知識は必要だけれど、最終的に問われるのは再発見した魔法を自分が習得できるか否かである。

どんなに優れた魔法の存在を突き止めても、それを自分が習得できなければ、その意味は薄れてしまう。

こんな言い方をするのは何だが、古代魔法は、本来は僕に向いた分野だった。

クレイは、魔法を使う才能に欠ける訳ではないけれど、どんな魔法でも習得できるって訳では、決してないから。

ではどうしてクレイは古代魔法の道を選ぶのか。

それは当然ながら、彼が親しくしてる上級生であるアレイシアの影響は少なくないだろう。

だが決してそれだけじゃなくて、クレイは古代に失われた魔法の再発見に強くロマンを感じているという。

尤もクレイがそこにロマンを感じたのは、アレイシアを手伝うアルバイトを通じて、古代魔法の研究に触れたからだった。

なので結局は、アレイシアの影響がやっぱり殆どかもしれない。

アレイシアは、今の高等部の三年生で、最も実力のある魔法使いだ。

しかし才能に関しては、三年生で最も高かったわけではないという。

そもそも三年生の当たり枠は、今は魔法学校の敵となったベーゼルだった。

でもアレイシアはそのベーゼルに並ぶ、或いは追い抜く為に、自分のみが扱える手札を増やそうと、古代魔法の道に進んだらしい。

結果を言うと、ベーゼルはアレイシアに抜かれる事なく行方《ゆくえ》不明になったけれど、それから後、彼女はずっとその学年の頂点に君臨してる。

つまりアレイシアも、クレイと同じく努力の人間なのだ。

だからこそクレイは、アレイシアを慕い、彼女に導かれているし、その逆も然りなのだろう。

またクレイが、自分の学年の当たり枠である僕を上回る事を目標としてるのも、以前のアレイシアと同じだった。

当然ながら、アレイシアにとってのベーゼルと違い、僕は、クレイの前から居なくなってしまう予定はないけれど。

クレイは、僕にとってはとてもありがたい友人である。

一年生の頃は、多少視野が狭い傾向があったけれど、二年生になってからはそれも改善されて、この前の林間学校ではとても頼りになった。

何より、僕を認めてくれる友人は、クラスの中に何人かいるが、僕を目標としてる友人は、彼だけだ。

そしてクレイが目標にしてくれるから、僕はクラスの中で自分が浮いてしまってると思わなくて済むし、その位置にあり続けようと努力する張り合いがある。

背を追う者もいなければ、僕はきっと、クラスの中で孤独を感じてしまったかもしれない。

そういえば、古代魔法を専攻する黄金科を目指しているのは、僕の友人の中では実はクレイだけじゃなくて、最近になってだが、パトラも黄金科に進路を定める事にしたという。

彼女の場合は、古代魔法を学んで魔法生物と、特に妖精と契約し、いつかもう一度、先日訪れた妖精の領域や、ケット・シーの村に行きたいんだそうだ。

なんというか、実にパトラらしくて、心が和む。

そんな風に、二年生も前半分が終わろうとしている今、先を考えて決めるクラスメイトは、少しずつ増えていた。

◇◇◇

前期の試験の日程は全部で三日間。

初日は筆記の三科目、基礎古代魔法と基礎魔法陣、それから魔法史の試験だ。

そして二日目と三日目で、呪文学と治癒術の実技を一日ずつ行う。

クラスの半分は二日目に呪文学を、三日目に治癒術の試験を受け、残る半分は二日目に治癒術を、三日目に呪文学の試験を受ける。

初日の試験は、基礎魔法陣と魔法史は特に問題なかったが、基礎古代魔法で引っ掛かった。

基礎魔法陣と魔法史は、普通に授業で教わった内容からの出題だったのだが、基礎古代魔法は、古代や今では失われた魔法に関して思うところを自由に書けって、作文形式の試験だったのだ。

単純に知識を問われるのではなく、自身の考えを問われる試験は、何が正解なのかがわからない。

一応は解答用紙を一杯に文字を並べて、埋めるだけは埋めたのだけれど、僕が古代魔法に対して特に思い入れがない事は、きっと先生だったら見抜くだろう。

少なくとも、基礎古代魔法に関しては、点数は確実にクレイに大きく負ける。

基礎魔法陣と魔法史は、これは何時もの事だけれど、互いに然程《さほど》の差はない筈。

また今回、戦闘学と魔法生物学は、僕はクレイと同じ組で林間学校に臨んだから、これまた成績に差は付かなかった。

するとついてしまった差を埋め、巻き返すには、呪文学と治癒術の実技しかない。

元々実技はクレイよりも僕の方が得意だから、彼を上回る事は可能だ。

これは厳然たる事実だけれど、問題の基礎古代魔法で付いただろう点差をひっくり返せるくらいに上回れるかは、……やってみなくちゃわからなかった。

クレイの優位は一科目、僕の優位は二科目と考えれば、まだこちらの方が、一応は有利ではある筈なんだけれども。

今回の試験は、これまでになく競る結果になるだろう。

なんだか、不謹慎かもしれないけれど、ちょっと楽しい。

もちろん今回は実技が少なめな上に、古代魔法基礎の試験が特殊で、尚且つ林間学校では僕とクレイが一緒の組だったっていう、少しばかり特殊な条件がそろってしまったからこその接戦ではあるが、だからこそ僕は張り合いを感じてた。

二日目に受けたのは治癒術で、魔法薬で眠らせた山羊をシギ先生がナイフで刺し、息絶える前に治癒するって内容の実技試験だ。

魔法薬で眠る山羊が苦痛を感じた様子はないとはいえ、目の前で命が失われそうになる光景は、中々にショッキングなものである。

実際、治癒が間に合わなければ山羊が死んでしまう事だって多々あるから、代わりの山羊もすぐ傍に寝かされてるし、今日と明日、つまり試験の二日目と三日目は、卵寮での夕食は、山羊肉料理になるという。


山羊肉は好きだし、狩りで獲物を仕留めたり、襲ってくる魔法生物を返り討ちにした経験もあるから、命を奪うって行為に嫌悪感を覚える資格は僕にはない。

しかしやはり、試験の為に、自分の失敗で命が失われるって事は、決して気分が良くないので、僕はシギ先生が山羊に刺したナイフを急いで右手で引き抜きながら、……しかし冷静に左手で杖《つえ》を振る。

「傷よ、癒えよ。その身よ、正しき働きを取り戻せ」

詳細にではなく、大雑把にではあるけれど、ナイフが突き刺さった体内と、それが正常な形に修復されるイメージを脳裏に描きながら、僕はその文言を口にした。

ナイフを完全に引き抜けば、噴き出した山羊の血液が僕の顔を汚す。

だけどそれは一瞬の事で、破れた血管、裂けた肉も綺麗に、元通りに修復されて、それ以上の出血はない。

眠る山羊は、ナイフを突き刺される前と変わらず、安らかに眠ってた。

僕は、山羊の傷口と、それから生存を確認して、……大きく息を吐く。

「はい、そこまで。……そうですね、綺麗に傷を治せています。大変宜しいでしょう。下がってよろしいですよ」

その後に、山羊の傷口や様子を確認したシギ先生が、淡々と僕にそう告げる。

どうやら、中々に良い評価が下されたらしい。

僕は殺さずに済んだが、それがこの山羊にとって救いとなるかは、また別の話だろう。

次か、その次、他のクラスメイトの試験で、山羊が死ぬ可能性は決して低くない。

また仮に、血を流して弱った山羊が、試験に使うには不都合になったとしても、その時は普通にバラされて、やっぱり夕食に並ぶだけだ。

だから僕が吐いた安堵の息には、試験の結果が良さそうだったって事以外に、意味はなかった。


三日目に受けるのは呪文学の実技試験。

こちらは二年の前期で習得した呪文を、ちゃんと扱えているかの確認だった。

圧縮した風を撃ち込んで炸裂させる魔法や、短距離を転移で瞬時に移動する魔法、その他幾つかの魔法を、ゼフィーリア先生の指示通りに使って見せて、ただそれだけで試験は終わる。

「どれもちゃんと使えてますね。キリク君、貴方は前期で教えられる魔法を、全て習得しています。後期もその調子で頑張れば、やがては歴史に名を残す魔法使いになれるかもしれませんね」

ゼフィーリア先生は、珍しく少し笑って、そんな冗談めいた言葉を口にした。

どうやら呪文学の成績は、どれだけの魔法を呪文学の授業で習得できたかで決まるようで、試験はその確認に過ぎないらしい。

つまり間違いなく、僕はこの呪文学で最もよい評価を得たのだろう。

それこそ、ゼフィーリア先生が珍しく冗談を言ってしまうくらいに。

なら後は、もう結果を待つばかり。

二年の前期で一位を取るのが僕になるか、クレイになるかは、彼の実技の出来次第だ。

でも僕は、友人の試験の出来が悪い事を祈る真似はしたくないから、もう後は何も考えずに、結果が発表されるまで、ダラダラと時間を過ごすとしよう。

その日、夕食で噛み締《し》めた山羊の肉は、前の日もそうだったんだけれど、とても味わいが深くて美味しかった。

まぁ、だからどうしたって訳じゃないんだが、もう、夏期休暇は目の前だ。

◇◇◇

さて、前期の試験が終わっても夏期休暇に入る前に僕らにはやる事が一つある。

それは一年生の時に経験した、初等部の一年生と二年生で行う模擬戦の中止というか、廃止を求める要望の提出だ。

流石《さすが》に林間学校や試験の間、或いはそれ等の準備中は、他の事に割く余力なんてなかったから、ついつい後回しになっていたけれど、前期の間に要望を出さなければ、後期になると模擬戦の準備も始まってしまう。

だから僕らが要望を魔法学校側に提出するタイミングは、試験が終わり、夏期休暇が始まる直前、より正確に言うならば、先生達が帰郷する生徒達を各国の首都に送り届ける前の日しかなかった。

あ、ちなみに試験の結果は、今回も僕がクラスで一位である。

尤も、二位を取ったクレイとの差は、然程に大きくはなかったけれど。

三位はジャックスで、クレイとは更に少しばかりの差があった。

まぁ、それはさておき、クラスメイトの意見は、既に統一できている。

もちろん相談中には、今回は年下の、経験の浅い一年生が相手なのだし、別に模擬戦が行われても構わないじゃないかって意見も出た。

どうしても前回、代表にならなかったクラスメイトにとっては、他人事って感覚が強いし。

だが僕を含めて、一年生の時に代表になった五人が口を揃《そろ》えて、前回は上級生と雄々しく戦った自分達が、次は下級生を嬲《なぶ》るような真似はしたくないと言った事で、クラスの中にその意見に納得する空気が生まれる。

何しろ前回の、一年生の時に経験した上級生との模擬戦は、観客となっていたクラスメイト達の目にも、上級生の振る舞いは酷く映った。

それは決して、模擬戦というイベントのせいだけではなかったけれども、自分達のクラスメイトにあんな真似をさせたいと、思う者はいなかったのだ。

積極的に大きな声を挙げて反対する程の熱量はなくとも、そうやって反対する者がいるならば、そこに小さく声を添えようとしてくれるくらいには、模擬戦を他人事のように感じていたクラスメイト達も、意見に同調してくれた。

ただ、そう、単に模擬戦の廃止を求めるだけでは勿体《もったい》ない。

もしも要望が通って模擬戦が廃止になるとしたら、その代わりのイベントを、僕らの提案で差し込むチャンスではないだろうか。

模擬戦は、僕から見ると紛れもないクソイベントだったが、それでも初等部の一年生と二年生が関《かか》わり、更に高等部の生徒に自分達をアピールする機会ではあった。

だったら、その僅かな良かったところだけでも残した他のイベントを、やれたらきっと楽しいと思うのだ。

この案にも、そこまで自分達が考える必要はあるのかって意見は出たんだけれど、しかしイベントの代案を提出する件は、模擬戦の廃止よりも皆に素直に受け入れられる。

というのも、模擬戦が廃止になって空いた時間に、林間学校のようなイベントを入れられては堪《たま》らないって言ったら、皆が即座に頷いた。

模擬戦と違って、林間学校に関しては、クソイベント呼ばわりする心算はない。

それで得るものは多かったし、自分や仲間の成長を目の当たりにして、その効果は実感したから。

しかしもう一度あの林間学校を、二年生の間にやりたいかと問われれば、答えは断じて否だ。

そしてそれは、僕だけがそう思ってる訳じゃなくて、クラスメイトの誰もが同じだった。

するとそこで問題となるのは、ならばどんなイベントを模擬戦の代わりに提案するのか。

初等部の一年生と二年生が共に参加できて、高等部の生徒が見に来れて、何よりもできるだけ平和なイベント。

各国を回る旅行に行きたいとか、釣りがしたいとか、船に乗りたいとか、意見は色々と出るけれど、これだというものは出てこない。

そんな中で、僕が思い付いたのは、やはりここは魔法を学ぶ場とは言え学校って名前が付いてるからだろうか、体育祭と文化祭。

尤もそのまま、体育祭や文化祭を提案したところで、イベントとしての採用は難しい。

何故なら、このウィルダージェスト魔法学校は、生徒数が少ないからだ。

初等部の一年生と二年生だけに限るなら、それぞれ三十人ずつの、計六十人しかいなかった。

これではとてもじゃないが、祭りの名を冠するようなイベントは行えないだろう。

けれどもそのままじゃ採用できないにしても、考え方の方向性は間違っちゃいない筈。

だったら規模を大きくする為には、高等部も巻き込んでしまうのが最も手っ取り早い方法だ。

もちろん高等部には高等部のイベントがあるだろうから、必ずしも通るとは限らないけれども。

他の方法としては、体育祭の場合は種目を絞ってしまえばいい。

例えばサッカーのようなスポーツに、特定の魔法のみを、回数限定で使用可等といったルールを加えれば、それなりに楽しめるものになりそうである。

この世界にサッカーがある訳じゃないけれど、前世に生きた世界を思い返せば、魔法と組み合わせれば面白くなりそうなスポーツは幾つか思い付く。

いやいっそ、完全に魔法に割り振っても楽しそうだ。

物を引き寄せたり押し出したりする魔法をメインに、ボールを奪い合ってゴールに運ぶ。

魔法の対象にして良いのはボールだけで、強風を起こす魔法で叩き落としたり、凍らせる魔法でボールを凍らせて重くしたり……。

どの魔法は可で、どの魔法は不可かなのかは、線引きがちょっと難しそうだけれど、ルールを明確に定めれば面白くなるかもしれない。

基礎呪文学で教わる魔法を中心にすれば、一年生も後期の頃には、プレイが可能になる子もいそうだし。

使える魔法にバラつきがあっても、それが選手の個性になる気もする。

肉体を使うスポーツのように男女差が出たりしないだろうし、怪我も少なくなる筈だ。

欠点としては、身体を鍛える事には繋《つな》がらない辺りか。

逆に文化祭の場合は、クラスで一つの出し物をするんじゃなくて、林間学校の時のように少人数で一つの組を作って出し物をすれば、見栄えのする祭りになると思う。

屋台のような物を出すなら、五人や六人の少数で、劇のような物がやりたいなら、十人とか十二人とか、二組が一緒にやって一つの出し物をするみたいな形で。

その上で観客には魔法学校外の人間を招待すれば、きっと賑わいは出る筈だった。

尤も魔法学校内に外の人間を招けるのか、警備の問題はどうするのかとか、まだ色々と問題はありそうだが……。

取り敢えず、やれない事は、ないんじゃないだろうか。

僕らが、完全に決めてしまう必要はないのだ。

生徒である僕らにできるのは、所詮《しょせん》は要望、提案のみ。

それを実現するかどうかを決め、細かな問題を潰《つぶ》すのは、そりゃあ魔法学校側の仕事である。

結局、提案は僕が言い出した体育祭、もといスポーツの試合と、文化祭、もとい魔法学校祭の二つを、どちらも提案してみるという話になった。

といっても、言い出しっぺなんだから僕が案を纏めて学校に提出する事にはなってしまったんだけれども。

まぁ、大した手間でもないから別に良いか。

この提案が、二年生の後期を一体どのように変えるのか、今からとても楽しみだった。

五章 ✦ シールロットと夏期休暇

夏期休暇が始まると、多くの生徒が帰郷するから、何時《いつ》も通りに校内から人の姿が少なくなる。

ただ今回はその帰郷する生徒の中に、シールロット先輩は含まれない。

いや、彼女は自分で長距離を移動する魔法が使えるから、数日は育った孤児院に帰ったりもするんだろうけれど、今回の夏期休暇は、その多くを魔法学校で過ごすという。

何故《なぜ》なら、今のシールロット先輩は、僕が妖精《ようせい》の領域から持ち帰った素材の研究で忙しいというか、そちらが楽しくて仕方ないからだ。

僕としては彼女が夏期休暇を魔法学校で過ごしてくれるのはありがたいんだけれど、何だか少し申し訳なさも感じてる。

だって、ほら、完全に物で釣ったみたいになってるし。

まぁその申し訳なさを別にすれば、僕もシールロット先輩の研究には参加させて貰《もら》ってるから、とても楽しく、また為《ため》になってる。

新しい素材を調べて効果を引き出し、新たなアイテムを作り出すのは、どちらも僕には未経験の領域だ。

手伝いであってもその方法を目《ま》の当《あ》たりにできるのは、とても貴重な経験だろう。

揺《す》り潰《つぶ》してペースト状になった素材を水に溶かすのと、熱を加えて煮出すのと、どちらがより強く薬効が発揮されるのか。

目立つ薬効以外に隠された作用、特に人体に毒になるようなものはないか、熱を加えたり冷やしたりする事で、思わぬ効果が発揮されないか。

どのような形で魔法の力を加え、どのような魔法薬にするか。

いや、魔法薬以外にも、その素材はどんな加工と相性が良いのか、どんな魔法の力を加えやすいか等、研究する事は沢山あった。

容量を増やした鞄《かばん》を持って行ってたから、妖精の領域からはかなりの量の素材を持ち帰っていたのだけれど、それでも補充が難しい素材を研究する以上、少しずつ大切に使って、少ない試行錯誤でなるべく多くの成果を得なければならない。

そうなると、物を言うのは錬金術を扱う魔法使いの経験とセンスだ。

僕の目から見て、シールロット先輩がどうしてその試行を優先したのか、説明が付かない事は多々あった。

しかし結果が出てから振り返ると、それこそが正解だったってケースが少なくない。

当然ながら疑問に思って、どうしてそうしたのかって尋ねると、ふんわりとした理由を教えてくれる事もあるんだけれど、それも突き詰めていくと彼女の勘だったりする。

もちろんその勘は単なるあてずっぽうじゃなくて、これまでの錬金術の試行錯誤で、あの時はこの方法で上手《うま》くいったというような、経験の積み重ねと、素材が秘める魔法の力を感じ取るセンスによって導き出されるものだった。

今の僕には、残念ながら彼女と同じ答えに辿《たど》り着ける感覚はまだ養われてないけれど、この機会に、シールロット先輩の何分の一かだけでも、それを身に付けたいなって思ってる。

もちろん、幾らシールロット先輩だって、何でも最初から正解がわかってる訳じゃないし、やっぱりどうしても色々と手探りの部分は多い。

出てくる案も、本当に可能なのか不可能なのかわからなかったり、仮にそれが可能だったとしても、何の役に立つのかさっぱりわからないものも少なくなかった。

「キリク君、聞いて。あのね、私ね。この麦の粉と魔法薬を使えば、魔法薬の効果を持ったパンが焼ける気がするんだけど、今日はそれを試してみようよ」

……例えば、こんな具合に。

もしもそれを口にしたのが他の誰《だれ》かであったなら、僕は冗談を言ってるんだと判断しただろう。

だって、魔法薬の効果を持ったパンが焼けたとして、それが何の役に立つというのか。

固形物になったなら、当然ながら液状の魔法薬に比べて、素早く摂取する事が難しくなる。

また保存に関しても、瓶《びん》に詰めておける魔法薬よりも、カビが生えるパンは駄目になってしまうのが早い。

そんな風にデメリットは大きいのに、特にこれといったメリットは見当たらないのだ。

でも、うん、シールロット先輩は至って真面目《まじめ》にそう言っている。

とくにこれといった用途は思い付かずとも、薬と言う液体の効果をそのままに、パンという固形物に変える技を編み出したい。

もっと言うならば、できると思った事をできるようにしたいだけ、自分の発想を形にしたいだけで、実用に関しては二の次だった。

だけど恐らく、思い付いたならとにかく試してみる、あわよくば形にしようとする、その姿勢こそが、彼女を錬金術の実力者にしてるんだと思う。

単に役立つ正解をなぞるだけじゃなくて、一見無駄に思える技を編み出すのも、できる事の幅を増やすって意味がきっとある。

パンのままなら、魔法薬に比べて役立たずでも、これを小さく圧縮して一口で呑《の》み込《こ》める錠剤のようにできるかもしれない。

或いは魔法薬を使ってパンを作る際、効果を強く増幅したり、千切って食べて複数人に効果を及ぼせるようになるかもしれない。

また妖精の領域で採ってきた麦をより深く理解するのに、魔法薬の効果を持ったパンを焼くって試行は役に立つだろう。

あぁ、僕が以前に目標にしてた、猫が長生きできるペットフードを作るのに、使える技になるかもしれなかった。

なのでとにかく、試してみる事が肝要だ。

素材を無駄にはできない。

けれども、ある程度は試してみなきゃいけない。

相反する二つのバランスを取りながら、僕とシールロット先輩は研究に励んでる。

それが今年の夏季休暇の、基本的な過ごし方だった。

◇◇◇

何回か言ってる事だけれど、魔法学校の敷地内は環境が安定してるから、夏もそこまで暑くない。

そもそもポータス王国自体が、僕の前世の記憶にある国と比べて、夏は過ごし易いように感じてる。

逆に冬は、道が雪で閉ざされて町から町の行き来が不可能になる等、こちらの世界の方が厳しいようにも思えるけれども。

あぁ、でも前世の記憶にある国も、雪の深い場所では同じように道が閉ざされたりしていたか。

単にあちらでは、機械技術が発達してたから、交通や除雪ができていただけかもしれない。

ちなみに僕が育った妖精の領域、ケット・シーの村も、魔法学校と同じく環境は安定してたから、基本的には過ごし易かった。

シャムも、夏は冬に比べれば割と元気に動いてる。

日差しがちょっと暑い時は、日陰でゴロゴロしてたり、冷風の魔法を掛けろって僕に要求してくるけれど、精々《せいぜい》それくらいだ。

でもくっ付いてると暑いからか、離れた場所に居る事が多いかもしれない。

今日は、シールロット先輩との研究は休みの日だ。

彼女との研究も毎日って訳じゃなくて、週に二日か三日は休みがある。

……僕としては、別に毎日でも構わないんだけれど、シールロット先輩が育った孤児院に帰る日が、やっぱり週に何日かはあった。

他にも、妖精の領域から持ち帰った素材とは別に、組み合わせる為の素材を取り寄せたりだとか、採取しに行く必要だってあるし。

また錬金術の研究は、ずっとそれに集中してると発想の幅が気付かぬうちに狭くなるから、時には思考をリセットする為に、他の何かをする必要があるとシールロット先輩は言う。

元より何らかの期限がある訳でもない研究なのだから、特に焦《あせ》る必要もない。

尤《もっと》も、研究自体がとても楽しいから、休みの日はちょっと残念な気持ちになってしまうのだけれども。

「キリク、今日はどうするの？」

朝、部屋で僕の肩に乗ったシャムがそう問う。

まぁ、まずは食堂で朝食を取るのは確定なんだけれど、シャムが聞いてるのはその後の事だ。

僕は少し考えた後、

「……んー、図書館に行こうかなって思ってるよ」

問い掛けにそう返す。

思ってるよって言うか、今思い付いたんだけれど、今日は何となくそんな気分である。

魔法学校の図書館は、紛れもない知識の宝庫だ。

何かを学ぶ時、先生やシールロット先輩から教わるのはとても手っ取り早いんだけれど、それだけではどうしても取りこぼしてしまうものがあった。

既にその何かを知る者が教える時、要点を纏《まと》めて、わかり易く教えるだろう。

もちろん、それはとてもありがたい事で、余分な手間が大幅に省ける。

手っ取り早いというのはそういう意味だ。

けれどもその余分な手間の中に含まれる何かは、他人に教えて貰った時には、往々にして取りこぼしてしまう。

理解の為に思考し、要点を自分で纏める事こそが、深い知識の獲得に繋《つな》がる場合も、少なからずあった。

何より、そうして自分で調べる癖《くせ》がついていないと、教え導いてくれる者がいなければ、自力で前に進めなくなる。

故に、シールロット先輩との研究ができない、彼女に教え導いて貰えない今日は、図書館に行って自分で学ぶ。

王都にあるパトラの家に遊びに行くのも悪くはないが、それはまた今度でも構わないし。

ゆっくりと朝食を取った後、卵寮を出て本校舎に向かい、二階へと上がる。

本校舎の二階は、職員室や校長室、その他にも先生達の私室や研究室がある、教師の為の階って印象が強い。

だが今日の目的は先生の誰かに会う事じゃなくて、この二階にある図書館の利用だ。

二階は、どこからともなく綺麗《きれい》なピアノの音色が聞こえて来るけれど、……音の出所を探すと、恐らく無人の音楽室に行きつくだろうから、気にしない事にしておこう。

専用の建物じゃなくて、本校舎の一画にある部屋を使っているなら、図書室じゃないのかって思うけれど、しかしそこは部屋という規模じゃない。

中はとても広い空間になっていて、天井《てんじょう》の高さが他の部屋の倍くらいあって、立ち並ぶ本棚の背も凄《すご》く高かった。

また奥行きも深く、奥が見通せないくらいに果てがない。

更には、下へと降りる長い階段もある。

階段は地下にまで続くが、そこは古代の遺物の保管室で、そこには本があるという訳じゃないらしいけれども、そこも図書館の管轄だ。

つまりこの図書館は、本当に広い場所だった。

図書館には一般的な知識が書かれた本から、魔法に関する知識の書かれた本、更には禁書と呼ばれる本まであるけれど、このうち禁書に関しては、今の僕にはまだ閲覧の許可が出ていなかった。

高等部にあがって、自分の研究室が与えられるくらいになれば、禁書を閲覧する許可も下りるというが、まだまだ遠い目標に感じる。

いやでも、初等部の終わりまでもう半年と少ししかなくて、僕の目標は高等部にあがってすぐに研究室を得る事だから……、遠いなんて言ってる場合じゃないか。

ちなみに禁書にも種類があって、単に扱いの難しい知識の書かれた本、広く知らしめる事を禁じられてたり、実践を禁じられた知識の書かれた本、書物に魔法が掛かっていて、閲覧自体が危険な本等があるという。

詳細は、実際に禁書を閲覧する許可が出た際に教えられるらしいけれど、許可が出たからと言って全《すべ》ての禁書が読めるって訳じゃないらしい。

司書のフィリータに本を選んで貰い、書見台のある机へと向かう最中、僕は知った姿をそこに見付ける。

今年の、新しい初等部の一年生の当たり枠である、アルティムだ。

彼は読書に熱中しててこちらには気付いてない様子だったから、敢《あ》えて声はかけないが、ふと気になる事があって、少し様子を見守った。

というのも、今、アルティムが読んでる本と、次に読む為に机の上に置いた本に、僕は見覚えがあったから。

今、彼が読んでる本は、『悪霊とは』。

次に読むのであろう本は、『星の世界』。

そう、それは去年、僕も丁度このくらいの時期に読んだ、二冊の本。

あの時は確か……、鶏を綺麗な声で鳴かせる魔法薬の使い道が、悪霊を追い払う為だって話を聞いて、悪霊とは何かって事が気になったんだっけ。

アルティムが僕と同じ経緯で悪霊の事を調べてるのかどうかはわからないけれど、何となく親近感を覚える。

だが彼の読書を見守ってるのは、その親近感が理由ではなくて、『悪霊とは』を読んだ後、『星の世界』に目を通したアルティムが、一体どんな反応をするのかが見たかった。

近くの席に腰掛けて、自分の読書を進めながらも、時折チラチラとアルティムの様子を確認する。

なんというか、我ながらやってる事が不審者だなぁって少し思うけれど、どうしても気になって仕方なかったのだ。

もしかすると、当たり枠の生徒に『星の世界』を読ませるのは、魔法学校側がそう誘導してるんじゃないかとも思う。

あの時も、本を選んでくれたのは司書のフィリータだったし。

暫《しばら》くそうして見守ってると、アルティムは二冊の本を読み終えて、ちょっと疲れたように息を吐く。

特に衝撃を受けてる様子は、見受けられない。

そして彼は、ふと僕に気付いて笑みを浮かべて声を上げようとし、ここが図書館である事を思い出して自分の口を押さえた。

うん、なんというか、実に可愛《かわい》い後輩だ。

ただアルティムは、僕と同じ当たり枠ではあったけれど、僕の同類ではなかったらしい。

そんなの当たり前なんだけれど、何だか少しだけ、こう、残念な気もする。

……もしかして、僕は同類を欲してるんだろうか？

なんとなく肩へと手が伸びるけれど、それは無情にもべちりとシャムに叩き落とされた。

◇◇◇

その日、シールロット先輩と共に訪れたのは、彼女の研究室ではなく、不足した素材を採取できる森でもなく、本校舎の地下。

普段のここは、生徒が好きに魔法を使って訓練ができる、練習場になっている。

しかし今日は……、周辺を無人の観客席に囲まれた円形闘技場になっていた。

本校舎の地下がこの姿になっているのを見たのは、一年の後期に、上級生との模擬戦があった日以来だ。

但し今日の観客は、僕の肩を降りて観客席に座ったシャムのみ。

「今日は先生にお願いしてこっちにして貰ったから、お互いに全力が出せるね」

僕をここに案内したシールロット先輩が、笑顔でそんな言葉を口にする。

その笑顔に、僕は思わず一瞬怯《ひる》む。

彼女の笑顔はこれまで何度も見て来たが、それを怖いと思ったのは初めてかもしれない。

シールロット先輩に、妖精の領域から持ち帰った素材を土産として渡した日、彼女は僕に、錬金術師の戦い方を教えてくれると、そう言った。

度々《たびたび》トラブルに巻き込まれる僕を心配して、錬金術は、古代魔法や魔法陣に比べれば戦闘向きではないと忠告してくれたけれど、それでも僕が道を変えないと言ったから。

ならば錬金術師としての戦い方が必要になるだろうと、シールロット先輩が指導してくれる事になったのだ。

今日、ここに来たのは、恐らくその為なのだろう。

「ルールは、初等部の一年生と二年生がやる模擬戦と同じでいいかな。魔法薬は沢山あるから、死ななかったら治せるよ」

立会人の教師は居ないけれど、何も問題ないとばかりに彼女は言う。

まるでそれは、僕なんて軽くあしらえると言われてるみたいで、……ちょっと癪《しゃく》に障る。

二つも学年の違う僕とシールロット先輩では、そりゃあ実力に差はあった。

だが僕もここまで経験を積み重ねて来て、戦いには少しばかり自信はある。

彼女は時折、自分は戦いが得意な方じゃないと口にしてたのに、それでも僕をあしらえる心算《つもり》なのかと。

少し腹が立ったのだ。

多分そこには、シールロット先輩に対しては見栄を張りたいって、僕の願望も少しあったのだろうけれども。

だから僕は、彼女の言葉に何も返さず、ただ黙って構えを取った。

「準備は良いかな？」

やっぱり笑顔で、シールロット先輩はそう問う。

見ればわかるだろうにと思いながらも、僕は黙ったまま頷《うなず》く。

相手がどんな行動を取っても、すぐに反応できるようにと、油断なく相手の動きを観察しながら。

そう、心構えは、既にちゃんと作れている。

「ふぅん、本当に？」

しかしシールロット先輩は、笑みを絶やさずにそう言って、脇《わき》にぶら下げた鞄の蓋を開け、中に手を入れ、それを引っ張り出す。

それは武骨な剣だった。

彼女の小さな手には全く似合わぬ、とても使えるようには思えない、金属製の剣。

シールロット先輩はそれをぽいっと宙に投げて、再び鞄に手を入れた。

投げられた剣は宙に留まり、こちらに刃を向けている。

生きてる剣。

錬金術で作られる魔法の道具で、自動で敵と戦ってくれるアイテムだ。

なるほど、こうしたアイテムのサポートを受けながら戦うのが、錬金術師の戦い方って事か。

僕がそう納得しかけてる間にも、シールロット先輩は鞄から次々と生きてる剣を取り出して、五本の剣が宙に浮かぶ。

だが、彼女は僕に対して首を横に振り、鞄をポイと投げ捨てたかと思うと、杖《つえ》を振って、新たな鞄をどこからともなく取り出して、更にその中から生きてる剣を取り出していく。

暫く、その動きは止まらずに、……やがて僕の目の前には、無数のって程ではないけれど、恐らく百近い数の生きてる剣が、こちらに刃を向けて並んだ。

「もう一回聞くけれど、準備は良い？」

そして、やっぱり笑顔で、シールロット先輩は僕にそう問うた。

ここまでされれば、流石にわかる。

彼女の言う準備は、僕が思ってたような戦う為の心構えとか、そんな話じゃない事に。

「……いえ、良くないです。参りました」

故に僕は、戦わずして、負けを認める。

シールロット先輩が、百の生きてる剣を揃《そろ》えるって準備をしてるのに、僕は何の準備もできていなかったから。

唐突にここに連れて来られたからとか、そんなのは言い訳にもならなくて、本来ならば僕は、自分ができる範囲の準備を、常にしておくべきだったのだ。

それから、勘違いにも気付いた。

シールロット先輩の言う錬金術師の戦い方は、別にアイテムのサポートを受けながら戦うって意味じゃない。

戦いに対して、その戦いが起きる前に、絶対に勝利をできる準備をあらかじめ整えておくのが、錬金術を使った戦い方だと彼女は言っている。

「良くできました。そこで卑怯《ひきょう》だとか聞いてないとか言わないで、素直に準備不足に気付いて認め

られるなら、錬金術に向いてるね。やっぱりキリク君は優秀だよ」

負けを認めた僕に対し、シールロット先輩は笑みを向ける。

だけどその笑みは、さっきまでのどこか怖さを感じるものじゃなくて、優しく穏やかな笑みだった。

彼女が、投げ捨てた鞄を拾ってポンポンと払うと、周囲の生きてる剣が、自ら中に入って行く。

五本入ると、杖を振って鞄を消して、次の鞄を拾って、生きてる剣を仕舞う。

鞄が、中の容量を増やした魔法の道具である事はわかるのだけれど、あの、鞄を出したり消したりする魔法は、一体どういう仕組みだろうか。

恐らく移動の魔法の一種なんだろうけれど、実に便利そうだった。

「キリク君は、ジェスタ大森林で多くの魔法生物に襲われるかもしれない危機に陥《おちい》ったけれど、もしも生きてる剣を千本用意してたら、それは本当に危機だったのかな?」

シールロット先輩の言葉に、僕は首を横に振る。

流石に千本の生きてる剣があれば、ワイアームは無理だったとしても、その威に脅えて暴走した魔法生物の群れからは、身を護る事ができた筈だ。

……もしかして彼女は、自分は千本の生きてる剣を用意してるって、そう言ってるんだろうか?

多分、そういう事らしい。

シールロット先輩が僕に嘘《うそ》を吐く理由はない。

ついでに言うなら、そう簡単に底を見せないだろうから、千本の生きてる剣以外にも、用意してる物はきっと色々とある。

「私は戦いは得意じゃないし、錬金術も戦いに向いた技術って訳じゃないけれど、私は戦うなら相手に絶対勝てるように準備をするし、錬金術はそれを可能にする技術だよ。私は強くはないけれど、勝利を目的とするなら、それを達成する事はできるからね」

錬金術は、目的を確実に達成する為の準備ができる技術だと、彼女は言う。

目的は勝利だったり、生き延びる事だったり、仲間を助けたり、壊れてしまった魔法人形を修復したりと、色々とあるんだろうけれど、大切なのは目的が何であれ、それに対する準備である。

「もうね、私とキリク君の大きな違いは、あらかじめ準備してるかしてないか。それくらいしかないんだよ」

なるほど。

初等部の僕と、高等部のシールロット先輩に大きな差がないというのは、流石に言い過ぎだと思うが、確かに錬金術を使った戦い方は、これ以上ない形でわかり易く教わった。

この教えをどう活かすかは僕次第だ。

準備と言っても、その方法は様々だろう。

彼女と同じように大量の生きてる剣を用意する道もあるし、もちろんそれ以外にもある。

いやまぁ、生きてる剣は今の僕にはまだ難易度が高いから、まずは他の手段を考えようか。

いずれにしても、僕は今日、間違いなく一つ成長できた。

少し、……いや、大分悔しくはあったけれども。

次に、もしも機会があったなら、その時はシールロット先輩も驚くような、入念な準備を見せたいと思う。

◇◇◇

ザァザァと、音を立てて雨が降っていた。

コントロールされた環境であるウィルダージェスト魔法学校の敷地内にも、定期的に雨は降る。

それは恐らく、周囲を取り囲む森の木々や、魔法生物達を潤す為に、敢《あ》えて降らせているのだろう。

だが今日の雨は、何だか激しくて、量が多い。

この雨を降らせている誰かが、量を間違えてしまったのだろうか。

それとも夏になって気温が少し上がったから、水の量をサービスしてるのだろうか。

いずれにしても、こうも強く雨に降られると、部屋から出る気が失せてしまう。

幸いというか、不幸にもというか、今日はシールロット先輩との研究も休みの日だし。

決まった用事があれば、意を決して出掛けるのだけれど、何もなければ動かなくてもいいやって気分に負ける。

ただ、食事はちゃんと取りにいかずにゴロゴロしてると、シャムに叱られてしまうから、そこだけは忘れちゃいけないけれども。

まぁ今日は、部屋の中でも可能な作業をしながら、のんびりと過ごす事にしようと思う。

もちろん、研究室でもない自室で、できる事なんて限られているというか、ごくごく僅《わず》かだ。

教科書を読んで自習したりとか、ナイフで木を削って細工物をしたりとか、それくらいが精々である。

だけど僕には、こんな気分の日に進めるのにぴったりの作業があった。

僕が床に広げたそれを見て、シャムが一つ溜息《ためいき》を吐く。

何故ならそれは、僕がこの寮に住み始めてからずっと集め続けてるシャムの抜け毛と、糸を紡《つむ》ぐ道具だったから。

シャムの抜け毛は短いから、互いに絡《から》み易くなるように、素材を調整する為の魔法薬に浸してから乾かした物を使う。

そう、今から僕がしようとしてる作業は、シャムの抜け毛を使った糸紡ぎだ。

自分の毛を糸にされる感覚は、人間である僕にはわからないけれど、シャムの反応を見る限り、決して楽しい事ではないのだろう。

ただ、うん、それでも僕は糸作りをやめないんだけれども。

というのも、ケット・シーであるシャムの毛は、かなり貴重な素材になると思われるから。

僕だって、シャムが本気で拒絶するなら、無理にそうしようとは思わないが、少し嫌な顔をされるくらいなら、……ギリギリ許容範囲であった。

まずは抜け毛を、カーディングしていく。

これは毛の方向を揃える作業だ。

カーダーと呼ばれるブラシのような物を二つ使って、クシャクシャだった毛の向きを、一つに揃える。

細かな毛が沢山舞うから、吸い込まないようにマスクを着けて、丁寧に、根気よく、毛を梳《す》いて整えていく。

塊だった時は、量が多く思えた毛も、カーディングをして整えると、少し減ったように感じてしまう。

次の作業は、スピンドルを使った糸紡ぎ。

スピンドルとは……、ちょっと表現が難しいんだけれど、前世の記憶にある玩具、独楽《こま》に似た道具だ。

この道具を独楽のようにクルクルと回し、その重みと回転を利用して、毛を紡いで糸に変える。

割と地道な作業なんだけれど、毛が糸に変わる様子を見るのは楽しいし、糸の量が増えて行くのは、達成感もあって嬉《うれ》しい。

クルクル、クルクル、地道に、ひたすらに、シャムの毛を糸に変えていく。

やってる僕としてはさっきも述べた通り、楽しいし嬉しいんだけれど、この作業を見守る方は退屈だろう。

ふと気付けば、シャムは離れた場所で丸くなって眠ってた。

それでも僕は、手を止めずに、クルクル、クルクル。

沢山の糸が紡げたら、それを一部だけ切り取って、残りは大切に箱に仕舞う。

糸紡ぎは終わったけれど、まだ時間は余ってるから、もう少しだけ作業をしたい。

次は、切った糸に油を塗る。

シャムの毛で紡いだ糸は既に十分に頑丈だけれど、今から作ろうとしてる物は装身具だから、より強固なものとしたかった。

もちろん塗る油も魔法生物から採取した特別なものだ。

ウィルダージェスト魔法学校を囲む森の中でも、火に関する物が多い一画に、その油を分泌する魔法生物も棲む。

その名前は、黒鎧牛《こくがいぎゅう》といい、その名の通りに黒い鎧を纏っているような姿をした、牛の魔法生物だった。

実は、黒鎧牛の名の由来である黒い鎧の正体が、僕が今、シャムの毛から紡いだ糸に塗っている油だ。

強い熱を感じると、黒鎧牛は身体から特殊な油を分泌する。

そしてその油は決して燃えず、むしろ火に触れると金属のように硬化する、不思議な特性を備えていた。

名の由来にもなっている黒い鎧は、長年かけて分泌された油が、硬化してできた物なのだ。

黒鎧牛は自らが纏う鎧を育てる為に、敢えて火の傍に棲むという。

ちなみに黒鎧牛の肉は、分泌する油とは真逆に、良く焼いても硬くならず柔らかいままで、味も絶品なんだとか。

乳も硬化したりはしないので、飲用にも、チーズ等の乳製品を作るにも適すらしい。

まぁ、乳まで硬化してしまうようなら、子供を産み育てる事もできないから、それも当然か。

糸に油が馴染んだら、ミサンガを編んでから軽く蠟燭《ろうそく》の火で焙《あぶ》る。

油を硬化させてしまうと、そのままの形で固まって、ミサンガを巻く事ができなくなるかと思いきや、実はこれが巻けるのだ。

流石に、多少の抵抗感は出てしまうが、黒鎧牛の分泌する油は、硬化した後も自在に曲げ伸ばしが可能だった。

というか、そうでなければ黒鎧牛自身が、分泌した油に固められて動けなくなってしまうし。

最後に、僕は完成したミサンガを握って目を閉じ、そこに精神を集中させていく。

ミサンガに、魂の力の通り道ができるようにと念じながら。

素材同士の相性は良かった。

またシャムの毛なんだから、当然ながら僕との相性もいい。

恐らく、いや、間違いなく、これならいける筈。

「火よ、灯れ」

僕は、杖も、常に身に付けてる指輪も使わずに、完成したばかりのミサンガを使って、その魔法を使う。

ボッ、と音を立て、宙に火の花が咲いた。

イメージした通りに、杖や、指輪を使った時と、何ら変わりなく。

つまりは、これでシャムの毛を使った、ミサンガ型の装飾品の、魔法の発動体の完成である。

できるって確信はあったけれど、実際にできると、心底嬉しい。

ただ、発動体を完成させたからだろうか、かなりの疲労感も感じてた。

「キリク、それ、どうするの？」

何時の間に起きたのか、不意にシャムがそう言う。

少しびっくりしたけれど、別に何か悪さをしてた訳でもないから、慌てる必要は特にない。

「あぁ、うん。パトラにあげようかなって思ってるよ。彼女なら、もうシャムの事も知ってるし、きっとこれとの相性もいいだろうしね」

僕はシャムにそう答えて、周りを見回す。

カーディングの時に辺りに舞った細かな毛が、一杯落ちてる。

後で掃除をしなきゃならないし、そもそも僕にもこの毛は付いてるだろうから、お風呂《ふろ》に入った方がいいだろう。

まぁ、毛を集める事自体は、魔法でサッとできるけれど、散らかした物は片付けなきゃならない。

お風呂は、大浴場に行くのもいいかもしれない。

何となく、そんな気分だ。

「パトラにだけ？」

シャムがそう問うてくるから、僕は頷く。

他にも、シャムの正体を知ってるクラスメイトは、クレイとミラクとシーラがいて、彼らもシャムとの契約があるから、相性は悪くはないのかもしれないけれど……。

クレイに渡すと、アレイシアの目にも触れるだろうから、それはちょっと避けたいし、ミラクとシーラの場合は、魔法の発動体を贈る程に絆《きずな》が深まってる訳じゃない。

ミラクとシーラに対して、好きとか嫌いとかの話以前に、向こうとしても、装飾品の魔法の発動体を贈られたら、恐縮してしまうだろうから。

今のところは、パトラの分しか、発動体となるミサンガを作る心算はなかった。

物を作る事はともかく、魔法の発動体とする仕上げが、思ったよりも疲れたし。

糸は多めに紡いだから、その気になれば何時でもまた作れるだろう。

「そう、パトラ、喜ぶと良いね」

シャムはそう言って、何だか少し照れ臭そうに、そっぽを向く。

きっとパトラなら、喜んでくれると思う。

何しろ、シャムの毛を使って作った魔法の発動体なのだから、喜ばない筈がない。

僕は一つ大きく伸びをしてから、作業で散らかした部屋を片付け始める。

心地好い達成感に、満足しながら。

◇◇◇

夏期休暇の間に魔法学校から姿を消す生徒の中には、僕の友人の一人であるパトラも含まれているけれど、彼女の実家はポータス王国の首都なので、割と気楽に会いに行く事ができる。

実際、長期休みの度に一度は行ってるんじゃないだろうか。

パトラの家族の顔も知っていた。

彼女の母親は優しそうな人で、ついでに好奇心が旺盛で茶目っ気がある。

父親の方は、筋肉が隆々でとても見た目が厳《いか》ついから、夫婦が並ぶと美女と野獣……、とまでは言わないけれど、結構真逆の印象だ。

あー、パトラは母親似で良かったと思うなんて言ったら、流石に失礼だろうか。

ただ、父親の方も、別に怖い人じゃない。

見た目は確かに厳ついけれど、優しくて気遣いもできる、良い大人だった。

優れた職人でもあって、沢山の家を建てたり、精緻な細工を施した家具を作ったりもする、凄い人だ。

パトラの兄に関しては、顔は知ってるけれど、実はそこまで詳しくない。

ちょっと見掛けて挨拶《あいさつ》をしたくらいで、話をした訳じゃないし。

家業の大工を継ぐ為に、修行中だと聞いている。

「キリク君、シャムちゃん、いらっしゃい。来てくれて嬉しいわ」

つまり、パトラは概ね理想的な家庭で育ってた。

いや、理想的だなんて言葉は安易に使うべきじゃないのかもしれないけれど、客観的には、少なくとも僕にはそう見える。

あぁ、別にパトラを羨《うらや》んでるって訳じゃない。

理想的な家庭で育つのと、ケット・シーに囲まれて育つのだったら、僕は迷わず後者を選ぶ。

だから、僕は自分が育った環境には一つも不満はないし、むしろ恵まれ過ぎてるくらいだと思ってた。

顔も名前も知らない生みの親が、どういった理由で僕をジェスタ大森林に放り込んだのかは知らないが、そのお陰で今もシャムが傍《かたわ》らにいてくれるのだから。

なので僕はパトラを羨んでる訳じゃないんだけれど、一つだけ思うのは、彼女のように育った子が、時に命の危険に晒《さら》されながら魔法使いの道を歩いてるのは、因果だなぁって事である。

魔法を扱う才能さえなければ、パトラは全く違う人生を歩んだ筈だ。

もちろんそれは、パトラだけに限らなくて、魔法学校に通う生徒の全員がそうだが。

仮にパトラに魔法の才能がなければ、彼女の人生はどうなっていたのだろう。

家業は兄が継ぐ事になってるから、パトラが大工になるって道はなさそうだった。

まぁ、あんまり向いてる風には思わないし。

恐らくは、大工の仕事に関係する家や、同程度に裕福な家に嫁いでたんじゃないだろうか。

もしかするとパトラの親なら、彼女に自由恋愛の末の結婚を許すのかもしれないけれど、それはかなり稀な事だ。

いずれにしても、穏やかな人生を歩んだに違いない。

だってパトラ自身もそうだけれど、彼女の周囲はとても穏やかだから。

しかし、その穏やかさは変わりつつある。

パトラは、自分と仲間の身を守る為に、戦い方を覚えた。

それを成長だとか、逞《たくま》しくなったのだと言う事はできるけれど……。

穏やかさを、殺伐とした何かが侵食してるのも間違いないだろう。

別にそれを否定する訳じゃない。

何故なら僕はクラスメイトで、パトラを変えつつある環境、或いは彼女が適応しようとしてる環境に、生きてる側だ。

パトラの変化を歓迎こそすれ、否定する筈がなかった。

いや、うん、結局のところ何が言いたいのかっていうと、パトラの両親は、娘の変化をどんな風に感じているんだろうかって、僕はそれが気になっている。

パトラは、彼女の性格からして、魔法学校での出来事を全て両親に話してたりはしないだろう。

特に林間学校の事なんて、心配されるとわかってるんだから、彼女が話す筈がない。

だがそれでも、長期の休みで帰って来た娘が、以前とどこか違う事に、パトラの両親なら気付くと思う。

……いや、もしかすると、パトラの父や母には、娘の変化に気付く両親でいて欲しいんだろうか。

勝手に、彼女の家庭は理想的だと思ってるから。

まぁ、僕の勝手な気持ちはさておき、娘の変化に気付いたなら、パトラの両親は何があったんだろうって疑問を抱く筈だし、心配だってするに違いない。

客間でお喋《しゃべ》りに興じていると、焼き菓子とお茶を持って来てくれたパトラの母親は、以前と変わりがないように見えた。

僕は家にお邪魔してる事にお礼を言って、何時ものように、手土産に持ってきた回復の魔法薬を渡す。

するとパトラの母親は、それをとても喜んで、

「これからも娘をお願いします」

って、そう言った。

以前に、丁度一年くらい前に、初めてこの家を訪れた時よりも、ほんの僅かに切実さの混じった声で。

或いはそれは勝手な思い過ごし、色々と考え過ぎて過敏になって、そう感じただけなのかもしれないけれど、僕にはそう聞こえたのだ。

僕が頷くと、パトラの母親は、以前のように娘の学校での様子を聞き出そうとはせずに、すぐに客間から立ち去った。

パトラは、そのやり取りには特に何も思わなかったのか、自分の膝《ひざ》の上にシャムを置き、背中を撫《な》でてその手触りを楽しんでいる。

僕はそんな彼女に、

「こっちはパトラへのお土産ね」

紙袋を一つ手渡す。

中身は、先日作ったミサンガだ。

いや、こちらの世界にはミサンガって物が知れ渡ってる訳じゃないから、組《く》み紐《ひも》とか言った方が正しいだろうか。

紙袋の中を見たパトラは、まずシャムを見て、それから僕を見て、嬉しそうに、可笑《おか》しそうに笑う。

一目で、それがシャムの毛で作った物だとわかったらしい。

どうやらそれが魔法の発動体としても使える事には、まだ気付いてない様子だった。

杖とは別、常に身に付けていられる装飾品の魔法の発動体は、もしかするとパトラを窮地から救うような場合もあるかもしれない。

もちろんそんな機会は、ない方がいいんだろうけれども。

まぁ、何らかの役には立つだろう。

シャムは自分の毛で作られたミサンガを喜ぶパトラを見上げ、複雑そうに一声鳴いた。

◇◇◇

本校舎の三階より上は、高等部の生徒が利用する為の階になる。

初等部の生徒が立ち入っちゃ駄目とは言われてないんだけれど、二階と三階を繋ぐ階段は隠されてて、どこにあるのかは僕も知らない。

職員室は二階だから、先生が上の階へと行く方法がない筈はないのだが……。

要するに、それを見付けられない者は、立ち入るなって事なんだろう。

しかし本校舎の三階より上に行く方法は他にもあるのだ。

黄金科、水銀科、黒鉄科の三つの別校舎からは、渡り廊下が伸びていて、本校舎の三階へと直接行く事ができる。

高等部の生徒は基本的に、その渡り廊下を通って本校舎に出入りしていた。

まぁ、どうしてそんな話をするかというと、今、僕はシールロット先輩に連れられて、水銀科の別校舎から、本校舎へと続く渡り廊下を渡ってる。

実はこの渡り廊下は、本当は水銀科に所属しない生徒は渡れないらしい。

何でも三つの科の争いが激しかった頃は、他の科に対する妨害も横行していたそうで、こうした防御機能が必要だったのだろう。

普段は渡り廊下の一部が欠けており、その科に所属する生徒が渡ろうとする時のみ、大気が固まり足場となって、渡り廊下の欠けを埋めるのだ。

だったら何故、僕はこの渡り廊下を渡れてるのかって話になるんだけれど、それはもちろん、シールロット先輩が先を歩いて、大気を固めて足場を固めてくれてるからだった。

でも大気が固まった足場は透明で、足を乗せて体重を掛けるまで、本当にそこに存在してるのかわからない。

ましてや僕は、本来はここを歩く資格のない人間なのだ。

足を踏み出す事を多少は躊躇《ためら》ったり怖がっても、そりゃあ仕方ないだろうって思う。

「キリク、遅いよ。あんまりシールロットから離れたら、本当に落ちるからね」

肩の上で、シャムが急かすように言うけれど、足はゆっくりとしか進まなかった。

そりゃあ、魔法を使えば落ちても平気ではあるんだけれど、見えない足場を進む不安は、大丈夫とか大丈夫じゃないとかって問題じゃない。

シールロット先輩は笑いながら少し先で待っててくれて、ちょっと恥ずかしくなる。

こうして本校舎に向かうのは、三階より上にも隠されてるであろう、ウィルダージェスト魔法学校の前校長、ハーダス・クロスター……、即ち僕と同じ星の知識を持っていた、ハーダス先生の遺した仕掛けを探す為だ。

夏期休暇で魔法学校から人が少なくなってる今ならば、比較的だが目立たずに、隠された仕掛けを探す事ができるから。

今は昼と夕方の中間くらいの時刻だが、にも拘《かかわ》らず、ここに来るまで誰にも会わなかったし。

もちろん、僕一人だと本校舎の三階より上で探し物をするなんて無謀だけれど、シールロット先輩の手伝いがあれば、本校舎の探索もできると思う。

卵寮と本校舎以外にも、ハーダス先生が学生時代に所属したという黒鉄科の寮や別校舎も怪しく思ってるんだけれど、残念ながらそちらに入れる伝手《つて》が僕にはなかった。

少し時間は掛かってしまったけれど、無事に渡り廊下を通り過ぎれば、本校舎の三階に到着だ。

「ようこそ、本校舎の上層階へ。んー、たまに危ない仕掛けとかもあるから、気になる物を見付けたら、先に私にひと声かけてね」

シールロット先輩の忠告には、割と真剣な響きがあった。

何でも、昔に行われていたという、他の科に対する妨害に使われた罠《わな》の類が、未《いま》だに残ってたりもするらしい。

上層階って言葉は初めて聞いたが……、恐らく初等部の生徒も入れる一階と二階を下層とし、高等部にならないと入れない三階より上の階を、そういう風に呼ぶんだろう。

それにしても、新しい場所の探索って、どうにも心が躍ってしまうので、抑えるのに苦労する。

全く見知らぬ場所だったら、不安や緊張の方が勝つんだろうけれど、ここは未知の場所であると同時に、通い慣れた本校舎でもあった。

所詮《しょせん》は魔法学校の敷地内で、高等部とはいえ、多くの生徒が利用してる場所だし、何だかんだでどうにかなるだろうって侮《あなど》る気持ちが、僕の心のどこかにあるのかもしれない。

……でも、よく考えようか。

戦う力を身に付けさせる為とは言え、危険地帯であるジェスタ大森林の中に、生徒を放り込む魔法学校だ。

初等部の生徒に対してすらそんな事をさせるのだから、高等部の生徒に対しては、もっと危険な場所で学ばせていてもおかしくはなかった。

そもそも、ここが安全な場所だったら、シールロット先輩がわざわざあんな風に忠告する筈もない。

少しばかり危険なくらいの代物なら、彼女の研究室にだって転がっているのだから。

「ゆっくり調べようとすると、何日あっても足りないだろうから、今日はサラッと見て回る？　それとも少しずつでもじっくりと調べたい？」

僕が考え方を改めてると、探索の仕方に関して、シールロット先輩が僕に問う。

あぁ、方針は僕に決めさせてくれるのか。

どうやら彼女は、あくまで手伝いという立場で、僕らを案内してくれる心算らしい。

さて、しかし一体どちらにしようか。

視線を肩のシャムへと向けると、返事は小さな鳴き声だった。

シャムも、僕に好きに決めろと言っている。

だったら、

「今日は少しでも良いから、シールロット先輩が何かありそうだって思う場所を重点的に」

僕が選ぶのはこちらだった。

サラッと全体を見て回るのも悪くないけれど、僕が高等部となって、実際に本校舎の上層階に通うようになれば、自然と必要に迫られて見て回る事になるだろう。

それよりも、今日のところは案内役であるシールロット先輩の、知識と勘を信じたい。

多分きっと、その方が面白《おもしろ》いから。

そう、ハーダス先生の遺した仕掛けを探すのは、僕はできれば楽しみたいのだ。

仕掛けの先にハーダス先生の遺産があってそれを手に入れれば、確かに僕の助けになるかもしれない。

しかしそれは、決して必須ではないと思う。

前回の卵寮での探索は、最終的にあんな事になってしまったけれど、途中までは楽しかった。

本校舎の中庭で、マインスイーパーの仕掛けを見付けた時も、その存在に驚きはしたが、何だかんだで楽しかったし。

恐らくハーダス先生は、自分と同じ星の知識を持って生まれた誰かに楽しんで貰いたくて仕掛けを遺したんであって、仮に遺産があったとしても、それはオマケに過ぎないんだと思う。

単に遺産を渡す事が目的だったら、マダム・グローゼルに預けておくとか、確実な手段はもっと他にあった筈だ。

そうせず、ちゃんと探して貰えるかどうかもわからない仕掛けを遺したのは、自分の同類に楽しんで欲しかったからだろうし、同時に自分もそれを用意するのが楽しかったからじゃないだろうか。

だから僕は、たとえ結果が空振りでも構わないから、今日も探索を楽しみたいと思ってる。

◇◇◇

「そうだね。じゃあ……、ここから近い北西の塔と、通れずの間辺りを見にいこっか」

案内役のシールロット先輩は、少し考えてから今日の探索場所を決めてくれた。

尤も僕は、その北西の塔やら、通らずの間が何なのか、さっぱりわからないのでただ頷くのみ。

あ、いや、ちょっと嘘。

北西の塔は、恐らく本校舎の北西、北東、南西、南東の四ヵ所に聳《そび》える塔の事だと思う。

アレが何なのかは、外からじゃさっぱりわからなかったから、中が見られるというならそれは割と嬉しかった。

シャムも異存はないようで、特に口を挟まない。

同意を確認したシールロット先輩は、僕らを先導して歩き出す。

本校舎の上層階も、基本的な造りは下層階、僕らも利用する一階や二階と変わらない。

口の字型の廊下があって、用途不明の部屋や教室が、生徒の数的に絶対にこんなには要らないだろうってくらいに、沢山あるだけである。

けれども、もし仮に僕らがシールロット先輩の案内なしに上層階に踏み込んでいたら、……やっぱり迷っていただろう。

下層階と上層階の大きな違いは、仕掛けられた魔法の数だ。

そりゃあ下層階にだって魔法の仕掛けは色々とあった。

僕も全部を知ってる訳じゃないけれど、誤って踏み込むと一分に一度出題される問題に正解するまで出られない空き教室や、目にすると猛烈な睡魔に襲われるベッドの置かれた部屋等、何の為にあるのかわからない魔法の仕掛けは幾つもある。

まぁ、出題の教室は、基本的に初等部の一年生の授業で習う範囲の問題が出て来るし、一部の生徒は敢えて入って、試験前に問題を解いたりするらしい。

もちろん勉強の効率で言えば、普通に勉強した方がずっといいから、僕はあんまり使った事はないけれども。

他には、二階の謎《なぞ》の音楽室もそうだし、校長室やエリンジ先生の部屋の、勝手に開く扉も魔法の仕掛けか。

但し下層階の魔法の仕掛けは、有益だろうと無益だろうと、扉を含む部屋に対して設置されており、自分から中に入る、或いは入ろうとしなければ、影響はない。

要するに廊下を通るだけなら、下層階は安全なのだ。

しかし上層階は……、先導してるシールロット先輩が、ガラリと空き教室の戸を開いて入り、中を通って別の戸から出る、なんて事が度々あった。

何故なら廊下にも、そこを通ると発動する、ちょっと面倒な魔法の仕掛けが、幾つも設置されているからだ。

それも、一年半も魔法を学んで、その気配に随分と敏感になった僕でも、言われて集中しなければ気付かないくらいに巧妙に隠された仕掛けが。

「さっきの廊下に掛かってるのは、前に進んでる心算でも気付かずにずっとその場で足踏みさせられる魔法でね。キリク君ならもしかしたら耐えて通り抜けられるかもしれないけれど、今日は時間も惜しいし念の為ね」

なんて風にシールロット先輩は言ってくれるけれど、彼女の案内がなかったなら、僕はその魔法に引っ掛かって無為な時間を過ごしてたと思う。

ちなみに短距離を転移する移動の魔法で、強引《ごういん》に廊下の仕掛けを飛び越えるって手もあるそうだが、今日は案内だからと、シールロット先輩は教室を通り抜ける方法で先導してくれてるらしい。

恐らく僕が高等部にあがって、クラスメイトとこの上層階を訪れた時、転移の魔法を使えない誰かと一緒でも、ちゃんと歩ける方法を教えてくれる為に。

そしてそんなシールロット先輩でも、上層階で安全に案内できるのは三階だけで、四階と五階の案内は難しいという。

何故なら、四階と五階は、何かを学ぶ為に訪れる場所じゃなく、隠された何かを求めて探索する場所となるからだとか。

特に五階は、踏み込めば中はもう学校とはまるで違う空間になっていて、生徒が相手でも襲い掛かってくる魔法の影像や、更には魔法生物もいるという、下手に踏み込めば帰ってくる事ができないかもしれない、迷宮になっているそうだ。

「アレイシア先輩なんかは、五階にもたまに挑戦してるみたいだけれど、私は戦いとか好きじゃないからね。殆《ほとん》ど五階には入った事がないの。あ、でもこれから行く部屋は三階にあるし、塔も三階から直接登れるから安心してね」

少しだけ申し訳なさそうにシールロット先輩はそう言うが、むしろ四階、五階に入れないのは、僕の身の安全を考えてくれてるからだろうから、そこに文句なんて少しもない。

確かにシールロット先輩は実力者だけれど、彼女は常々戦いが得意じゃないと口にしてるし、戦いや探索をする時間があれば、錬金術の研究に費やす事も知っている。

案内ができる範囲を先導してくれてるだけでも、十分過ぎるくらいだった。


そうして暫く歩けば、シールロット先輩が通り抜ける為の教室じゃない部屋に入る。

どうやらここが、彼女が先程言っていた、目的地の一つらしい。

周りをぐるりと見回せば、そこは広い空間だった。

教室と教室の間の、ごくごく狭い空間に付いてる扉なのに、中はグッと広くなってる。

この魔法学校ではたまに出くわす、外と中の広さが全く違う部屋だ。

床には縦と横が五メートルくらいの正方形が描かれてて、それがずらっと沢山並んでた。

ざっくりと数えると、縦が八個で、横も八個。

つまり、この部屋自体も正方形か。

ところどころ、床に描かれた正方形の中には黒い像が置かれてて、一番奥の壁には扉があった。

他には、入ったばかりの一枚目の正方形には、床にプレートのような物が埋められてる。

「ここが通れずの間だよ。何でそんな名前が付いてるかって言うと、誰もあの奥の扉を開けられた人がいないから。どっちに向かって歩いても、扉の前まで転移の魔法を使っても、すぐにここに戻されちゃうの」

そう言って、シールロット先輩は笑みを浮かべて僕を見た。

果たしてこの謎を僕が解《と》けるのかどうかを、楽しみにしてるかのように。

◇◇◇

なるほど、確かにこれはハーダス先生が遺した仕掛けだろう。

それはもう、一目でわかる。

床に埋まったプレートに、僕が指輪を塡《は》めた右手で触ると、何も書かれてなかったプレートに、

『騎士の如《ごと》く動け』

って文字が浮かぶ。

あぁ、やっぱりそうか。

想像した通りの結果に、僕は一人納得する。

ヒントというか、そうした指示が出る事は予測してたし、その内容も、やっぱり思った通りの物だった。

「わっ、これがヒント？　じゃあこの部屋って、やっぱり前校長が遺した、キリク君の探してた仕掛けなんだね」

驚いた様子のシールロット先輩に、僕は頷く。

ただこれ、仮に僕がハーダス先生の指輪を持ってなくて、このプレートを表示させられなくても、何度か挑戦して考えれば、恐らく解けた仕掛けだと思う。

そもそものヒントは、この床に描かれた正方形と、置かれた黒い像だった。

加えて、シールロット先輩が口にした言葉も、手掛かりだ。

黒い像は、形と大きさの異なる物が六個置かれてる。

一番小さなものは、円錐の頂点に球がのっかったような物。

二番目は馬の首を模した物。

逆に一番大きな像は、上に王冠に似た何かを乗っけてる。

つまりあれは、チェスの駒だった。

この部屋全体がチェス盤で、床の正方形はマスになってる。

僕が知る限り、この世界にチェスは存在してないから、誰も謎を解けないのは仕方ない。

そしてチェスであるという事がわかれば、駒を真似て動くというのはすぐに思い付く。

どちらに向かって歩いても、扉の前まで一直線に転移しても駄目だとなれば、そりゃあ残る動きはナイトの駒の動きしかなかった。

そう、要するに『騎士の如く動け』である。

尤もあの黒い駒は敵《てき》って扱いだろうから、単に扉を目指して動くだけじゃなくて、敵の駒に取られないように動く必要はあるだろう。

まぁ、種が割れれば、後は単に盤面を俯瞰《ふかん》して考えれば済む。

詰め将棋やチェス・プロブレムのように、難しい問題って訳じゃない。

僕は暫く考えた後、杖を振って魔法を使い、前に二マス、左に一マスの位置に転移する。

そのまま少し待ってみたけれど、思った通り、スタート地点に戻される事はなかった。

「シールロット先輩、僕と同じマスに転移してきてください」

僕が、スタート地点を振り返ってそう言えば、やっぱり驚いた様子だったシールロット先輩が、杖を振って同じマスにやってくる。

同じく彼女がスタート地点に戻された様子がない事を確認してから、次は敵の駒を避けなきゃいけないので、前に一マスと右に二マスの位置に転移した。

それにしても、短距離とは言え転移の魔法が必須の仕掛けか。

一マスが五メートル四方あるから、ナイトの駒の動きを真似るには、結構な距離を跳ばなきゃならない。

僕は普通に跳べるけれど、それはケット・シーの村で育ったからで、普通の生徒には無理だろう。

ハーダス先生だって、自分の次に生まれて来る星の知識の持ち主が、そんな特殊な環境で育つなんて予想してなかったと思うから、この部屋の攻略は短距離を転移する魔法ありきで考えられている。

でも星の知識の持ち主は、高い魔法の才能の持ち主でもあるから、ここを訪れる頃、つまり高等部にあがった後なら、短距離を転移する魔法は使えて当然って想定も、頷けなくはなかった。

実際、僕だってまだ初等部の二年生ではあるけれど、こうして攻略できてる訳だし。

けれども次の転移をしようとした時、ふと、敵の駒を取ったらどうなるんだろうって気になる。

別にわざわざそんな事はしなくても、避けて奥に辿り着く道はわかってるんだけれど……、僕は一度手を止めて、もう一度場面を俯瞰して考え、敵の駒を全て取った上で、ゴールに到着する道を考え直した。

ここからポーンが置かれてるマスには飛べるんだけれど、そしたらルークに僕が取られてしまうから、先にあっちを取らなきゃいけない。

杖を振り、予定していた場所とは別のマスに転移して、更に転移して、僕はルークのマスに飛ぶ。マスが大きいだけあって、置かれてる駒もやっぱり大きく、六種類の中で五番目に大きなルークの駒は、三メートル近い高さがあった。

同じマスに入っただけでは、ルークの駒には何の変化もなかったけれど……、指輪を塡めた右手で触ると、大きな駒はスッと消えてしまって、その代わりに僕の手の中に、小さなルークの駒が残る。

一体、どういう仕組みなのか、目の前で起きた現象なのに、何一つとしてわからない。

ただ一つわかるのは、やっぱりハーダス先生って、凄い魔法使いだったんだなぁって事だけだ。

他に置かれた大きな駒も、同じようにマスに入って触れると消えてしまって、結局僕の手の中には、六つの小さなチェスの駒が残る。

ナイトの動きを真似る以上、同じナイトだけは取れないなって思ってたら、他の五つの駒を全て取ると、まるで降参するかのように、ナイトの像は自ら駒になって、僕の手の中に飛んで来た。

引き寄せる魔法を使った訳でもないのに。

シールロット先輩が気になった様子だったので六つの駒を手渡すと、

「うわぁ、凄いよ。もしかして、これ、全部アダマスじゃないかな。何かの魔法も掛かってるみたいだし、それ、絶対に見せびらかしちゃ駄目だよ」

そんな風に教えてくれた。

アダマス……、聞いた事のない金属だ。

そんなに貴重品ならと、一緒に探索をしてくれてる事の御礼に山分けを提案すると、

「うぅん、それは駄目。案内の御礼にしては大き過ぎるし、これを残した前校長って、多分だけれど、この部屋の謎を解ける人に、それを渡したかったんだと思うから、私は受け取れないよ」

首を横に振って断られてしまう。

僕的には、自分ばっかり得をするのって、ちょっと据わりが悪いんだけれど……、無理に押し付けるのも、それはそれで違う話である。

だったらひとまずは、僕が貰っておく事にして、先に進む。

アダマスがどんな金属なのか、他にどんな御礼なら受け取ってくれるのか、聞きたい気はするけれど、それはこの部屋、大きなチェス盤の上でする事じゃないだろう。

もう幾度か、杖を振って転移して、僕らはナイトの駒のように動きながら、部屋の奥にある扉の前に辿り着く。

すると、僕らがそこに立った途端、ガチャリと扉は音を立てて鍵《かぎ》が外れ、ギィッとひとりでに奥へと開く。

扉の奥は、ずぅっと細い道が奥に続いてて、突き当たりは、以前に指輪を手に入れた場所を思い

出すような、小さな部屋があった。

部屋の真ん中には台座があって、その上には小さなケースが一つ置かれてる。

以前に指輪を手に入れた部屋との違いは、台座に文字が刻まれてないのと、置かれている物が何かのケースである事だろうか。

ケースを手に取り開いてみると、特に何も入っていない。

ただその中は、丁度さっき手に入れた六つの駒が入るように、その形に窪《くぼ》んでた。

つまりここの仕掛けを解いて手に入る宝物は、駒の方だったという訳だ。

シールロット先輩はそれを見て、ほら見た事かと言わんばかりの、悪戯《いたずら》っぽい笑みを浮かべる。

なんだか少しそれを悔しく感じてしまうけれど……、楽しいから、まぁいいや。

今回の借りは、いずれ何かの形でお返しをして、林間学校の時のお土産のように、アッと驚かせてやろうと思う。

◇◇◇

思ったよりもずっと順調にハーダス先生の遺した品が手に入って、正直、もう満足って気分になってるけれども、今日の探索がこれで終わりって訳じゃない。

扉を潜《くぐ》る前に振り返ると、全ての駒がなくなってしまったチェス盤は、ガランとした印象を受ける。

ナイトの駒の動きを模してマスを移動しなければ、入り口に戻されてしまう仕掛けはまだ残っているけれど、もう奥には謎を解いた後の御褒美も残ってはいなかった。

僕にはそれが、何となくだが寂《さび》しく思えてしまう。

この部屋を通れずの間と呼ばれる空間にしたのは、間違いなくハーダス先生だ。

しかしこの部屋を作った人物が、ハーダス先生であるのかどうかは定かじゃない。

教室と教室の間に小さいながらもスペースがあるのは、元より何らかの目的で作られた部屋がここにあったと考えた方が自然である。

或いはその部屋の目的は、やっぱり今回みたいに生徒に謎解きをさせたり、試練を与える為のものだったんじゃないだろうか。

ハーダス先生はそれを攻略して何かを手に入れ、更に魔法使いとして成長した後に、過去に自分が攻略した部屋を改造して、通れずの間にしたんじゃないかと、僕にはそんな風に思えた。

もし仮にそうだとすれば、いや、僕はそう考えてるから、この部屋をそのままにしたくはない。

あぁ、別に手に入れたチェスの駒を戻して、通れずの間を元通りにしたいって意味じゃないけれど。

そう、もしも僕が、どのくらい先かはわからないけれど、ハーダス先生のような偉大な魔法使いになったなら、別の仕掛けを考えて、別の御褒美も用意して、魔法学校の生徒の為の試練を作ろう。

別に、僕より後に生まれる星の知識の持ち主に向けた試練じゃなくていい。

挑戦した誰かが、それをクリアできてもできなくても、何かを学べるような、そんな試練の部屋があれば素敵だと思うのだ。

高等部の生徒達が探索しているという四階や、迷宮である五階、いや、一階にある出題の部屋や、眠気を誘うベッドだって、先人達の遺した魔法の産物だった。

今は探索側である生徒や、もちろん僕だって、いずれはその先人に加わる。

ちゃんと生きて成長を続ければの話だが、遺す側になる筈だ。

その時はこの部屋だったり、指輪を手に入れたあの場所に、僕は新たな試練を遺したい。

……なんて、今から考えるのはあまりに気の早過ぎる話ではあろうけれども。


「北西の塔はここからすぐだから、さっさと行っちゃおうか。三階から上に上がる階段は五つあるんだけれど、四つは塔を登る階段で、四階や五階には出られないの」

再び先導して歩き出したシールロット先輩が、振り返らずにそんな事を教えてくれる。

そういえば、通れずの間に向かう最中も、塔には三階から直接登れるって言ってたっけ。

どうやら彼女の言い方では、三階から塔へ直通する階段があるのだろう。

外から見る限りでは、四階、五階と塔が分離してるって事はなかったが、中は区切られて出入りができなくなってるらしい。

「四階へ上がる階段は魔法で隠されてるけれど、見付け方は今は内緒ね。今のキリク君が入っちゃうと、もしかしたら危ないかもしれないし」

何故そんな風になってるかといえば、そりゃあもちろん、四階、五階が危険だからか。

シールロット先輩はもしかしたらって言ってるけれど、恐らくそれは多分に気遣った言い方で、普通に危ない場所なんだろう。

今の僕には三階でも厄介そうだったのに、それ以上となると手に負えないのは明白だ。

まずは二階から三階に上がる階段を自分で見つけて、次に三階を歩き回れるように慣れて、四階への階段を自力で発見したならば、その時は上の階の探索もしてみたい。

それができるようになるのはまだまだ先の話だろうけれど、差し当たっての目標は、二階から三階への階段を、二年生の後期の間に見つける事か。

高等部にあがれば、階段の位置は自然と知れる気はするんだけれど、それをのんびりと待ってるようでは、先に進む足が遅れてしまう。

口型の本校舎の左上の角に、北西の塔を登る階段はあった。

段を上がる度にグルグルと回転しながら上にあがっていく形式になってる。

確か、螺旋《らせん》階段であってたっけ？

こう、真ん中が吹き抜けになってるのは螺旋階段って呼ぶのは知ってるんだけれど、塔の場合はその吹き抜け部分も壁になってるから、ちょっと自信がない。

シールロット先輩曰く、こうした形の階段は防御に適した形になってるそうだ。

下から登って来る侵入者は、右手の武器が壁に邪魔されて使い難《にく》く、上で待ち受ける防御側はその制約を受けずに武器を使えるという。

でもこの魔法学校に侵入者が居たとして、その誰かが剣だの何だのって武器に頼るイメージは全く持てないけれども。

長い階段を登り切ると、広い部屋のような場所に出る。

かなり長い階段だったから、シールロット先輩の表情は疲れで蒼褪《あおざ》めているけれど、後輩に対する見栄があるのか、途中で休憩を取ったり、弱音を吐く事はなかった。

部屋の中央には、何やら謎の立方体が置かれてて、天井は大きく開いてて空が見え、窓からは遠く向こうの森までが一望できる。

さて、この部屋は一体どういう場所なんだろう？

僕は疑問を抱きながらも、まずはシールロット先輩の息が整うのを、辺りを見回すフリをしながらのんびりと待つ。

部屋の中央の立方体からは強い魔法の力を感じるけれど、ハーダス先生の仕掛けって感じはしなかった。

ただ、うん、いい景色だなぁって、窓から見える光景に見惚《みほ》れてしまいそうにはなるけれど。

肩でずっと大人しかったシャムも、今は顔を上げて窓の外に視線を向けてる。

「……ん、ここはね、このウィルダージェスト魔法学校が在る異界を支えてる場所の一つだよ」

やがて、息を整えたシールロット先輩は、僕にそう教えてくれた。

あぁ、なるほど。

この魔法学校は結界に覆《おお》われ、外の世界とは半歩ズレた場所に存在してる。

星の世界のように壁を越えた先ではないけれど、いわゆる普通の世界とは、少しだけ理《ことわり》がズレた場所。

それを異界と呼ぶ。

「外と中を区切る結界を張ってるのとか、時々雨を降らせてるのとかも、ここと、他の三つの塔の働きなの。高い、星に近い場所は、魔法の力が強く発揮され易いからね」

要するに異界の中では世界の理が弱まってるから、強い魔法が使い易いって意味なんだけれど、どうやらその中でも、ここや他の塔は、特にズレが大きいのだろう。

しかし、そっか、雨を降らせてる場所って、ここなんだ。

この魔法学校に来てから、幾度となく雨が降るところは見て来たけれど、それを行ってたのがこの場所だって言われると、なんだか不思議な感慨がある。

「でもその様子だと、ここは前校長に関係する場所じゃなかったかな。ごめんね」

シールロット先輩は、そんな風に謝罪の言葉を口にするが、いやいや、とんでもない。

恐らく僕だって、他の誰かが不思議な魔法の掛かった場所を探してて、その案内をするとなったら、ここには連れて来るだろうって思う。

だって、もしも空振りだったとしても、ここからの光景は誰かに見せたくなるから。

僕は首を横に振って、

「そんな事ないです。ありがとうございました。一つは仕掛けを解けたし、面白い物も沢山見られたし、何より楽しかったです」

彼女に向かってそう言えば、肩のシャムも、そうだと言わんばかりに鳴く。

シールロット先輩は、シャムがケット・シーであると知ってるから、別に人の言葉を喋っても驚きはしない筈なんだけれど、何故か。

……ここが結界を張ってたり、雨を降らせてる場所だとしても、それが四つもあるのなら、全てを司《つかさど》る中枢はまた別にあるのかもしれない。

だとしたら、その場所では、この四つの塔の様子が観察できたとしても、不思議ではなかった。

故にシャムは、言葉を発する事を厭《いと》うたのだろうか？

魔法学校側は、というかマダム・グローゼルやエリンジ先生、それから恐らくは一部の先生も、シャムの正体は知っているのに。

いずれにしても、この日の探検はここで終わり。

ここで解散って訳じゃないけれど、また歩いて水銀科の別校舎に戻っていたら、夕暮れ時にはなるだろう。

つまりは夕食の時間が近い。

楽しかったし、収穫もあったのだから、僕は今日の成果に満足してた。

その言葉にシールロット先輩も笑ってくれて、この夏の一日は、とてもいい思い出として、僕の記憶に刻まれる。

◇◇◇

夏期休暇も終わりが間近となった頃。

他に帰郷したクラスメイト達よりも、少し早く帰って来たジャックスに連れられて、僕はポータス王国の首都にあるフィルトリアータ伯爵家の屋敷へと足を踏み入れた。

何でも、他の誰にも聞かせられない大切な話があるらしい。

フィルトリアータ伯爵領から戻ってきたジャックスは、かなり思い悩んだ顔をしてたから、恐らく話はそれに関係していて、きっと碌《ろく》な内容じゃないんだろうなと思う。

しかしそれでもこうして彼と一緒に、フィルトリアータ伯爵家の屋敷へとやって来たのは、そりゃあ友人だからである。

ジャックスが何に悩んでるのかは知らないけれど、僕が話を聞く事でそれが少しでも軽くなるなら、安いもんだと思う。

もちろん相手が友人でなければ、わざわざ厄介事には関《かか》わらないけれども。

あぁ、でも、そもそも僕自身が厄介事を多く抱えた身だから、あんまり説得力はないかもしれないが。

ポータス王国の首都は、一部が大きな屋敷が立ち並ぶ貴族街になっていた。

尤も、その貴族街に住むのが、全て貴族って訳じゃない。

どちらかといえば、ここの屋敷の多くは貴族が一時滞在に使う場所なので、普段は留守居役に任されてる。

王城で働く貴族もいない訳じゃないだろうけれど、多くは自分の領地を守る役割があるから、王都に滞在し続ける訳にはいかないのだ。

なので貴族街の住人は、その貴族に仕《つか》えて屋敷を維持する役割の使用人が多かった。

ただそれでも、貴族街の雰囲気は静かで……、何というか品がある。

屋敷の応接室に通されながら、場違いだなぁって、自分でも思う。

フィルトリアータ家の使用人が扉を開けて恭《うやうや》しく迎え入れてくれるのが、どうにもムズ痒《がゆ》くてしかたない。

同じ勝手に扉が開くのでも、魔法の仕掛けだったら気楽なんだけれど。

だけど一つ少し面白かったのは、屋敷の使用人の殆ど、特にメイド、家政婦と思しき人達は、ジャックスの事を若様とか、ジャックス様って呼ぶけれど、留守居役と思しき高齢の男性だけは、坊ちゃまって呼んでた事だった。

いや、だって坊ちゃまである。

流石に笑っちゃ失礼だと思ったから、その留守居役の人がいる間は懸命に我慢したけれど、ジャックスが人払いをしてくれて、使用人達が応接室から出て行った後は、堪《こら》えていた笑いが噴き出す。

学校では割と澄ました顔をしてるところのある彼がそう呼ばれてるのは、似合わないなぁって思うと同時に、貴族の坊ちゃんかぁって納得もできる。

なんというか、うん、不思議な面白さだ。

「……そろそろ、良いか？　全く、私が相手だからいいが、貴族を笑うと面倒な事になるから気を付けた方がいいぞ。まぁお前をどうこうできる貴族は、そういない気もするが、一応な」

僕の笑いが収まるのを待ってから、ジャックスは些《いささ》か憮然《ぶぜん》とした表情で、しかし文句というよりは、忠告の言葉を口にする。

うん、これは間違いなく僕が悪かった。

笑われても怒らずに、僕の為の言葉を言ってくれるなんて、ジャックスとも随分仲良くなれたなぁって、思う。

まぁ、仲良くなれたからこそ、気を許して笑ってしまったんだけれども。

実際、ジャックスが許してくれても、使用人達に見られれば、問題になった可能性もあった。

彼らからすれば、自分達が仕える主《あるじ》の一族を、侮辱したかのように見えてしまったかもしれない。

いち早く、ジャックスが人払いをしてくれたのは、その辺りを気にしての事だろう。

「いや、責めたい訳じゃないんだ。お前が馴染める場所じゃないとわかってて屋敷に連れて来たのは私だし、こちらの流儀を押し付けているんだから、文句を言う心算はない。ただ……、あぁ……」

そう、ただ、これから僕が魔法学校の外で貴族と関わった時に、何か問題が起きるんじゃないかと彼は心配してくれただけである。

尤も魔法学校の外で、生徒以外の貴族と関わる機会なんて……、ジャックスが運んで来ない限りはないんじゃないかなぁって思うけれども。

それは別に、この場で口にする必要はない事だ。

ほんの少し、お互いの間に気まずい空気は流れたけれど、

「……んんっ、それで用件なんだが、あー、戦争への志願制度は知ってるか？」

咳《せき》ばらいを一つして、ジャックスが口に出した用件は、実に物騒な気配を孕んでた。

戦争への志願制度は、一応は知っている。

冬に僕を襲撃したベーゼルが行方《ゆくえ》知れずとなったのも、その志願で出向いた戦場での事だったという。

別名は、黒鉄科の課外授業って言うんだっけ。

「知ってるなら話は早い。私は、高等部にあがれば、夏の休みにその志願制度を利用して、ボンヴィッツジ連邦との戦場に出る事になる。フィルトリアータ伯爵家の兵を率いてな」

そう言ったジャックスに対して、僕は思わず眉《まゆ》を顰《しか》めてしまう。

これはどうにも、あまり楽しい話じゃない。


戦争への志願制度は知ってたが、正直なところ、僕にはあまり関係のないものだと考えていた。

学びの最中にある生徒を、つまりは子供を戦いに駆り出すというのは、気分の良くない話である。

だがそれでも、この世界が戦いの絶えない場所で、魔法使いが貴重な戦力だというなら、……それが求められるのも仕方がないとは思う。

好んで関わる気はないけれど、それが絶対に駄目だと、間違った事だと声を張り上げる気はなかった。

それが僕の、戦争への志願制度に対する態度である。

「魔法を扱える才を持った貴族の子弟が、国に尽くす為に学生の身でありながら戦いに加わる。そういう美談が求められてるんだ。貴族はそういう話が好きだからな」

けれどもそこに参加するのが、自分の友人であるならば、関わる気がないとも言ってられない。何故なら無視を決め込んでる間に、ジャックスという友が永遠に失われてしまうかもしれないから。

美談だなんて、下らない理由で。

「私が戦場に赴《おもむ》く事で、フィルトリアータ伯爵家の発言力は貴族社会で高まるだろう。しかし逆にそうせねば、魔法使いを家から輩出したという嫉妬《しっと》に、フィルトリアータ伯爵家は晒される」

ジャックスの言葉には、理解の及ぶところが一つもなかった。

あぁ、……いいや、違うか。

頭ではその理屈もわからなくもないんだけれど、欠片《かけら》も共感ができないのだ。

魔法使いの才を持った息子を危険に晒せば発言力が高まり、そうでなければ嫉妬に晒される。

本当に、繰り返しになるけれど、なんて下らない。

◇◇◇

「お前から見れば馬鹿馬鹿《ばかばか》しい話かもしれないが、貴族の世界はそういうものなんだ」

それでもジャックスの言葉に、僕は頷く。

納得ができた訳じゃないんだけれど、貴族の世界がそうだとして、僕に変えられる訳でもないから。

馬鹿馬鹿しい話だと思いつつも、否定はしない。

何故ならジャックスは、魔法学校で生活しながらも、同時に貴族の社会にも生きているから。

これがシズゥ辺りなら、思いっ切り否定してやっても……、いや、彼女も貴族の社会に生きてるか。

それを好いているか否かは別にして、生まれ育った家や社会というのは、やはり彼らにとってとても大きな物なのだろう。

「私は家の役に立ちたいと思う。そして、その上でここに帰ってくる為に、お前の力を貸して欲しい。私の副官として、戦場に付いて来て貰えないだろうか。別にお前に戦ってくれとは言わない。ただお前が隣にいれば、私は正しく、在るべきように振る舞えると思うんだ」

そしてジャックスは僕に対して、とても真《ま》っ直《す》ぐに助けを乞うた。

深々と、その頭を下げながら。

随分と熱い言葉だなぁって、思う。

何がジャックスにそこまでさせるんだろうか。

生まれた家の為か、フィルトリアータ伯爵家の領地に生きる民の為か、それとも彼自身の為なのか。

僕にはあんまり理解できないけれど、ジャックスが強制された訳じゃなく、自分で納得して戦場に向かおうとしてるって事は、何となくだがわかった。

ただ、僕に戦場に付いて来て欲しい、か。

これはちょっと即答できない。

何故なら、これを僕が即答で決めたら、今は声を出せないシャムが後で怒るだろうから。

返事は一旦《いったん》保留して、後で伝える事になる。

実際、難しい問題だった。

望まれてるのは、兵を率いて戦場に赴くジャックスのサポートらしい。

僕が戦う事を望まれてないのは、彼自身が活躍しなければ、貴族が望む美談としては完璧《かんぺき》なものにならないからだ。

もちろん、何が起きるかわからない戦場では、絶対に戦わずに済むって保証はどこにもないけれど……。

尤も僕は、友人の命と見知らぬ誰かの命なら、迷わず前者を取るだろう。

好き好んでそうする訳じゃないけれど、戦いを厭いはしない。

……後で、数日くらいは夢見の悪さに悩まされるかもしれないが、僕が殺意を以て人を害そうとした事は、もう既にあったし。

なので付いて行く事自体は、シャムの意見はともかく、僕としては構わないんだけれど、問題はまた別にある。

その問題とは、もしかすると僕がジャックスに付いて行った場合、彼が余計に危険かもしれないって点だった。

いや、もしかするとじゃなくて、ほぼ確実にそうなると思う。

あのベーゼルが行方不明になったのも、志願して向かったボンヴィッジ連邦を相手にした戦場だ。

つまり星の灯《ともしび》は、ウィルダージェスト同盟と、ボンヴィッジ連邦が争う戦場で、暗躍してる可能性は高い。

そんなところに僕がのこのこと赴けば、……何事もなく終わる筈がないから。

でも、だったら僕がジャックスに付いて行かなければ済むのかってなるんだけれど、それもちょっとわからなかった。

僕が狙《ねら》われるのは確実だけれど、しかしジャックスが狙われないとは限らないのだ。

元より星の灯は、ウィルダージェスト魔法学校の生徒を狙ってた節がある。

彼らは魔法使いを敵視するが、同時に魔法を使う才能の持ち主を手駒にしようとしているし。

実際、ベーゼルは戦場で行方不明になった後、星の灯の執行者になっていた。

魔法使いを敵視しつつ、しかし自分達の内に取り込もうとする行為には、僕は矛盾しか感じないんだけれど、彼らはその辺りのつじつまをどんな風に合わせているんだろうか？

人は自分の都合の良いように物事を解釈する生き物だが、それにしたって限度ってものがあるとは思うのだけれども。

まぁ、それをここで憤《いきどお》っても仕方ない。

僕がどんなに怒っても、星の灯の連中が考え方を変える訳じゃないから無意味だし、エネルギーの無駄である。

それよりも考えるべきは、ジャックスに付いて行くか、行かないか、どちらにすべきかって事だった。

うぅん、答えは、もう出てるかなぁ。

少し考えてみて、僕はそう結論付ける。

だって、そもそもこんな風に考える時点で、僕はできればジャックスに付いて行ってやりたいって思っているんだから。

付いて行ってジャックスの危険度は上がるとしても、それは僕がどうにかできるかもしれない。

仮に付いて行かずにジャックスが戦場から戻らなかった場合、僕は自分を許せないだろう。

もちろんだからって戦場に付いて行くとは、今、この場では口にしないけれども。

まずはシャムと話し合って、僕がそうしようと思ってるって事の相談だ。

それから、マダム・グローゼル辺りにも、事前に話を通しておく必要がある。

志願制度を使おうとしても、魔法学校が許可をしてくれなかったら、僕は戦場に付いていけない。

魔法学校側としては、僕が戦場に向かう事は余分なリスクでしかないだろう。

林間学校のような、通常の学校のカリキュラム内ならともかく、それ以外で星の灯の手が及びそうな場所に僕を行かせたいとは思わない筈だ。

こんな風に考えると、自分を特別扱いしてるようで、自意識過剰にも感じて、とても気持ち悪いんだけれど。

あぁ、それともう一つ。

「ジャックス、返事は保留させて貰っていい？　それから一つ伝えておかないといけないんだけれど、君に戦場へと行かなきゃいけない事情があるように、僕も色々と抱えてる。詳しい事は、残念ながら言えないんだけれど」

僕を連れていくリスクを、ジャックスに伝えておく必要がある。

兵士を率いるというなら、彼はその命の責任を負う事になるだろう。

だからこそ、余分なリスクを抱えるかどうかを、ジャックスは考えなきゃならない。

個人の感情とは別に、指揮官としてどうするべきかを。

「そしてその関係で、僕が戦場へ一緒に行くと、余計に危険な目に合うかもしれない。僕だけじゃなくて、君と、君が率いる兵士達も、ね。それでも僕に付いて来て欲しいと思う？」

そう、僕はジャックスに対して、問う。

どんなものかも判然としないリスクは抱えられないってなら、この話はここまでだ。

僕はシャムと相談する必要も、マダム・グローゼルに話を通しておく必要もなくなる。

そして、多分、本当はそれが正しい判断だとも思う。

「……あぁ、もちろんだ。多少の厄介事は、お前となら跳ね除けられる。この前の成績は、腹立たしい事にクレイの奴《やつ》に後れを取ったが、それでも戦いに関しては、クラスでもお前と私が一、二位だ。なのでお前が付いて来てくれるならば、その程度は問題じゃないし、利の方が大きいな」

だけどジャックスは、幾らか考えはしたけれど、ハッキリ僕に向かってそう告げた。

ちゃんと考えた上で、正体のわからないリスクはあっても、それでも僕がいた方がいいと、彼は言ったのだ。

成績でクレイに負けた事を気にしてる風なのは、少し笑ってしまうけれども。

そっかぁ。

だったら、うん、仕方ない。

ジャックスに前向きな、一緒に戦場に付いて行くよって返事をする為に、色々と話し合いを頑張るか。

戦場へと向かう時期は来年の夏期休暇って言ってたから、それまでに交渉できる材料を揃えて、説き伏せよう。

去年も今年も、夏期休暇は色々と印象深い出来事があったけれど、来年の夏も大きな経験をする事が、どうやら決定済みらしい。

一年後、それまでに僕は、どのくらい成長できてるだろう。

◇◇◇

夏期休暇の終わりの日、ポータス王国の王都から北に一時間程行った場所にある村では、とある祭りが行われる。

その村は、王都の傍らを流れる川の上流に位置し、豊かな水を活かして、広い耕作地で作物を育て、王都の食を支える重要な場所の一つだ。

祭りの内容は、収穫が始まったばかりの、収穫したての小麦を挽《ひ》いた粉を使って焼いたパンを訪問客に振る舞うという、収穫期の始まりを祝うといったもの。

なんでも農家が最も楽しみにし、また忙しくなる収穫期の初日を盛大に祝い、これを乗り切る英気を養うのが一応の目的らしい。


どうして一応なのかと言えば、英気を養う為の祭りなら、人に振る舞う事に労力を割くよりも、まずは自分達だけで楽しむ筈だから。

そもそも普通は、収穫を祝うなら全てが終わってからにするだろう。

つまりこの祭りは、王都からの観光客を呼び寄せて、パンを振る舞う傍らで、肉類や野菜、卵料理、それから酒等を割高で売って金を稼ぐのが、村の本当の目的だ。

でもそんな事は、恐らく誰もがわかってる。

王都の民は、村の思惑は承知の上で、その村の祭りを大切な娯楽の一つとして愛してた。

この日は、王都と村を頻繁に馬車が行き交う。

その一つに乗り込んで、僕とシャムも村を目指す。

もちろん、目的はその祭りを楽しむ事。

「ほらシャム、見て、小麦の収穫、やってるよ。……人間の育てた麦って、ああやって収穫するんだね」

僕はシャムを抱えて馬車の窓から外の光景を一緒に覗《のぞ》く。

畑では、大きな鎌を振るってザクザクと穂を垂らした麦の茎を、幾人もの男達、農夫が刈り取って、手分けして運んでいく。

運ばれてきたそれは女達、農婦が穂から麦粒を外しては袋に詰め、荷車に積み込む。

あぁして袋に詰められた麦粒は水車や風車を使った粉ひき小屋に運ばれ、そこで粉に変えられる。

魔法学校に来てからも幾度となくパンを口にはしたけれど、その材料、食材がどのように育てられて収穫されるかなんて、目の当たりにするのは初めてだ。

妖精の領域で得られる麦との違い、主に手間の量に、僕らは思わず呆《ほう》けたように口を開いて、その光景を眺めてしまう。

しかも彼らはこの時期に、一年分の麦を全て収穫してしまうのだ。

僕らが知る妖精の麦は、それこそ一年中実を付けているので、やっぱり常識が全く違った。

尤も、常識がズレているのは、間違いなく僕らの方なんだろうけれども。

「ちなみに、小麦にも二種類あって、この辺りで栽培されるのは、冬に植える冬小麦なんだって」

この馬車に他の乗客はいないが、御者は前に乗ってるから、声を聞かれないようにとシャムは返事をしない。

だから御者からすると、僕は自分の飼い猫に熱心に話し掛ける物好きに見えるだろう。

まぁ、それは何時もの事だから、今更全く気にならない。

冬小麦は、年の終わり頃に植えられ、寒い季節を乗り越え、この辺りではこれから収穫が始まる。

もっと暖かい南の地域では、既に収穫が始まってたり、とっくに終わってたりもするそうだ。

そしてもう一つの小麦は、春に植えられる春小麦。

ここよりも北の、小麦が冬を越せない程に寒さが厳しい場所で育てられる麦で、春に植えて夏の終わりから秋頃と、比較的だが短期間で収穫ができる。

但し収穫量に関しては、冬小麦に劣るという。

僕とシャムに気付いたのか、農婦の一人がこちらに手を振る。

こうして馬車の窓から麦の収穫を眺めるのも、この祭りの楽しみの一つなんだとか。


村に辿り着いて馬車を降りると、子供の姿が多く目につく。

といってもそれは遊び回ってる村の子供という訳じゃなくて、親と手を繋いだ観光客、王都の子供達。

祭りの客には、家族連れも多い様子。

この世界の旅は苦労も多いし、子供連れならばそれが余計に過酷になるけれど、王都から一時間の距離ならば、訪れるにも殆ど苦はない。

だから王都の民にとって、この祭りは比較的気楽で、なのに都市を囲う防壁の外に出るという、ほんの少し特別な娯楽となる。

また自分達の食事がどのように齎《もたら》されているのか、子供に教える機会でもあるのだろう。

親に連れられた子供が僕、というか、肩のシャムを指差して何かを言ってるので、軽くそちらに手を振っておく。

そりゃあこんな場所まで猫を連れてくる物好きは珍しいだろうから、目立つのは仕方ない。

村に入ると、早速村人から振る舞いのパンを一つ手渡される。

ただそれだけでは喉《のど》が渇くだろうからと、隣に用意された果汁の絞り汁、木のジョッキに入ったジュースを購入した。

このジュースはジョッキに口を付けて飲むんじゃなくて、刺してある麦わらをストロー替わりに使って飲む。

前世の記憶、星の知識でストローを知ってるだけに、麦わらでの飲み心地には少しばかり違和感を覚える。

でもそういうものだと考えれば、……まぁ、不快に思う程じゃない。

パンに齧《かじ》り付けば、モチモチとした白パンで、祭りの為に奮発した麦の粉を使ってるのがよく分かった。

少し千切って口元に運べば、シャムが大きく口を開けて飲み込んで、満足気に口元を舐《な》める。

うん、これは本当に、良いパンだ。

周囲を見回せば、パン以外にも色んな料理や飲み物が売っていて、まだ昼だというのに酒に酔った大人達が陽気に騒いでる姿もある。

彼らは、今日はこの村の宿に泊まるのだろう。

明日からは魔法学校の、後期の授業も始まるから、僕にはそんな大人達の真似はできない。

いやそもそも、僕がお酒を飲めるようになるのは、まだまだずっと先の話だ。

夏期休暇の間は色々あったし、前期も林間学校を筆頭に、本当に大変だった。

いや、その前の冬期休暇だって撃たれたりしたから、……思えば、ウィルダージェスト魔法学校に入ってから、常に忙しかったり、トラブルに出くわしてる気もする。

ただ、それでも過ごす日々は充実していて楽しいんだけれど、やっぱり大変だぁとも、時々は思う。

だからこそ、今日のようにのんびりと楽しめる機会はとても貴重だ。

帰る時間を考えても、夕暮れ近くまでは祭りを楽しみ、遊べるだろう。

「ねぇ、シャム、次は何を食べようか？」

僕の問い掛けに、シャムは言葉を返さないけれど、それでもにゃぁと、ひと声鳴いた。

コツと、音を立てて盤上の駒を移動させる。

ポーン、兵士の駒を、初期位置から二マス前に。

本来、前に一マスだけ動けるのだけれど、初期位置からのみ、一マス動くか二マス動くかを選ぶ事ができた。

ちなみに、自分の前に別の駒があるとポーンは動けず、斜め前に敵の駒がある場合は、これを取って動く事ができる。

最も数が多い駒の動きがこれだけ複雑なのは、チェスというゲームのとても意地の悪いところだと思う。

いや、だからこそゲーム性に富み、面白《おもしろ》くなってるのかもしれないけれども。

ちなみに他にも、ポーンは敵陣最奥に到達すると他の駒、大体の場合は最強の駒であるクイーンに昇格するプロモーションや、初期位置から二マス進んだポーンを特殊な方法で取る、アンパッサンという特殊なルールもあった。

他にもチェスの特殊ルールには、キングがルーク側に二マス動き、ルークがキングの反対側に移動するというキャスリングがある。

これもちょっとややこしくて、キングもルークもゲームの開始から一度も動いちゃいけないとか、チェックを掛けられてはいけないとか、他にも幾つか条件を満たさないと使えないルールだ。

チェス盤を挟んで、僕の前に座るのはシャム。

シャムはこのチェスのルールを、僅《わず》か三回ゲームするだけで、殆《ほとん》ど完璧《かんぺき》に覚えてしまった。

あぁ、もちろんゲームをする前に、口頭で説明したり、実際に駒を動かして見せはしたけれども。

しかしそれでも、僅かな回数をこなしただけである程度の戦術を理解し、僕と殆ど互角に渡り合うあたり、シャムは非常に頭がいい。

……或いは、前世で然程《さほど》チェスに慣れ親しんでいなかった為《ため》、僕の腕前がヘボなだけかもしれないけれど。

シャムの手では、小さなチェスの駒を動かすにはちょっと不便な為、爪先で示された駒を、指定のマスへと僕が動かす。

ほら、来た。

向こうのビショップで、僕のナイトとクイーンがピン刺しされてる。

こうなると、ナイトを動かせばすかさずクイーンが取られてしまう為、僕はナイトを動かせない。

チェス盤と駒は木製で、どれも僕の手作りだ。

通れずの間で、ハーダス先生が遺したチェスの駒を手に入れた後、僕が木材を削って完成させた。

最初は、僕はチェスの遊び方をこの世界に残す心算《つもり》はなかったんだけれど、シャムがチェスは一体どんなルールだったのかを知りたがって、そして説明をした後は、実際にプレイをしたがったから。

木材を使ってチェス盤を作り、端材をナイフで駒の形に削って、磨いて、二色に塗り分けて……。

ハーダス先生が遺したアダマス製の駒を交ぜて使おうかとも思ったけれど、あれはちょっと立派過ぎて、交ぜて使うと逆にみっともないからやめにする。

シャムがチェスをプレイしたいって言い出したのは、多分に僕への気遣いだろう。

僕がチェスのルールを残す心算がなかったのは、そうする事で通れずの間とハーダス先生、それから僕の繋《つな》がりが推察されて、厄介事を招くのを避ける為。

チェスを遊びたくなかったかと言えば、そりゃあ懐かしいから、一回か二回くらいは、やっぱり遊びたかった。

然程慣れ親しんでいなかったとは言っても、やはり前世で知ったゲームである。

懐かしく感じて当たり前だ。

恐らく、シャムはそんな僕の気持ちを感じて、汲み取ってくれたんだろう。

……本当に優しいなぁって、そう思う。

ただ、打ってくる手はどれも本当に厳しくて、容赦がなかった。

もちろんゲームで手抜きなんて白けちゃうから、シャムの態度は正解だ。

しかしジリジリと押されていくのを感じると、中々どうして心が痛い。

僕とシャムがチェスをしてると、シャムの分の駒まで僕が動かしてるから、自分で自分を追い込んでるような気持ちにもなってしまって、尚更《なおさら》に。

あぁ、どうせ僕とシャムしか遊ばないなら、肉球が付いたシャムの手でも摑《つか》み易いような形の駒に、作り直してしまった方が良いだろうか。

或《ある》いは生きてる剣のように、自ら動く魔法の駒を、錬金術で作るのも面白そうだ。

それならお互いに指示を出すだけで、チェスを遊ぶ事ができる。

問題は、今の僕だと自分で動く魔法の道具は、一人じゃ作れないから、他の誰《だれ》かの助けが必要になるってあたりか。

チェスを広める気がない以上、クルーペ先生の手は借りられないから、……助けを求めるならシールロット先輩になってしまう。

けれども彼女は魔法薬の研究で忙しいから、うん、ちょっと難しい。

恐らくシールロット先輩なら、自分が忙しくてもできる限り手伝ってくれようとはするだろうけれど、僕には流石《さすが》にそこまで甘えられないし、甘えたくなかった。

暫《しばら》くは、もう少し駒の形を変えて、シャムが摑み易いように工夫をして何とかしよう。

高等部にあがって水銀科に進む事になれば、僕も自分で動く魔法の道具を、一人で作れるようになる。

指示を出すだけで遊べるチェスセットは、そうなってから作ればいい。

ハーダス先生が一体どんな風に考えて、通れずの間を作ったのかはわからなかった。

シャム曰く、アダマス製の駒は何らかの鍵《かぎ》として使うんじゃないだろうかって言ってたけれど、今のところは使い道もさっぱりだ。

ただそれでも、あの部屋をハーダス先生が作って、駒を遺してくれたお陰で、僕とシャムは、今、こんな風に遊んでる。

「チェック」

駒を動かし、僕はそう宣言した。

今回は、ギリギリだけれど、僕がなんとか勝てそうだ。

次か、その次には、もう負けてしまうかもしれないけれど、今はとても楽しい。

だから、僕は今回もハーダス先生に感謝をしてる。

番外編 ✦ パトラ・ケット・シーのお爺さん

草むらに腰を下ろして、傍《かたわ》らの先客に視線を向ける。

「こんにちは、いい天気ですね。ここで何をしてらっしゃるんですか？」

先客は、一匹の毛の長い猫……、もとい、この村の住人はキリク君を除いて全《すべ》てがケット・シーだと言うから、今、隣で草むらの上に寝そべる猫も、きっとケット・シーの筈。

丸くなって眠るのではなく、空にふかふかしてそうなお腹を向けて、ぐでんと仰《あおむ》向けに寝転んでるその姿はとても愛らしくて、やっぱり単なる猫にしか見えないけれども。

言葉をかける私の声は、緊張と興奮で、もしかしたら震えているかもしれない。

この村に来てから、私はずっとそうだった。

「ふむ、人間の娘さんや。見てわからんかね？　もちろん昼寝しとるんじゃ。昼食後の昼寝は、わしの日課でのぅ」

薄目を開けて猫、うぅん、やっぱりケット・シーが、そう答えてくれる。

まるでお爺ちゃんみたいな話し方で。

幾つくらいのケット・シーなんだろう？

一体、何回その日課の昼寝をしてきたんだろう？

寝転がって見上げられると、思わず柔らかそうなお腹《なか》を撫《な》でたい衝動に襲われるけれど、相手は猫ではなくケット・シーという妖精《ようせい》だからと、どうにか堪《こら》える。

魔法生物学の授業では、妖精の中には人間以上の知能を持つ種もいると聞いたけれど、……恐らくケット・シーもその一つになると思う。

人間以上に知能を持つ、自分よりも年上の相手を撫でまわすのは、流石《さすが》に失礼が過ぎるだろうから。

「なんじゃ、娘さんや、触りたいのかね？　乱暴にせんなら別に構わんぞ」

でもそんな内心の葛藤は、あっさりと見抜かれてしまっていたようで、多分、お爺ちゃんなのだろうケット・シーは、私に向かってそう言った。

それはとってもありがたくて、嬉《うれ》しくて魅力的な許可だったけれど、だからこそ余計に、私は本当に良いのだろうかと、考えてしまう。

相手は私の考えを読めるくらいに賢くて、色んな経験も積んでる、目上の存在だ。

見た目からは想像も付かないけれど、私よりずっと強い事も、間違いない。

もしかすると、強いからこそ、優しいんだろうか。

「わしも昔は人間の国で暮らしていた事があるから、人間がわし等……、というよりも猫を触りたがるのはよく知っておる。あぁ、この村でも、キリク坊はそうじゃしなぁ」

するとお爺ちゃんのケット・シーは、不意にキリク君の名前を出した。

あぁ、うん、きっとキリク君だったら、相手が自分より年上のケット・シーでも構わず撫でまわすんだろうなぁって、そう思う。

それは当然、この村に住んでいて慣れてる、気心が知れてるというのもあるんだろうけれど、やっぱり本人の性格によるところも大きい。

……良いなぁって、少し思ってしまう。

生まれの話に関しては、きっとこんな事を思っちゃいけない。

私は、優しいママがいて、ちょっと口煩《くちうるさ》いけれど頼りになるパパもいて、頼りないけれどお兄ちゃんもいて、お爺ちゃんやお婆《ばあ》ちゃんもいる。

貴族とは流石に比べられないけれど、代々王都で大工をやってる私の家は、平民としては裕福で、恵まれた暮らしをさせて貰《もら》ってた。

しかも魔法使いの才能があるって、ウィルダージェスト魔法学校にも通えているのだ。

なので私にキリク君を羨《うらや》ましいって思う資格はないんだけれど……、やっぱりケット・シーの村で暮らすというのは想像しただけで凄《すご》く素敵で、とても特別で憧《あこが》れてしまう。

「何より、娘さんはキリク坊とシャム坊の友人じゃろう。だったら、この村の客人じゃ。触れ合う程度でもてなしになるなら、存分に触るがよかろうて」

お爺ちゃんのケット・シーの言葉からも、この村でキリク君がとても大切にされてる事が伝わってくる。

優しい言葉に手を伸ばしてお腹に触れれば、それはもう、とてもとても柔らかかった。

長い毛の為《ため》か、シャムちゃんとも全然手触りが違う。

どちらが上とか、そんな事はもちろん私には決められないんだけれど、今はこの感触が至上に思える。

そしてとても温かい。

……でもこれだけ毛が長いと、夏は大変そうだ。

昔は人間の国で暮らしていた事があるって言ってたけれど、北の方の国だったんだろうか。

「おぉ、娘さんや、お前さんは中々撫でるのが上手《うま》いのぅ」

お爺ちゃんのケット・シーがそんな風に言ってくれるのが、とても嬉しかった。

あぁ、そうだ。

名前は、一体なんて言うんだろう。

シャムちゃんと同じく、このお爺ちゃんのケット・シーにも、ちゃんと名前がある筈だ。

だけど、いきなり名前を尋ねるような真似はしない。

何度も繰り返すけれど、失礼な真似はしちゃダメだから。

「私はパトラっていいます。覚えててくださると、嬉しいです」

まずは自分から名乗る。

向こうが名乗ってくれるかはわからないけれど、そうあって欲しいと期待を込めて。

「おぉ、パトラ嬢ちゃんじゃな。これは丁寧にありがとう。わしはジャンフというよ。お互いに、ちゃんと覚えておくとしような」

ゆさゆさと身体を、毛を揺らして、お爺ちゃんのケット・シー、ジャンフさんは名乗ってくれた。

もしかすると、少しばかり私を認めてくれてたり、するんだろうか。

いいや、そんな事は、多分ない。

私がこの村に来れたのは、避難の為に連れて来て貰っただけだから。

……でも、もしも私が、シャムちゃんやキリク君の手を借りずに、この村にやってくる事ができたら、ジャンフさんも私を認めてくれるだろう。

お互いに名前を憶えておくとの言葉が本当だったら、それを待っててくれたり、するのかもしれない。

客人じゃなくて、友人になりたいなぁって、私は強くそう思う。

それはとても大変で、難しい事ではあるんだろうけれど、……私は目指したくなってしまった。

これまでは漠然と目指していた一人前の魔法使いの像が、私にとっての目標が、少しだけ、明確に見えた気がする。

キリク君は、私の目標を聞いたら、笑ってしまうだろうか。

だって、その目標が、彼の故郷に自由に行けるようになりたいだなんて、ちょっと、何だか恥ずかしい。

笑いはせず、何とも思わずに応援してくれそうな気もするけれど、……それはそれで、ちょっと面白《おもしろ》くないなぁ。

私はそれから暫《しばら》く、ジャンフさんとお話をしながら、その柔らかいお腹を撫で続けた。

番外編 ✦ エリンジ・影を歩く靴

空には丸く月が輝く夜でも、真っ黒な夜の海は降《ふ》り注《そそ》ぐ光を全《すべ》て貪欲に飲み込んで、己《おのれ》の内側をちらりとも見せない。

夜の海は、闇《やみ》が凝り固まった化け物だ。

ジッとそれを覗《のぞ》き込めば、まるで吸い込まれるような錯覚に陥《おちい》って、人は飲まれて落ちてしまう。

影靴は、ウィルダージェスト魔法学校の裏を担う存在で、魔法学校の存続、更には魔法使いという存在を守る為《ため》に、後ろ暗い事にも手を染めている。

しかし所詮《しょせん》、影を歩く靴に過ぎない私達の後ろ暗さなんて、この夜の海のような、真の闇の深さには遠く及ばないんだけれども。

「……ふぅ」

一つ、溜息《ためいき》を吐いて、足元に視線を落とす。

今、影靴の一員である私、エリンジが立つ場所は、海を行く船のマストの天辺《てっぺん》。

サウスバッチ共和国の港を出港して、東に向かって半日程の航海をしているこの船は、ボンヴィッジ連邦の南に位置するヨートル王国の商会が有する船だった。

ヨートル王国は二百年の歴史がある独立国で、同じ海に面する国として、古くからサウスバッチ共和国との取引がある。

但し、やはりボンヴィッジ連邦との距離が近い為、彼の国からの影響はかなり強い様子で、国内には数多くの親ボンヴィッジ連邦派の人間がいるらしい。

そしてこの船を所有する商会も、実は親ボンヴィッジ連邦派なのだ。

表向きはサウスバッチ共和国、ボンヴィッジ連邦の両方と取引をしていて、どちらかに極端に加担するような行為を避けている風に見せかけているが、内情を詳しく調べると、実はボンヴィッジ連邦には多くの便宜を図られてもいるという事実が浮かび上がってくる。

もちろん商会がボンヴィッジ連邦に贔屓《ひいき》をされているからって、それを理由に咎《とが》めはしないし、敵対視もしない。

だが見返りとしてボンヴィッジ連邦に対する様々な支援を裏で行っているとなれば、話は変わる。

例えば、サウスバッチ共和国への交易船にボンヴィッジ連邦のスパイを乗せて、ウィルダージェスト同盟の国々へと送り込んでいるとなれば、それは立派に敵対行為だ。

いや、それだけならまだ良かった。

侵入経路がわかっていれば、実際に誰《だれ》がスパイなのかも、おおよは察しが付く。

更にスパイの正体が一人わかれば、その周囲を探って、他の侵入経路を使って入って来たスパイを探すのにも使える。

だから泳がして置く価値は十分にあったのだけれども……、しかしもう駄目だ。

彼らは、ウィルダージェスト魔法学校の逆鱗に触れた。

星の灯《ともしび》の執行者達がジェスタ大森林で自爆し、年経たワイアームを目覚めさせ、魔法学校の生徒達が危険に晒《さら》された件。

その時、星の灯の執行者達の活動を支援したのが、ボンヴィッジ連邦のスパイだったのだ。

執行者がウィルダージェスト同盟の国々へと侵入する手引きをしたり、金や食料を渡したり、別の騒ぎを起こす事で彼らから注意の目を逸《そ》らしたりと、様々な方法で。

……恐らく私達は、ボンヴィッジ連邦のスパイの力を低く見積もり過ぎたのだろう。

彼らは当然ながら魔法使いじゃないし、多くは特殊な訓練を受けた工作員ですらない。

例えば先祖はボンヴィッジ連邦から来た工作員だったが、子孫は既にウィルダージェスト同盟の国々に根付いていて、しかし自分の行為の意味もわからずにボンヴィッジ連邦に協力している者もいる。

金欲しさに情報を売っていたり、国や政府への反感から親ボンヴィッジ連邦派になって活動している者。

様々な者がいるけれど、彼らの殆《ほとん》どは、魔法使いから見れば取るに足りない無力な人間だ。

だからこそ私達は、ある程度の動きさえ摑《つか》んでおけば、スパイを躍起になって排除する必要はないと考えていた。

そもそも、国外から入ってくる人間の全てを詳細に調べる事なんて不可能だから、スパイを完全に排除しきれる筈もない。

排除に必要とする労力、その行為に伴う痛み、流れる血を考えれば、スパイの存在を容認した方が現実的だと。

実に甘く考えてしまっていたから。

その結果、星の灯の執行者が自爆する事を食い止められず、年経たワイアームが目覚め、生徒が危険に晒されてしまったのである。

故にウィルダージェスト魔法学校は、考えを改めた。

全てのスパイの排除は不可能でも、彼らが安易に魔法使いに手を出せばどうなるか、その身に染みて理解するまで、血を流させる事を決意したのだ。

今、ウィルダージェスト魔法学校の裏を担う私達、影靴は、ボンヴィッジ連邦から送り込まれた工作員はもちろん、金の為だったり、自分の行いの意味を理解せずにスパイに協力している者も、そうと知れた者は全て始末していっている。

この船にも、とある情報を握ったスパイが、それをボンヴィッジ連邦に持ち帰る為に乗り込んでいた。

尤も、その情報というのは、特に大したものじゃない。

持ち帰られても何の問題もないような、放っておいても構わない程度の代物だったけれど……、だが今は、それがボンヴィッジ連邦のスパイというだけで、逃がさず始末をする必要があった。

彼らが魔法使いに恐怖し、己の行為を悔やみ、私達の逆鱗に触れてはいけないのだと理解するまで、徹底的に。

「深き水よ、全てを飲み干せ」

詠唱と共に、私は杖《つえ》を一振りする。

すると次の瞬間、海に浮いていた船が、まるで鉄の塊に変わって浮く力を失ったかのように、一瞬で水中にずぶりと飲み込まれ、あっという間に沈んで姿を消した。

そして先程まではマストの天辺にいた私は、今度は海面に足をつけて立つ。

船は完全に行方《ゆくえ》不明だ。

乗っていた者は、私を除いて誰一人として生き残ってはいない。

何が起きたのかを察する暇もなく、無駄に苦しみもせずに逝《い》った筈。

海で船が行方不明になるのは、決して珍しい事じゃなかった。

高い波に飲まれたり、船上で火災が起こったり、狂暴な魔法生物に出くわしたり、船が沈む理由は無数にある。

だから多くの者には、船の行方不明は事故だと認識されるだろう。

例外は、あの船がスパイを運んでいたと知る者のみ。

その僅《わず》かな例外は、自分達が魔法使いの怒りを買った事を知り、恐怖に身を震わせる。

船を沈めるだけじゃ飽き足らず、自分のところにも制裁に来たりはしないかと。

場合によっては、実際にそれを行う可能性も皆無じゃなかった。

ただ、幾ら魔法使いであっても遠くの国に入り込んでそれを成すのは、不可能ではないが、少しばかり苦労はするので、できれば勘弁して欲しいのが本音だが。

正直に言えば、ウィルダージェスト魔法学校に留まって、生徒達に教えている教師陣が羨《うらや》ましい。

もちろん、彼らは彼らで様々な苦労があるのだろうけれど、生徒に教えて導くという役割は、私から見ると実に尊く見えるのだ。

こんな私の事も、先生と慕ってくれる幾人かの生徒を思い浮かべれば、尚更《なおさら》にそう思う。

「さて、帰ろうか」

私は首を振って、少し暗くなった気分を払った。

夜の海の闇に気持ちが飲み込まれてしまう前に、早く帰るとしよう。

杖を振って使うのは、旅の扉の魔法。

海の水が迫り上がり、目の前に水の門が生み出される。

番外編✦シャム・爪を研ぐ

椅子《いす》の上から、ベッドで眠るキリクを見詰めて、……大きく一つ、溜息《ためいき》を吐く。

ボクは、なんて無様で、鈍間《のろま》で、愚かで愚図で、馬鹿《ばか》なんだろう。

躊躇ってしまった。

アレが敵である事は、途中から察していたし、すぐに動けば、速やかに仕留める事だってできたのに。

ボクは、ウィルダージジェスト魔法学校で暴《あば》れ、騒ぎを起こし、正体が露見するリスクを避けて、様子見を選んでしまったのだ。

その結果が、これである。

キリクは傷付き、倒れてしまった。

傷は、大きな魔法の行使に気付いて駆け付けたマダム・グローゼルが、魔法薬を使って塞《ふさ》いでくれたから、命に別状はないだろう。

だがそれでも、ボクがグズグズしてたから、キリクが傷を負った事実に変わりはない。

なんて失態だろうか。

寝惚《ねぼ》けていたにも程がある。

教師達、特にマダム・グローゼルがキリクをどう見ているかには注意を払っていたけれど、それでもウィルダージェスト魔法学校はボクやキリクにとって安全な場所で、生徒の実力なら取るに足らないと、勝手に思い込んでしまっていたのだ。

幸い、キリクの傷は痕も残らず癒えるそうだけれど、下手をすれば死んでいた可能性だって皆無じゃない。

ボクの正体を隠す事と、キリクの命、どちらを優先すべきかなんて、考えるまでもないのに。

そんな単純な優先順位を間違えて、ボクはキリクの命を危険に晒《さら》してしまった。

あぁ、寝惚けていたのはボクだけじゃなくて、キリクもだ。

キリクは相手の行動が攻撃だと気付いていた節があるのに、それを魔法で受け止めようとして、失敗し、傷を負った。

もちろん未知の攻撃だから、対処を誤っただけではあるんだけれど……、ただ、キリクだったらあのくらいの攻撃は、本当だったら避けられた筈。

相手の殺気に反応して身を翻《ひるがえ》せば、あんな無様に攻撃を腹に受けたりはしなかっただろう。

ではどうして、キリクは避けずに魔法で受け止めようとしたのか。

それは、この魔法学校で行われてる戦闘学で、相手の攻撃を魔法で受け止める癖《くせ》が付いていたからだ。

キリクだったら、ある程度の魔法は自前の身体能力で避けられるけれど、それでは授業にならないからと、他の生徒に合わせてなるべく魔法で攻防を行うようにしていたから。

咄嗟《とっさ》にそれが出てしまったのだと思う。

もしかしたら、ボクもキリクも、ケット・シーの村で暮らしてた頃よりも、弱くなっているのかもしれない。

知識や経験、できる事は増えてるけれど、その分、咄嗟の判断に迷いが出てる。

……キリクの場合は、それが必ずしも悪いとは限らないだろう。

人間として生きる道を選ぶなら、その範疇《はんちゅう》で収まる事が必要だ。

ウィルダージェスト魔法学校に来てから、多くの人間と接して、キリクは以前よりも人間らしくなってる筈。

他の生徒に合わせた戦い方をするようになったのも、その範疇に収まろうとしてるからだって考えたら、ボクにはそれをあまり強くは責められない。

何時《いつ》の日か、キリクは自分がどんな風に生きていくのかを選ぶ。

以前と同じようにボクらに交ざって、ケット・シーの村で生きるのか、それとも人間として仕事をして、伴侶を得て子を成し生きていくのか。

その時、少しでも多くの選択肢を持つ為《ため》に、人間の範疇に収まっておく事は、とても大切だ。

自分で何かを選ぶのと、それしか選べないのでは、同じ道を歩むにしても、大きな違いがそこにはあるから。

だからこそ、ボクは爪を鈍らせちゃいけなかった。

キリクが人間の範疇に収まるなら、その外側はボクの領分だ。

今回の件ではっきりしたけれど、キリクは騒動、外敵と無縁には生きていけない。

どんな生き方を選んだとしても、その邪魔をしようって奴《やつ》は必ず現れる。

それがキリクの宿命だった。

星の知識とやらは知らないけれど、特別に強い魂の力を持って生まれた以上、それを利用したいって輩はどこにでもいる。

ケット・シー以外の妖精《ようせい》の中には、キリクを人間に渡さずこちらに取り込んでしまうべきだって主張するような者もいたそうだ。

もちろん、ボクの家族をそんな馬鹿の好きにはさせないけれども。

いずれにしても、キリクには敵がいる。

そして仮に、その敵が人間の範疇に収まったキリクの手に負えなければ、ボクがなんとかしなきゃならない。

こんな失敗は、二度と繰り返してる場合じゃないのだ。

「うぅん……」

不意に、寝ているキリクが声を漏《も》らした。

その声に、ボクは少し安堵《あんど》する。

これまでは声も発さずにただ寝てたから。

今すぐ起こって訳じゃないけれど、そう遠くなく、無事に目覚めてくれるだろう。

キリクが起きたら、まずは文句を言わなきゃならない。

敵を前にして躊躇ってしまったボクには、キリクを責める資格はあまりないのだけれど、しかし責めなきゃ、きっとキリクは逆に気にしてしまう。

だからボクは精一杯に怒って見せて、不甲斐《ふがい》なさを責める。

その言葉が、全《すべ》てボク自身に刺さったとしても。

「早く起きなよ」

ボクはそう呟いて、椅子の上で身体を丸めて、目を瞑った。

眠れる気はしないけれど、少しは身体を休めておこう。

そうじゃないと、起きたキリクを心配させかねないから。

番外編 ✦ ジャックス・友の助け

友が、キリクが屋敷を去った後、私は椅子《いす》に腰かけ、深々と溜息《ためいき》を吐く。

我ながら、実に浅ましい事をしたものだと、自嘲するより他にない。

明確な返事こそなかったが、キリクは恐らく私の願いを聞き届けて、戦場に同行してくれるだろう。

言葉がなくとも、表情を見ればその気なのがわかるくらいには、私は彼と、友としての時間を過ごしてる。

ただ、そう、キリクが私の願いを聞いてくれるのは、その時間があったからというだけで、今回の話で、彼に何らかの益がある訳じゃなかった。

いいや、もちろん私は、当然ながらフィルトリアータ伯爵家としても、キリクにはできる限りの報酬で報いるが、しかし彼がそれを望み、喜ぶかと言えば、話は全く別だ。

流石《さすが》に報酬の受け取りを拒みはしないだろうが、それはキリクにとって、くれるものは貰《もら》っておく、程度の話でしかないだろう。

なのに今回の話を彼が引き受けてくれた理由はたった一つ、私の身を案じてだ。

友誼《ゆうぎ》を頼りに助けを得た。

そう言えば、確かに多少は聞こえはいいかもしれない。

恐らくキリクはそう受け取ってくれてると思う。

彼はそういう奴《やつ》だから。

しかし見方を変えれば、我が身を人質に助けを引き出したとも言える。

当事者たる私には、どうしてもそう思えてしまって、我が浅ましさに、身が震えてしまう。

だがそれでも、私はキリクの助けが欲しかった。

或《ある》いはこの身の震えは、我が身の浅ましさを恥じるものではなく、彼の助けを得られた喜びによるものかもしれないと、そう思ってしまうくらいに。

尤《もっと》もそれは、キリクが私の知る誰《だれ》よりも才能ある魔法使いだからという訳ではない。

あぁ、もちろんそれも無関係ではないのだろう。

魔法使いとしての才は、キリクをキリクたらしめる、大切な要素の一つだ。

努力をしている事は知ってるが、それでも圧倒的な才能に恵まれた彼を、羨《うらや》む気持ちも当然あった。

けれども、仮に私にキリクと同じだけの才能があったとしても、私は彼と同じ真似はできない。

例えば、一年生の時、上級生との模擬戦で、ヴィーガスト侯爵家のグランドリア殿を相手に勝利を収めている。

しかも最後はその顔に拳《こぶし》を叩《たた》き込《こ》んでの勝利だ。

あの拳は、私も喰《く》らった事があるからわかるけれど、とても痛い。

他国とはいえ、侯爵家の子息に対して、面子を徹底的に潰《つぶ》して敗北を与えるなんて、本当に正気の沙汰ではなかった。

キリクと同じくらいの実力があったとしても、私なら……、あぁ、きっと遠慮から互いの面目を守った戦いをした挙句、勝利を譲ってしまっていた筈。

でも彼は、自分が正しいと思う事を貫き、それから私の悔しさを晴らす為《ため》に、一切《いっさい》の容赦なく戦って、相手を叩き潰している。

そんな真似、キリク以外の誰にもできやしないだろう。

当然ながらそれは、悪く言うならば単なる無謀だ。

なのに私や、恐らく他のクラスメイトも、そんな破天荒さに心を動かされている。

貴族の常識とも、平民の常識とも、全く違うキリクの考え方。

力が伴わなければ戯言《ざれごと》に過ぎないそれを、彼は力で押し通し、周囲を惹《ひ》き付け巻き込んでいく。

優れた人間は、他に幾人も知っている。

フィルトリアータ伯爵家を継ぐであろう長兄は、内政を得意とし、貴族としてのバランス感覚にも優れ、領内の人望も厚い、本当に優秀な人間だ。

次兄も将来は長兄の補佐をすべく、武に力を入れ、けれども武に傾倒し過ぎず、常に冷静に物事を見てる。

そして現フィルトリアータ伯爵、私達の父は、そんな長兄と次兄を足して、二で割らない人物だった。

貴族家の当主として、更にポータス王国を支える多くの柱の一つとして、多くの経験を積んだ父は、真に優れた人間だろう。

……だが、彼らは、或いは他の優れた人間も、私とは地続きの場所にいる。

十八の次兄には、私が十八の頃には、二十二の長兄には、私が二十二の頃には、四十五の父には、私が同じくらいの年になる頃には、人間として追い付けるという自負が、私にはあるのだ。

もちろん私が十八になる頃には、次兄はもっと成長してるだろうし、そもそも魔法使いになる私と彼らでは立場が違うから、同じ経験を積んで、同じ方向に成長する訳じゃない。

ただ、それでも総合的に、自分から見ても、他の誰かに客観的に見られても、彼らと決して比較して劣らぬ、ジャックス・フィルトリアータになっているだろうと、私は確信していた。

なのに、キリクには、どうやったら追い付けるのか、いやそもそも比較の対象となれるのか、さっぱり見当もつかない。

もう優れている、優れていないの問題じゃなく、私が地を駆ける獣ならば、彼は空を舞う鳥だろう。

単に強い魔法使いというだけでなく、そんな不思議なキリクだからこそ、私はどうしてもその助けが欲しかった。

別に魔法使いとして戦わなくとも、全く違う視点を、考え方を持つ彼が隣に居てくれるだけで、私の視野は大きく広がり、考えもしなかった気付きを得られる。

その広がった視野、新しい気付きは、私が目的を果たし、フィルトリアータ伯爵家の兵らを無事に生きて帰らせる事に、大いに役立ってくれる筈だ。

「……猫用の食事も持って行かねばならないな」

私は、苦笑いを浮かべながら、そう呟く。

キリクが戦場に来てくれるなら、彼が家族のように大切にし、片時も遠ざけないあの猫も、一緒に来る事になる。

その為の準備も、キリクに助けを乞うた身としては、当然ながらしておかなくてはならない。

部隊の糧食の手配に、猫用の食事を加える事を指示すれば、担当者はどんな顔をするだろうか。

想像するだけで笑ってしまうし、笑えばいい具合に気が抜ける。

キリクと、それからその猫、シャムと一緒なら、私の初陣も、緊張とは無縁に挑めそうだった。

あとがき

らる鳥と申します。

『僕とケット・シーの魔法学校物語』の二巻を手に取って下さってありがとうございます。

二巻は二年生になったキリクのお話ですね。

学年が進めば魔法学校にも慣れ、見える景色や、周囲との関係も少しずつ変化していきます。

そして生徒が慣れた分、魔法学校もその育成に少し本気を出し始めます。

ただ周囲の人間関係や、環境が変化しても、変わらないのは傍らにシャムがという事でしょう。

それだけで、とても幸せだろうなぁと思います。


さて、唐突に雑談になるんですが、先日18禁カレーを食べました。

18禁カレーというのは、辛すぎて18歳未満は食べちゃダメだよってカレーです。

配信の激辛チャレンジとか、罰ゲームなんかで存在を知ってる方もいるかと思います。

僕は割と辛い物が好きで、某カレー屋さんも20辛までは食べてるので、この18禁カレーにも挑戦してみようとなったんです。

ちなみに18禁カレーには四種類あって、ピンク、黒、白、赤の順に辛さが上がっていきます。

今回は一番マイルドなピンクを試したのですが……、正直ヤバかったですね。

食べる分には、物凄く辛いけれどギリギリ食べれるくらいで、少し手は止まりそうになるけれど、どうにか気合で完食はできました。

辛さ以外の味が足りない気がしたので、何かソースとか足したいなぁって、冷静に味わえるくらいだったと思います。

ただ、食べた直後から、身体の中に熱い物が存在してるなぁって感覚があって、一時間か二時間くらい経つと、痛みも伴うようになりました。

激しい痛みではないので耐えられましたが、これが三時間か四時間くらい続きました。

僕は辛い物は好きだけれど、内臓は雑魚なのでそのせいかなぁとも思いましたが、それでもかなりの破壊力がある事は間違いないです。

一番マイルドな筈のピンクでこれなので、それ以上はちょっと挑戦できそうにないですが、いい経験ができました。

うっかり上の辛さから始めないで良かったなぁって、本気で思います。

チャレンジや罰ゲームで使われるのも頷けますね。

もしも興味があって、辛さへの耐性に物凄く自信があるなら、挑戦してみるのもいいかもしれません。

但しその場合も乳製品を用意しておくとか、備えはしっかりとする必要があると思います。

では今回はこの辺りで。

次も無事に続くようでしたら、珍しい美味しい物の話とかをしようと思います。

あんまり内容のない話にお付き合いくださって、ありがとうございました。

本編は内容、ちゃんとありますよ！

GAノベル

僕とケット・シーの魔法学校物語2

2024年4月30日　初版第一刷発行

著者　らる鳥
発行者　出井貴完
発行所　SBクリエイティブ株式会社
〒105-0001　東京都港区虎ノ門2-2-1

装丁　AFTERGLOW
印刷・製本　中央精版印刷株式会社

ISBN978-4-8156-2227-5
Printed in Japan

ファンレター、作品のご感想をお待ちしております。

〒105-0001　東京都港区虎ノ門2-2-1
SBクリエイティブ株式会社
GA文庫編集部 気付

「らる鳥先生」係
「キャナリーヌ先生」係

本書に関するご意見・ご感想は
下のQRコードよりお寄せください。
※アクセスの際に発生する通信費等はご負担ください。

https://ga.sbcr.jp/

試読版は
こちら!